Alexander Hartung
Ich werde nicht ruhen

AF184977

Das Buch

Wollen Sie mich zu einem Mord begleiten? Ich meine einen richtigen Mord. Nichts Virtuelles, keinen Rufmord oder so was. Das ist auch keine Metapher. Ich rede davon, einen Menschen zu töten.

Bitte ersparen Sie mir eine Moralpredigt. Ich weiß, was ich tue.

Nicht jeder, der tötet, ist gleich ein Wahnsinniger.

Vielleicht hat der Mann auch den Tod verdient. Möglich wäre es doch. Was sagen Sie? Wollen Sie mitkommen? Aber dann gibt es kein Zurück.

Überlegen Sie es sich gut.

Der Autor

Alexander Hartung wurde 1970 in Mannheim geboren. Schon während seines Volkswirtschaftsstudiums begann er mit dem Schreiben und entdeckte seine Liebe zu Krimis. Mit der Jan Tommen-Serie eroberte er die Kindle-Bestsellerliste. Aktuell lebt Alexander Hartung mit Frau und Kind in seiner Geburtsstadt Mannheim.

ALEXANDER HARTUNG

ICH WERDE NICHT RUHEN

THRILLER

Deutsche Erstveröffentlichung bei
Edition M, Amazon Media E.U. Sàrl
5 Rue Plaetis, L-2338, Luxembourg
Dezember 2016
Copyright © der Originalausgabe 2016
By Alexander Hartung
All rights reserved.

Umschlaggestaltung: bürosüd⁰ München, www.buerosued.de
Umschlagmotiv: © Alex Shahmiri Photography /Getty;
© Attitude/Shutterstock; © happykanppy /Shutterstock,
© WIPHAT BOONCHUWETPRASERT /Shutterstock
Lektorat: Verlag Lutz Garnies, Haar bei München, www.vlg.de
Printed in Germany
By Amazon Distribution GmbH
Amazonstraße 1
04347 Leipzig, Germany

ISBN: 978-1-503-94352-0

www.amazon.de/editionm

Für meine Freunde Andreas, Dirk, Martin, Michael und Ralf, den Rittern der sonntäglichen Tafelrunde. Und für den groß-artigen Marc, der sich uns hoffentlich bald wieder anschließt. Ohne euch wäre mein Leben viel langweiliger und weniger lustig. Danke für den Spaß in den guten Zeiten und die Unterstützung in den schlechten.

PROLOG

Wollen Sie mich zu einem Mord begleiten? Ich meine einen richtigen Mord. Nichts Virtuelles, keinen Rufmord oder so was. Das ist auch keine Metapher. Ich rede davon, einen Menschen zu töten.

Bitte ersparen Sie mir eine Moralpredigt. Ich weiß, was ich tue. Ich bin kein Psychopath. Ich bin weder im Namen Gottes unterwegs, noch versuche ich, Stimmen aus meinem Kopf zu bekommen. Menschen zu ermorden erregt mich weder sexuell, noch genieße ich die damit verbundene Macht. Nicht jeder, der tötet, ist gleich ein Wahnsinniger.

Einen Richter, der einen Verbrecher zum Tode verurteilt, würden Sie auch nicht als Mörder beschimpfen. Oder den Henker, der das Urteil vollstreckt.

Nein, das ist nichts anderes. Es stellt sich nur die Frage, ob das Opfer nach unseren moralischen Vorstellungen den Tod verdient hat. Der Mann, den ich gleich besuchen werde, ist schuldig. Meiner Meinung nach.

Aber ich will nicht so sein.

Ich werde nicht hineingehen, ihn kaltblütig abstechen und wieder nach Hause spazieren, sondern ihm die Gelegenheit zur Verteidigung geben. Ihnen zuliebe. Wie bei einem ordentlichen

Gerichtsprozess. Nur, dass ich Ankläger und Richter in einer Person sein werde. Vielleicht auch Henker. Wir werden sehen.

Sie halten mich trotzdem für einen Irren? Dann ist es besser, Sie legen das Buch zurück und gehen weiter. Heim. In Ihre eigenen vier Wände, wo Mörder nur bei CSI ihr Unwesen treiben.

Vielleicht hat der Mann auch den Tod verdient. Möglich wäre es doch. Was sagen Sie? Wollen Sie mitkommen? Aber dann gibt es kein Zurück.

Überlegen Sie es sich gut.

KAPITEL 1

Mein Ziel lebt in einem Einfamilienhaus. In einer netten, mittelständischen Wohngegend. Allein stehende Häuser mit Garten. Wenig Verkehr auf den Straßen. Weit genug entfernt vom Stadtzentrum, um seine Ruhe zu haben, aber so gut angebunden, dass man mit dem Auto in zwanzig Minuten auf dem Kölner Ring ist.

An diesem Donnerstagabend scheint die Gegend wie ausgestorben zu sein. Es ist Mitternacht, und wer am nächsten Tag zur Arbeit muss, schläft schon. Der, für rheinische Verhältnisse, ungewöhnlich trockene Herbst ist perfekt für einen Einbruch. Die Zeit der Grillabende ist vorbei. Der Boden ist noch fest und trocken. Man hinterlässt weniger Spuren. Der Himmel ist wolkenverhangen, kein Sternenlicht und kein Mondschein.

Die Menschen sind nicht sehr aufmerksam, weil sie Verbrechen nur aus den Nachrichten kennen. Man kann im Dunkeln spazieren gehen, ohne Angst vor einem Raubüberfall haben zu müssen. Es lungern keine Schläger an den Bushaltestellen herum, und der nächste Straßenstrich ist weit entfernt. Die Gehwege werden im Winter gestreut, und die Krippen sind frei von Kindern aus bildungsfernen Schichten. Ein Blechschaden beim Einparken oder vielleicht mal ein Einbruch ist das Schlimmste, was hier die letzten Jahre vorgefallen ist.

Das ist der Grund, warum mein Ziel so wenig für seine Sicherheit getan hat. Der Metallzaun mit den verspielten herzförmigen Mustern ist hüfthoch, das Gartentor nicht abgeschlossen. Der Bewegungsmelder mit einer Lampe vor der Eingangstür ist zwar sicherheitstechnisch ein Pluspunkt, aber wenn man Einbrecher abschrecken will, muss man die Sensoren um das ganze Haus installieren, nicht nur am Eingang. Schließlich stehen im Vorgarten noch zwei große Buchsbäume in Terrakotta-Vasen, die mir als zusätzliche Deckung dienen können.

Ich riskiere einen letzten Blick den Gehweg entlang. Dann löse ich mich aus meinem Versteck unter der Buche, laufe über die Straße und springe leichtfüßig über den Zaun. Da ich mich an der Grundstücksgrenze zum nächsten Haus halte, reagiert der Bewegungsmelder nicht.

Ich will keine Spuren hinterlassen, also ziehe ich die Kapuze meines Schutzanzugs hoch, richte meine Handschuhe und achte darauf, dass meine Schuhüberzüge gut sitzen. Der Mundschutz verdeckt mein Gesicht und die Schulterpolster unter meinem Sweater lassen mich kräftiger aussehen, als ich bin, falls doch eine Überwachungskamera ein Bild von mir macht.

Ich bücke mich unter einer Wäscheleine hindurch und erreiche die Rückseite des Gebäudes. Auf dem Rasen steht eine Rutsche. Hier und dort liegen kleine Bälle auf dem Gras und ein Schaukelpferd mustert mich mit breitem Lächeln. Am Zaun zum Nachbarn ist ein Blumenbeet angelegt, daneben wachsen Kräuter – Basilikum, Thymian und Petersilie. Die Gartenmöbel sind noch nicht von der Terrasse geräumt worden, was es mir leichter macht, auf den Balkon zu gelangen. Ich nehme mir einen Aluminiumstuhl, lehne ihn an die Wand und steige auf den Rahmen. Mit einem kleinen Hüpfer bekomme ich das Geländer zu fassen und ziehe mich nach oben. Jeden Schritt mache ich bewusst, weil mich das brennende Licht im Haus zur Vorsicht zwingt.

Die Abende sind schon zu kühl, um Fenster und Türen offen zu lassen, und da ich nicht über die Schlafzimmer einsteigen möchte, gehe ich zum Badezimmerfenster. Ich hole einen Saugpfropfen aus dem Rucksack und befestige ihn auf der Scheibe. Dann nehme ich den Glasschneider und trenne ein Quadrat aus dem Fenster. Es gibt lediglich ein leichtes scharrendes Geräusch. Ich habe das Schneiden geübt, um es möglichst leise hinzubekommen. Das herausgetrennte Stück Scheibe lege ich behutsam ab und stecke den Pfropfen wieder in meinen Rucksack. Ich zwänge mich durch die Öffnung und komme auf einem flauschigen Badvorleger zum Stehen. Der Raum ist großzügig geschnitten. Es würde sicher Spaß machen, in dem Whirlpool zu sitzen. Das Mondlicht bescheint Deoroller, Duschgel, einen Handrasierer, drei Zahnbürsten und eine Menge anderen Kleinkram, der nur darauf wartet, von mir umgestoßen zu werden.

Ich gehe vorsichtig weiter, öffne die Tür und spähe in den beleuchteten Gang, den ich schon von außen gesehen habe. Licht macht einen Einbruch schwieriger. Man wirft Schatten und hat es schwerer, sich zu verbergen. Links von mir ist eine Tür angelehnt. Vorsichtig luge ich durch den Spalt und sehe eine Frau und ein kleines Mädchen auf einem großen Doppelbett schlafen. Das blonde Haar der Frau liegt ausgebreitet auf dem Kopfkissen. Die Decke ist ihr bis zur Hüfte hinuntergerutscht und gibt das Oberteil eines dünnen Seidenpyjamas frei. Ihr Arm ruht auf den schmalen Schultern des Mädchens, das einen braunen Teddybären fest umschlossen hält.

Zwei auf einen Streich. Perfekt.

Ich lege den Rucksack ab, hole Chloroform heraus und beträufele ein Tuch. Ich schleiche zu der Frau, halte den Stoff eine Handbreit vor ihr Gesicht und lasse die Dämpfe den Rest erledigen. Dann strecke ich mich zu dem Mädchen und warte, bis sie zweimal tief eingeatmet hat. Um sicherzugehen, schüttele ich beide, aber weder das Mädchen noch die Frau wachen auf. Zufrieden verlasse ich das Schlafzimmer und schleiche nach unten.

Ich habe mein Ziel schon ein paar Tage beobachtet. Es ist Albert Mencke, seines Zeichens freischaffender Bauingenieur. Er ist beruflich eingespannt, sitzt jeden Abend vor irgendwelchen Plänen, die er auf dem Boden vor sich ausbreitet, und tippt wild auf seinem Laptop herum. So kommt er selten vor ein Uhr ins Bett.

Die Treppe ist einbrecherfreundlich. Das Holz knarrt nicht und ist mit kleinen Teppichfliesen belegt. Auf dem Weg nach unten höre ich das hektische Klackern der Tastatur.

Das Licht der Zimmerdecke bescheint den Hausherrn von vorne. Perfekt. So kann ich mich anschleichen, ohne Gefahr zu laufen, dass mein Schatten mich verrät. Ich betrachte den Boden vom Treppenansatz zur Couch, wo er mit dem Rücken zu mir am Laptop sitzt. Alles ist kindgerecht mit Teppichboden ausgelegt. Ich muss nur aufpassen, nicht auf die verstreuten Playmobil-Figuren zu treten.

Das ist der schwierige Moment. Einerseits will ich mich nicht langsam anschleichen. Manchmal spiegelt sich etwas in der Fensterscheibe oder das Opfer steht unvermittelt auf. Andererseits darf ich auch nicht wie ein Footballspieler durch den Raum hechten und dabei die Inneneinrichtung demolieren.

Ich tröpfele Chloroform auf das Tuch, als das Tippen plötzlich aufhört. Albert streckt sich und gähnt. Kein gutes Zeichen. Ich bin schon zu weit. Der Einbruch lässt sich nicht mehr vertuschen, und eine zweite Chance werde ich nicht bekommen. An Flucht ist nicht zu denken.

Die meisten Leute suchen in einer solchen Situation hektisch Deckung, aber genau das ist falsch. Unsere Augen reagieren auf Bewegung. In meinem Fall heißt das, stehen bleiben ist besser als Deckung suchen.

Am Treppenabsatz bin ich noch im Halbdunkeln. Wenn Albert nicht in meine Richtung kommt, bleibe ich ungesehen. Vielleicht will er nur nach rechts in die Küche.

Der Gott der Einbrecher ist gnädig zu mir. Bald höre ich wieder das Klappern der Tasten. Ich betrachte noch einmal den Boden, präge mir jede kleine Trittfalle ein und haste los. Albert ist bereits wieder tief in seine Arbeit versunken. Erst als ich ihm das Tuch auf Mund und Nase presse, bemerkt er, dass etwas nicht in Ordnung ist. Da ist es bereits zu spät.

Albert wehrt sich. Er schlägt nach hinten, krallt seine Finger in meinen Arm und strampelt mit den Beinen, aber wenn ich jemanden im Haltegriff habe, entkommt er mir nicht mehr. Ich bin nicht der Typ Türsteher, aber durchaus sportlich. Meine Jiu-Jitsu-Erfahrung erledigt den Rest.

Der Körper in meinen Armen erschlafft. Ich lasse ihn los und lächele. Die Verhandlung kann beginnen.

Alberts Kopf ist auf seine Brust gesunken. Speichel läuft aus seinem Mundwinkel und hinterlässt einen Fleck auf dem weißen Hemd. Er riecht nach zu viel Aftershave, und sein kleiner Kampf mit mir hat seine pomadige Frisur gehörig durcheinandergebracht.

In dem Zustand ist er ein leichtes Opfer, aber ich will erst mit ihm reden, also halte ich Riechsalz unter seine Nase. Er reißt die Augen auf und keucht erschrocken. Ammoniak ist ein cooles Zeug. Es dauert einen Moment, bis ihm seine Lage bewusst wird. Er sitzt auf der Couch, gefesselt an Händen und Füßen, vor ihm lehnt eine Gestalt in einem schwarzen Schutzanzug an der Wand, mit einer Pistole in der Hand. Auch wenn die Waffe nicht geladen ist, verfehlt sie ihre Wirkung nicht.

»Wer sind Sie?«, stottert Albert. Sein Blick ist furchtsam auf die Pistole gerichtet. »Was wollen Sie von mir?«

Ich kann seine Angst riechen. Fessle einen Menschen und bedrohe ihn, dann löst sich sein Selbstbewusstsein binnen eines Wimpernschlags auf. In keinem anderen Zustand wird er bereitwilliger die Wahrheit sagen.

»Ich habe ein paar Fragen«, beginne ich. »Solltest du schreien oder mich anlügen, wird der gute Walther in meiner Hand ein hässliches Loch in deine Stirn schießen. Ich sage das nur einmal. Ein Fehler und Schluss ist.«

Albert nickt. Aus den schreckensgeweiteten Augen schließe ich, dass er mir meine Drohung abnimmt.

»Also, Albert. Hast du schon mal von der Kranz Bau GmbH gehört?«

»Ja.«

»Und Baupläne für diese Firma erstellt?«

»Das war nicht meine Schuld.«

Ich wedele mit der Pistole. »Bitte nur die Frage beantworten.«

»Aber der Fall ist schon abgeschlossen. Der Bauleiter ...«

Ich gebe ihm eine Ohrfeige. Es klatscht laut und sein Kopf fliegt zurück.

»Das ist keine Diskussionsrunde, sondern eine Befragung«, zische ich ihn an. »Also erspare mir deine Ausflüchte.« Ich lasse ihm einen Moment der Erholung. »Wie du schon ahnst, geht es um das Haus in der Birkenstraße 42. Das Gutachten bescheinigte haarsträubende Mängel in Planung und Ausführung, die schließlich zu einer Katastrophe geführt haben. Da ist es doch nicht ungewöhnlich, dass ich den verantwortlichen Bauingenieur dazu befrage.«

»Wer sind Sie?«

»Der Mann, der die wirklichen Täter bestraft. Doch bevor ich mein Urteil fälle, darfst du dich noch verteidigen.«

»Aber ich habe schon ausgesagt. Die Untersuchung kam zum Schluss, dass der Bauleiter die Pläne gefälscht hat.«

»Der Bauleiter Joseph Uppert?«

»Ja.«

»Joseph Uppert, der weder Ingenieur noch ein Mathe-Genie war? Der höchstwahrscheinlich die Baustatik nicht ansatzweise kapiert haben kann? Er hat die Pläne eines Mehrfamilienhauses manipuliert?«

»Keine Ahnung, wie er das gemacht hat.«

»Es waren deine Unterlagen, die er gefälscht hat.«

»Ich habe sie ordnungsgemäß eingereicht.«

»Dann hat er alles alleine manipuliert, und als der Schwindel aufgeflogen ist, hat er Selbstmord begangen und in einem Abschiedsbrief die Schuld auf sich genommen?«

»Die Reue wird zu groß gewesen sein.«

Ich genehmige mir ein Schnauben. »War der Selbstmord nicht … günstig, kurz vor Beginn der Gerichtsverhandlung?«

»Ich verstehe nicht.«

»O. k. Fangen wir von vorne an. Wie viel Geld hast du für die Statik-Berechnungen bekommen?«

»Rund zwanzigtausend Euro.«

»Und die restlichen fünfzehntausend?«

»Welche fünfzehntausend?«

»Na ja. Wenn man fünftausend Miese auf dem Konto hat, zwanzigtausend Euro bekommt und dann dreißigtausend Euro Spielschulden begleicht, fehlen irgendwo fünfzehntausend.«

Albert schluckt hörbar. Bingo! Das mit den Spielschulden war ins Blaue spekuliert. Ich hatte nur eine SMS von seinem Handy abgegriffen, in der ein gewisser Igor die Dreißigtausend bis Ende der Woche haben wollte. Ansonsten würde er Albert die Finger abschneiden. Klingt nicht nach einem Bankangestellten. Prostituierte geben keinen Kredit, und für Drogen ist der Betrag zu hoch. Aber für eine Pokerrunde ohne Limit ist das eine mögliche Summe.

»Das war ein abgekartetes Spiel. Die haben mich abgezockt.«

»Wie schrecklich«, sage ich ungerührt. »Wofür hast du die fünfzehntausend bekommen?«

Albert sieht beschämt zur Seite. Ich habe den wunden Punkt getroffen.

»Ich habe nicht die ganze Nacht Zeit. Du solltest kooperativer sein, sonst muss ich mit einer Kugel ins Knie nachhelfen.«

»Ich habe bei den Armierungseisen gespart.«

»Für fünfzehntausend? Das kommt nicht hin.«

»Und ich habe eine Baugrund-Untersuchung gefälscht«, flüstert er.

Jetzt wird es interessant. »Und was hat die Untersuchung ursprünglich ergeben?«

»Eigentlich hätten wir eine Baugrund-Verbesserung vornehmen müssen.« Er vergräbt die Hände im Gesicht. »Ich konnte doch nicht ahnen, dass ein Hochwasser die Substanz wegschwemmen würde.«

»Für ein Haus am Rheinufer ist Hochwasser nicht ungewöhnlich.«

»Mir tut das leid, aber ich hatte keine Wahl. Die Geldeintreiber waren Russen, die gedroht haben, meiner Frau und meiner Tochter etwas anzutun. Die Banken geben an Selbstständige wie mich keine Kredite. Anders konnte ich das Geld nicht auftreiben.«

»Nett, dass du dir um deine Frau und deine Tochter Sorgen machst, aber bei dem Einsturz sind sieben Menschen umgekommen. Auch zwei Kinder.«

»Denken Sie, ich weiß das nicht?«, jammert er. »Ich bin ein Wrack. Ich habe Albträume und muss starke Beruhigungsmittel nehmen, damit meine Hände nicht zittern. Bitte«, fleht Albert mich an, »ich habe meine Lektion gelernt. Ich prüfe jetzt jeden Bauplan drei Mal.«

»Ich verstehe, dass du deine Familie beschützen willst. Du liebst sie, willst, dass es ihnen gut geht, deswegen hast du deiner Frau den schicken Kleinwagen geschenkt.«

Furcht schleicht sich in seinen Blick. Ich lächle. Der zweite Volltreffer.

»Meine Frau braucht das Auto für unsere Tochter. Sie muss sie von der Schule abholen und zum Klavierunterricht fahren.«

»Und woher stammt das Geld?«

»Ich habe das Konto für Notfälle geplündert.«

»Bei welcher Bank?«

»Bitte?«

»Bei welcher Bank ist das Konto?«

Er kaut auf der Unterlippe und sein Blick huscht umher, als suche er nach einer Fluchtmöglichkeit. »Bei der Commerzbank.«

»Mit Online-Zugriff?«

Er zögert. »Natürlich.«

In diesem Moment verliere ich meine Selbstbeherrschung. Ich verpasse ihm eine harte Gerade, die seine Nase bricht. Dann greife ich in meine Tasche, ziehe ein schmales Skalpell heraus und ramme es ihm in den Oberschenkel. Seinen Schrei ersticke ich mit meiner linken Hand.

»Seit zwei Wochen hast du einen Trojaner auf deinem Laptop«, zische ich ihm ins Ohr. »Ich kenne jede Karte, die du beim Online-Poker gespielt hast, weiß von der Halskette, die du deiner Frau zum Geburtstag gekauft hast, und habe dich dabei beobachtet, wie du spät abends auf die Seite mit Amateur-Pornos gesurft bist. Du hast kein zweites Konto. Aber ich habe eine Mail von der Kranz Bau GmbH gefunden, in der sie dir Ort und Zeit für die Auto-Abholung genannt haben.« Ich steche das Skalpell tiefer in sein Bein. Er schreit, versucht sich zu befreien, aber ich drücke ihn auf die Couch zurück. »Die Toten hatten ein Leben, eine Zukunft und jetzt liegen ihre zerschmetterten Körper unter der Erde, doch statt aus deinen Fehlern zu lernen, gehst du den nächsten Pakt mit dem Teufel ein.«

Ich nehme die Hand von seinem Mund. »Ich brauche die Aufträge«, wimmert er. Tränen vermischen sich mit dem Blut aus seiner Nase, das auf die Polster tropft. »Ich bin nur ein kleines Licht, und ich kann es mir nicht leisten, Kranz abzusagen.«

»Und wenn als Nächstes eine Schule einstürzt, ein Bürohochhaus oder der Träger einer Brücke nachgibt? Wie viele Tote sind vertretbar für das Auto deiner Frau oder die nächste Pokerrunde?«

»Das wird nicht passieren.«

»Das Skalpell steckt in deiner Beinarterie«, erkläre ich. »Wenn du gestehst und mir die Hintermänner lieferst, lasse ich dich leben.« Ich nehme mein Handy aus der Tasche. »Die Wahrheit auf Video wird die Polizei zu einer Wiederaufnahme der Untersuchung verleiten.«

»Wenn ich die Wahrheit sage, dann töten sie auch mich.«

»Wie Joseph Uppert?«

Er nickt.

»Wenn du nicht die Wahrheit sagst, bringe ich dich um. Jetzt sofort. Mit einem Geständnis bekommst du vielleicht noch Polizeischutz.«

»Dann bin ich ruiniert. Niemand gibt mir mehr einen Auftrag. Was wird dann aus meiner Frau und meiner Tochter?«

Ich verpasse ihm wieder eine Ohrfeige. »Das hättest du dich fragen sollen, bevor du dein ganzes Vermögen verspielt hast und einen Kredithai um Geld bitten musstest. Hättest du deine Sucht unter Kontrolle gehabt, dann hättest du keine Schulden gemacht, keine Pläne fälschen müssen und wärst nicht verantwortlich für den Tod von sieben Menschen.«

»Das wollte ich nicht«, jammert er wieder.

Ich halte das Handy auf ihn gerichtet. »Bist du bereit?«

Er presst die Lippen aufeinander und ballt die Fäuste. Wie ein trotziges Kind.

»Ich frage kein zweites Mal.«

Er schüttelt den Kopf und sieht zu Boden. Ich verstehe seine Beweggründe nicht. Vielleicht glaubt er meiner Drohung nicht, vielleicht will er lieber sterben, bevor er als verarmter Bauingenieur um Sozialhilfe betteln muss, aber in diesem Moment wird mir klar, dass sich Albert nicht ändern wird. Er wird wieder Pläne fälschen, um in große Pokerrunden einzusteigen, ungeachtet der Folgen.

Ich stecke das Handy weg und lege eine Hand auf seinen Mund. Blut schießt aus der Wunde, als ich die Klinge herausziehe. Ich habe die Arterie gut getroffen. Seine Hose saugt sich voll, das Blut sammelt sich am Boden. Er schreit, aber meine Hand dämmt es zu einem leisen Stöhnen.

Ich blicke in seine Augen, während das Leben aus ihm herausrinnt, in der Hoffnung, irgendein Zeichen von Reue zu sehen, aber da ist nichts. Kein Bedauern. Kein Mitleid für die Opfer. Nur Hass und Wut.

Sein Kopf sackt nach vorne und der Körper erschlafft.

KAPITEL 2

Ich kannte die Menschen, die bei dem Hauseinsturz ums Leben gekommen waren. Sie zu verlieren, hat mich fast umgebracht.

Ich hatte ein gutes Leben, doch an diesem Tag hat sich alles verändert. Ihr Tod hat ein Loch in mich gerissen, eine Leere hinterlassen. Kein Glück war groß genug, um dieses zu schließen, kein Schlaf tief genug, um sie vergessen zu können. Der Schmerz überlagerte alles, wie ein dunkelgrauer Schleier der Hoffnungslosigkeit, geschmiedet aus Stahl, unzerstörbar, immerwährend. Ich vernachlässigte meine Freunde, meine Hobbys und konnte mich kaum noch auf die Arbeit konzentrieren. Ich spürte meinen Verfall, aber es machte mir nichts aus. Nachts fragte ich mich, warum ich überhaupt noch ins Bett ging, morgens, warum ich aufstehen sollte. In den Monaten nach der Tragödie hatte ich noch die Hoffnung gehabt, dass die Schuldigen zur Rechenschaft gezogen würden. Die Presse hatte darüber berichtet, es hatte Ermittlungen gegeben und ein Verfahren war angestrengt worden, aber mit Joseph Upperts Selbstmord war die Aussicht auf Gerechtigkeit zerstoben. Ich wollte nicht aufgeben, redete mit Journalisten, suchte Hilfe bei Anwälten, aber alle sagten mir, dass der Fall abgeschlossen ist. Er würde nicht neu verhandelt werden und jede meiner Klagen würde scheitern. Ich versuchte alles, startete eine Gruppe in den sozialen Medien, aber die Unterstützer wurden jeden Tag weniger, bis ich alleine war. Irgendwann fühlte ich mich wie ein verrückter UFO-Jäger, der die Welt von der Existenz außerirdischer Besucher überzeugen will. Eines Tages war meine Kraft verbraucht, und ich schloss mich in meiner Wohnung ein. Ich weiß nicht mehr, wie lange ich vor mich hin vegetierte, mit der immer gleichen Frage, warum ich noch weitermachen sollte.

In einer dieser schlaflosen Nächte, in denen man zur Decke starrt und der Morgen noch weit entfernt ist, entschloss ich mich, den Fall aufzuklären. Alleine. Bis zur letzten Konsequenz. Der Gedanke an Rache zog mich schließlich aus meiner Lethargie.

Der Mann im Spiegel sah unverändert leer und ausgezehrt aus, daher entschloss ich mich, eine Maske aufzuziehen, jene vom Carl vor dem Einsturz, als mein Leben noch sorgenfrei und schön gewesen war. Ich duschte mich, rasierte mir die Bartstoppeln ab und schlüpfte in gewaschene Kleidung. Ich kehrte zu meinem Arbeitsplatz zurück, entschuldigte mich bei Freunden und nahm alle meine Gewohnheiten wieder auf. Äußerlich wurde wieder alles wie früher, aber ich trage bis heute die Maske.

Wenn das alles vorbei ist und ich noch lebe, dann erzähle ich Ihnen mehr zu den Menschen, die gestorben sind. Noch schmerzt es mich zu sehr und noch ist mein Herz gefüllt mit Wut, ohne Platz für etwas anderes zu lassen.

Eine Stunde nach Alberts Tod verlasse ich das Haus. Auch wenn der Einbruch perfekt gelaufen ist, bin ich nicht weitergekommen. Alberts handschriftliche Notizen haben mir keine neuen Beweise offenbart. Ich hatte gehofft, den Fall wieder in die Öffentlichkeit zerren zu können. Ein Geständnis auf Video, auch wenn es erzwungen worden wäre, hätte für Wirbel gesorgt.

Natürlich hätte ich Albert auch dann getötet. Eine Tat zu gestehen, macht die Schuld nicht geringer, aber seine Aussage hätte es mir leichter gemacht. Ich hätte es der Presse zugespielt, der Polizei und den zuständigen Stellen bei der Kripo. Dann wäre den Behörden nichts anderes übrig geblieben, als den Fall neu zu betrachten und sich den Selbstmord von Joseph Uppert noch einmal anzusehen. Dieser Teil des Plans hat nicht funktioniert, aber wenigstens habe ich Albert zur Rechenschaft gezogen.

Ich muss mir etwas anderes einfallen lassen.

Ich lebe in einem Mehrfamilienhaus. Vier Stockwerke mit bis zu sechs Wohnungen, zwischen zweiunddreißig und achtundsiebzig Quadratmeter große Einheiten. Es liegt nicht zentral, aber in fünf Minuten ist man an der U-Bahn und kommt überall hin. Von außen sieht es langweilig aus, eine wenig ansprechende graue Front. Das Treppenhaus ist mit Linoleum ausgelegt und der Fahrstuhl bedrückend eng.

Das Besondere sind die Bewohner. Einfache Leute mit mäßig bezahlten Jobs, gemischt mit Träumern, die ihrer Studienzeit hinterhertrauern. Im ersten Jahr nach meinem Einzug war das Haus ein Ort voller Unbekannter. Das änderte sich mit dem Ausbau des Kellers. Die Beeger-Brüder aus dem dritten Stock sind Bauarbeiter.

Ihre Wohnung ist zu klein für einen Beamer, und die Fußball-WM stand vor der Tür. Also schlugen sie in den Abstellräumen im Keller zwei Wände heraus und fingen das restliche Gemäuer mit zweihundert Kilo schweren Trägern ab. In eine dritte Wand brachen sie ein fenstergroßes Loch. Der Barkeller war geboren. Motiviert von dieser Aktion, begann Vladimir, seines Zeichens Elektroingenieur, Kabel zu verlegen. Er besorgte zwei defekte Kühlschränke, reparierte sie und baute sie ein. Kurz darauf lieferte eine Sperrmüll-Sammlung die passende

Beleuchtung. Dann brachen die Dämme. Tage später waren die Wände gestrichen, drei Tische und sechzehn Stühle organisiert, der Kabelanschluss verlängert und ein High-Tech-Beamer installiert. Vladimir brachte noch irgendein Gerät an, damit wir auch unten Pay-TV empfangen konnten. Für die Bundesliga. Ich bin kein Fußball-Fan, aber ein Spiel mit meinen Nachbarn anzuschauen ist ein echter Spaß. Seitdem kann ich mir nicht mehr vorstellen, woanders zu wohnen.

Mein Zuhause ist nicht groß. Zwei Räume und das Bad.

»Man sieht, dass hier ein Mann wohnt«, hatte meine Nachbarin Gabriella nach meinem Einzug gesagt. Das liegt wohl daran, dass die Zimmer aufgeräumt sind, ich nur ein Geschirr-Set habe und außer einem Spitzweg keine Bilder an der Wand hängen.

Ja, ich mag Spitzweg. Was dachten Sie, was man bei mir findet? Hieronymus Bosch?

Dominiert wird die große Wand der Wohnküche von einem 42-Zoll-Flatscreen und einer beeindruckenden CD-Sammlung. Blumen und anderes Grünzeug sucht man vergeblich. Meine Zimmer sind nüchtern eingerichtet, aber es ist mein Zuhause. Ich mag es so. Von meinem Fenster aus hat man einen Blick auf den Hinterhof, die ehrwürdige Kastanie und den kleinen Garten, in dem wir im Sommer unsere Grillpartys veranstalten.

Dies nenne ich mein Zuhause, mein Refugium.

Als ich um drei Uhr das Haus betrete, begrüßt mich der Geruch von Chili und erinnert mich an den morgigen Barabend. Meine Nachbarn sind es gewohnt, dass ich bis in die Nacht arbeite, trotzdem will ich sie heute nicht wecken. In der Wohnung schlüpfe ich aus meinen Schuhen und knipse das Licht an. Ich entledige mich meiner Jacke und ziehe den Overall aus. Die Schuhschützer habe ich unterwegs in einen öffentlichen Mülleimer geworfen. Mein Mundschutz würde im gelben Sack landen und den Overall will ich in der Altkleider-

Sammlung entsorgen. Das Skalpell liegt im Rhein und meine Handschuhe treiben in der Kanalisation. Die Spuren sind verwischt.

Ich lege mich aufs Bett und schließe die Augen. Es fällt mir schwer, zur Ruhe zu kommen. Noch ist meine Anspannung zu groß und das Adrenalin in meinem Körper nicht abgebaut. Ich verdränge die Eindrücke des Abends aus meinem Kopf und konzentriere mich nur auf meinen Atem, darauf, wie sich meine Brust hebt und senkt. Ein durch die Nase, aus durch den Mund. Ich zähle jeden Atemzug. Meist schlafe ich bei zehn schon ein. Heute brauche ich länger, doch schließlich obsiegt mein Körper über meinen aufgewühlten Geist und schenkt mir Ruhe.

Der Mord hat mich mehr mitgenommen, als ich gedacht habe. Die ganze Nacht bin ich immer wieder aufgeschreckt, geweckt von verrückten Träumen und Erinnerungen, die ich lange verdrängt hatte. All das hat mir nur drei Stunden Schlaf genehmigt. Fünf Minuten bevor mein Wecker klingelt, quäle ich mich aus dem Bett. Mein T-Shirt ist schweißdurchnässt. Mein Kopf pocht und mein Hals ist rau, als hätte ich im Schlaf geschrien. Das Aufstehen fällt mir schwer, aber mein Brotjob verlangt nach mir. Ich ziehe mein nasses T-Shirt aus und trockne mich ab. Die Zeit ist zu knapp für eine Dusche, also schlüpfe ich in ein blaues Hemd, meine Jeans und ein paar Sneakers und verlasse nach einer kurzen Morgentoilette das Haus. Auf dem Weg zur U-Bahn versorge ich mich mit einem Cappuccino, der Schluck für Schluck die Träume aus meinem Gedächtnis verbannt.

Sie werden sich fragen, wie man nach einem Mord am nächsten Tag einfach so weitermachen kann. Vielleicht ahnen Sie es schon, ja, Albert war nicht der erste Mensch, den ich getötet habe. Da ich ein ganzes Stück bis zur Arbeit fahren muss, ist genug Zeit, Ihnen von meinem ersten Mal zu erzählen.

Meine Eltern gehörten zum bürgerlichen Lager. Der Vater ein Stadtbeamter in gehobener Position, die Mutter eine ehemalige Erzieherin, die mit der Geburt ihres Kindes den Beruf aufgab und Hausfrau wurde. Sonntags in die Kirche und einmal die Woche in den Gesangsverein. Das Kind geht aufs Gymnasium und nimmt Klavierunterricht, damit später mal was aus ihm wird. In der Schule auf den Lehrer hören und nicht mit verdreckten Hosen nach Hause kommen. Die Schaukel im Reihenhausgarten, neben ebenso spießigen Nachbarn, die Wert darauf legen, dass man die Mittagsruhe einhält.

Es gibt schlimmere Schicksale, aber wie bei vielen dieser Mittelstandsfamilien war da noch eine andere Geschichte, eine hinter verschlossenen Türen. Sie begann, als ich sechs Jahre alt war. In dieser Zeit schien mein Vater realisiert zu haben, dass sein Leben nichts mehr zu bieten hatte. In seinem Beruf konnte er auf keine Veränderung mehr hoffen. Er war für das Immobilien-Management der Stadt Köln zuständig, überprüfte Formulare und stempelte Verträge ab. Nichts, was ein motivierter Auszubildender nach zweiwöchiger Einlernphase nicht auch gekonnt hätte. Keine Überstunden und keine Probleme, Urlaub genehmigt zu bekommen. Zu Hause eine Frau, die er schon seit der Schulzeit kannte, während die einzige Abwechslung in seiner Freizeit der Gesangsverein war.

In solchen Situationen reagieren Menschen auf unterschiedliche Art. Manche wandern nach Mallorca aus und eröffnen einen Surfbrett-Verleih, andere suchen sich ein verrücktes Hobby, in das sie ihre ganze Energie stecken, und wieder andere resignieren. Früher lautete die Bezeichnung für einen solchen Zustand Depression, heute nennt man es Burn-out.

Da mein Vater nur Verachtung für »die Studierten« hatte, weigerte er sich, zu einem Psychologen zu gehen, und ertränkte seinen Kummer im Alkohol. Anfangs war er noch ein anständiger Trinker, gehörte zu jenen, die nur am Wochenende betrunken waren, aber irgendwann konnte er sein beschissenes Leben auch werktags nicht mehr ertragen, also griff er schon morgens zur Flasche. Damit sein Chef nichts davon mitbekam, bediente er sich einiger Tricks, angefangen von Pfefferminzbonbons, die er den ganzen Tag lutschte, bis zu Aftershave, das er ständig auftrug. Er versteckte die Flaschen im Keller, hinter den alten Gartenstühlen, aber es half nichts. Ich konnte es sehen, das Zittern der Hände, wenn sein Pegel gefährlich niedrig wurde, das Flackern seiner Lider und den stechenden Blick, wie bei einem Verdurstenden. Egal, wie sehr sich ein Alkoholiker mit Duftwassern, Mundspülungen und Knoblauch-Verzehr zu tarnen versucht, man riecht es immer, im Atem, auf der Haut und beim Schwitzen, ein herber, abstoßender Gestank, wie abgestandenes Bier in einer verrauchten Kneipe.

Mein Vater war ein kräftiger Mann, der Probleme schon in der Schule damit gelöst hatte, dass er Widersacher niederprügelte. Nach der Hochzeit mit meiner Mutter hatte er sich besser im Griff, aber mit dem Alkohol kam seine Freude am Prügeln zurück. Anfänglich waren es kleinere Raufereien gewesen, aber als man ihm in seiner Lieblingskneipe deswegen Hausverbot erteilt hatte, brauchte er ein neues Ventil. Meine Mutter und mich.

Mit sechs Jahren verstand ich, was mit bürgerlicher Fassade gemeint war. Abends wurde meine Mutter von meinem Vater verprügelt, aber anstatt zur Polizei zu gehen, spazierte sie am nächsten Morgen aus dem Haus, traf sich mit ihren Freundinnen beim Einkaufen und spielte ihnen die heile Welt vor. Bis heute verstehe ich es nicht, aber sie hätte es als schlimmer empfunden, wenn die Wahrheit über uns herausgekommen wäre, als wenn sie die Schläge meines Vaters einzustecken hatte.

Meine Mutter war keine große Frau, aber Abend für Abend hat sie sich zwischen mich und ihren prügelnden Mann gestellt und sich so lange schlagen lassen, bis der Zorn meines Vaters verraucht war. An besonders schlechten Tagen wurde sie noch von ihm vergewaltigt. Ab und zu kam er anschließend in mein Zimmer und hat sich an mir abreagiert, aber meine Mutter hat mir durch ihre Opferbereitschaft großes Leid erspart.

Das ging viele Jahre so. An manchen Tagen wäre ich am liebsten weggelaufen, hätte mich irgendwo versteckt, und doch kam ich nach der Schule nach Hause, weil ich mich meiner Mutter verpflichtet fühlte. Ich war das Einzige, das sie am Leben hielt. Das wollte ich ihr nicht nehmen.

Es war ein Dienstagabend im verregneten Herbst, dunkel und viel zu weit vom Frühling entfernt. Meine Mutter lag ohnmächtig im Hausflur, Blut lief ihr aus der Nase und tropfte auf die hellen Teppichfliesen. Mein Vater hatte noch nicht genug, also torkelte er die Treppe zu meinem Zimmer hoch, den Tag meiner Geburt verfluchend. Mein Rücken schmerzte noch von seinen letzten Prügeln, aber ich hatte gelernt, dass weglaufen es nur schlimmer machte, also wartete ich auf das Unvermeidliche. Ich erinnere mich noch genau an sein Gesicht, die gerötete Haut, die Trinkernase und die gelben Zähne, sein Schnaufen, die vollgepisste Hose, und über alledem schwebend der ausgedünstete Alkohol.

Mein Vater hatte selbst für seine Verhältnisse viel getrunken, denn er taumelte die Treppe nach oben. Während er sich am Geländer zu mir hochzog, geschah es. Ich hatte einen Moment der völligen Klarheit. Ein faszinierendes Erlebnis. Man weiß genau, was man zu tun hat, ohne Zweifel.

Als mein Vater für einen Moment den Handlauf losließ und das Gleichgewicht suchte, versetzte ich ihm von oben einen Tritt an seine Brust. Ich war zwölf und ein guter Fußballer, ihm zwar körperlich noch weit unterlegen, aber der Treffer war stark genug, um ihn aus der Balance zu bringen. Er ruderte mit den Armen und versuchte, das Geländer zu greifen, doch an diesem Abend hatte der Alkohol etwas Gutes. Er kippte rückwärts die

Treppe hinunter, überschlug sich und knallte mit dem Kopf an den Treppenansatz.

Von meiner eigenen Courage überrascht, blieb ich noch eine Weile oben stehen, aber das Stöhnen meiner Mutter riss mich aus der Starrheit. Ich rannte zu ihr und rief einen Krankenwagen.

Neben ihr lag mein Vater. Reglos, unnatürlich gekrümmt, mit gebrochenem Genick. Ich bettete den Kopf meiner Mutter auf meinem Schoß, bis die Polizei und der Krankenwagen eintrafen.

Niemand zweifelte an der Geschichte, dass mein Vater betrunken die Treppe hinuntergestürzt war. Die Ärzte nicht, die Polizei nicht, selbst meine Mutter glaubte mir.

Ich begleitete sie ins Krankenhaus und hielt ihre Hand, während der Arzt sie untersuchte. Irgendwann übermannte sie der Schlaf, und ein freundlicher Polizist brachte mich nach Hause, wo meine in Tränen aufgelöste Tante schon auf mich wartete. Die Leiche meines Vaters war schon weggeschafft worden. Hoffentlich würde er in der Hölle schmoren.

Ich streifte noch eine Zeit durchs Haus und freute mich auf ein Leben ohne Schläge und Angst. Dann legte ich mich in mein Bett. Eine ungewohnte Zufriedenheit übermannte mich, und ich schlief nach dem dritten Atemzug ein.

Selbst ein Schläger wie mein Vater kann ein Vorbild sein. Er zeigte mir ein Leben, das ich nicht führen wollte, er war ein Mann, der ich nicht werden durfte.

Die erste Veränderung betraf meine zukünftige Arbeit. Mein Vater hasste seinen Job, also würde ich niemals eine Stelle annehmen, nur weil sie bequem war oder mir eine gute Pension garantierte. Ich war noch in der Schule, aber ich verstand, dass die zukünftige Karriere eines Menschen von seinen Schulnoten und der daraus folgenden Ausbildung bestimmt wird. Menschen mit Abitur haben bessere Berufschancen als Leute mit Hauptschulabschluss. Jemand, der ein Studium vorzuweisen hat, wird später mehr Geld verdienen als jemand ohne Ausbildung. Von diesem Tag an brachte ich keine schlechten Noten mehr nach Hause. Ich hatte zwar unverändert wenig Spaß an dem langweiligen Frontalunterricht mit unmotivierten Lehrern und Fächern, die mich nicht interessierten, aber ich lernte genug für einen guten Abschluss auf dem Gymnasium. Auch wenn ich gerne Fußball spielte, hatte ich damals kein Hobby, das ich leidenschaftlich ausübte. Ich malte nicht, schrieb nicht oder interessierte mich für Mode, aber ich saß gerne am Computer. Obwohl ich die meiste Zeit spielte, fing ich schon früh an, mich für Programmierung zu interessieren, und schraubte auch gerne an meinem PC herum, daher war meine Wahl, Informatik zu studieren, keine Überraschung. Ich muss zugeben, dass das Studium nicht ganz so cool war, wie ich gehofft hatte, aber ich konnte mich den ganzen Tag mit anderen Nerds austauschen, trug freakige T-Shirts und fiel nicht auf, wenn ich mich einen Monat nicht rasierte. Ein Minimum an Vorlesungen und viel Zeit zum Rumhängen. Alles lief gut.

Dank vieler Praktika konnte ich schon während meines Studiums das Berufsleben kennenlernen. Mir wurde schnell klar, dass große Unternehmen nichts für mich sind, auch mochte ich den direkten Kontakt mit Kunden nicht, also schied die Beraterkarriere für mich aus. Nach drei Vorstellungsgesprächen fand ich eine gut bezahlte Stelle, die mir bis heute Spaß macht. Das ist der erste Punkt, in dem ich besser als mein Vater war.

Der zweite betrifft den Umgang mit Alkohol. Es ist nicht leicht, als pubertierender Jugendlicher Bier, Wein und stärkeren Drinks zu widerstehen. Ab der Pubertät definieren sich viele heranwachsende Männer über ihren Alkoholkonsum. Saufen ist cool. Besoffen sein noch cooler und je mehr man die Kontrolle über seinen Körper verliert, umso lustiger. Wer am häufigsten kotzen muss, gewinnt. Mich widerte dieses Gehabe an, aber wenn man sich dem entzieht, gerät man überall in die Rolle des Außenseiters, egal ob in der Schule, im Sportclub oder bei Familientreffen. Man wird als Weichei belacht und verbringt die Abende im Schullandheim alleine mit einem Buch, wenn man keine Lust hat, mit auf Sauftour zu gehen. Vielleicht hatten meine Mitschüler nicht meine Erfahrungen gemacht, vielleicht war es ihnen egal, doch in manchen von ihnen erkannte ich meinen Vater, jünger, unreifer, aber mit dem Potenzial für ein unglückliches Leben, das irgendwann in Gewalt ausarten würde.

Die meisten meiner Mitschüler habe ich nach dem Abitur nicht mehr gesehen. Was ich über sie gehört habe, hat mir Gewissheit gegeben, den richtigen Weg eingeschlagen zu haben. Die coolen Jungs sind Buchhalter, Versicherungsvertreter oder Beamte geworden. An sich anständige Berufe, aber eben nicht Surflehrer, Rapper oder Pornostar. Manche von ihnen sind nicht mehr vom Alkohol losgekommen. Ich hoffe, ihre Leber zersetzt sich, bevor sie heiraten und Kinder kriegen, aber am Ende ist es mir egal.

Ich bin besser als mein Vater. Zwei zu null für mich.

Und schließlich ist da noch mein Verständnis von Gerechtigkeit, vielleicht das am stärksten ausgeprägte von all den Dingen, die mich meine Kindheit gelehrt hat. Ich rede nicht vom Recht, also den Gesetzen, die es in jedem Land gibt, sondern von dem, was richtig ist.

In einer Gesellschaft, in der ein Mann ungestraft seine Frau vergewaltigen und sein Kind verprügeln kann, läuft etwas schief. Natürlich hätten wir zur Polizei gehen können, aber die Folgen wären für uns enorm gewesen. Meine Mutter und ich hätten in ein Frauenhaus ziehen müssen, weg von meiner gewohnten Umgebung, in der ständigen Angst, auf der Straße meinem Vater zu begegnen. Das Jugendamt wäre mit im Spiel gewesen, die Schule wäre informiert worden. Dazu noch die mitleidigen Blicke von Freunden und Verwandten. Meine Mutter hätte wieder arbeiten müssen, und ich wäre die meiste Zeit alleine gewesen, mit anderen gewaltgestraften Kindern. Mein Vater hätte sich per richterlichem Beschluss von uns fernhalten müssen, aber diese Vereinbarung wäre das Papier nicht wert gewesen, auf das sie gedruckt worden wäre. Irgendwann hätte er uns erwischt, und dann wäre es richtig schlimm geworden. Zumindest meine Mutter hätte das nicht überlebt.

Die Lösung für das Problem ist einfach. Ein Mann, der seine Familie verprügelt, muss weggesperrt werden. Sofort und zwar für so lange, bis sichergestellt ist, dass er seine Gewaltausbrüche unter Kontrolle hat. Wenn er das nicht kann, darf er nicht mehr rausgelassen werden. Das nennt sich Opferschutz, aber leider stehe ich mit meiner Meinung oft alleine da. Dann bekomme ich immer etwas von zweiter Chance zu hören, von Wiedereingliederung in die Gesellschaft oder anderem Unsinn. Fragen Sie eine Frau, wie es ist, verprügelt und vergewaltigt zu werden, oder unterhalten sie sich mit einem Neunjährigen, der zwei Wochen nicht mehr in die Schule kann, weil ihm sein Vater das Nasenbein zertrümmert hat. Vielleicht verstehen Sie es dann.

Ein funktionierender Rechtsstaat ist großartig, aber jedes Rechtssystem erweist sich letztlich als lückenhaft. Glücklicherweise gibt es Menschen wie mich, die diese Löcher auf ihre Art schließen.

Albert Mencke hat das am eigenen Leib spüren müssen. Er wird nicht der Letzte gewesen sein.

Auf dem Weg von der U-Bahn ins Büro kämpfe ich noch mit der Müdigkeit, aber trotzdem ziert ein Lächeln mein Gesicht. Der Einbruch ist wie gewünscht verlaufen. Albert Mencke hat sich als skrupelloses Monster herausgestellt und seine verdiente

Strafe erhalten. Doch meine Ermittlungen sind ins Stocken geraten. Albert hat zwar die Unterlagen gefälscht, aber er ist nur ein williger Erfüllungsgehilfe gewesen. Jetzt bleibt mir nur noch der Geschäftsführer der Kranz Bau GmbH. »Siegfried der Sonnenkönig« nennt man ihn in der Branche. Reich, skrupellos und voller Klischees. Er liebt protzigen Schmuck, besitzt mehrere Sportwagen und ist in dritter Ehe geschieden. Leider scheint er auch sehr clever zu sein. Er wurde unzählige Male angeklagt, zwei Mal verhaftet und die Räume der Kranz Bau GmbH sind von der Staatsanwaltschaft durchsucht worden, aber er ist jedes Mal ungeschoren davongekommen. Die Verfahren wurden entweder mangels Beweisen eingestellt oder weil wichtige Zeugen ihre Aussagen zurückgezogen hatten. Bei ihm wird sich nicht so einfach eine belastende Notiz finden. Auch konnte ich ihm keinen Trojaner unterschieben, weil sein Unternehmen eine gute IT-Abteilung hat, ganz im Gegensatz zu Albert Mencke. Außerdem stammt sein Fahrer von einer Sicherheitsfirma, und das Firmengelände ist kameraüberwacht.

Auch wenn der Sonnenkönig ganz oben auf meiner Liste steht, muss ich zunächst mehr über den Unterbau wissen, die Helfer auf der Baustelle, die weggesehen haben, aber vor allem über die Männer, die sich um Kranz' lästige Zeugen gekümmert haben.

Der Architekt hat mich nicht weitergebracht, und der Kopf der Schlange ist zu weit weg, aber ich habe noch eine Option: Isak Ties. Er war der erste Bauleiter des Projekts, hat aber nach wenigen Wochen gekündigt. Danach hat Joseph Uppert übernommen. Der Mann, der Selbstmord begangen haben soll.

Ich muss herausbekommen, warum Isak gekündigt hat und was er von Alberts gefälschten Unterlagen weiß.

Aber bevor ich mich wieder auf die Pirsch mache, habe ich noch zu arbeiten. Auch einsame Rächer müssen von etwas leben.

Das Büro ist drei Minuten Fußmarsch von der U-Bahn-Station entfernt. Ich begrüße meinen Chef mit einem kurzen »Morgen«. Wie üblich hastet er durch die Gänge, als müsste er noch schnell die Akten seines Schweizer Bankkontos vernichten, weil die Steuerfahndung vor der Tür steht. Klements unrasiertes Gesicht ist gerötet und er schwitzt wie ein Sprinter beim Zieleinlauf, was bei seiner dicklichen Statur einen drohenden Herzinfarkt befürchten lässt.

Es riecht nach Kaffee, Wan-Tan-Suppe und mangelnder Körperhygiene. Trotz des kühlen Tages ist alles angenehm temperiert. Insgesamt sechzehn Computer und ein kühlschrankgroßer Server erzeugen eine Menge Wärme. Wie immer sind die fünf Büros fast unbesetzt. Die Kollegen arbeiten vor Ort beim Kunden. Schließlich sind wir ein Beratungsunternehmen. Unsere Spezialität sind IT-Sicherheit, das Wiederherstellen verlorener Daten und die Entsorgung von Hardware. Ich bearbeite die harten Fälle und das kann man nicht mit einem Laptop unter dem Arm. Da braucht man ordentlich Rechenpower. Wie ich schon gesagt habe, reise ich nicht gerne, daher passt es mir gut, dass ich die meiste Zeit hier verbringe.

Ich setze mich auf meinen Platz, stelle meinen Cappuccino ab und browse durch meine Mails. Ich muss zwei abgerauchte Festplatten restaurieren und einen Computer von einem fiesen Trojaner befreien. Meine Kollegen würden für die Reparatur der Festplatten drei Tage benötigen. Und mit dem Trojaner wären sie schlichtweg überfordert. Ich könnte das alles gut heute erledigen. Um nicht noch mehr Arbeit zu bekommen, werde ich mir Zeit lassen, schließlich möchte ich mich noch um meine Angelegenheiten kümmern.

Das ist das Schöne an diesem Job. Ich arbeite aktiv zwei Stunden am Tag und bin trotzdem doppelt so schnell wie jeder andere. Die Bezahlung ist gut, was ich sonst noch brauche, beschaffe ich mir mit ein paar Tricks.

Ich weiß, was Sie sagen wollen. Ein Mörder ist ein skrupelloser Mensch ohne Moral. Dem ist nicht so. Ich zahle Steuern, parke an den vorgesehenen Stellen und bin das letzte Mal vor zwei Jahren zu schnell Auto gefahren. Um mehr Geld zu verdienen, nutze ich nur eine kleine Lücke im System.

O. k. Von vorne.

Viele Unternehmen müssen ihre Computer-Festplatten sicher entsorgen. Einmal formatieren reicht nicht, also beauftragen sie Firmen wie uns, die alle Daten so löschen, dass sie nicht mehr wiederhergestellt werden können. Diese langweilige Arbeit übernehme ich, aber wenn die Platte leer ist, bringe ich sie nicht in den Elektroschrott-Container, sondern mache die Seriennummer unkenntlich und verkaufe sie bei Ebay. Je nach Auftragsvolumen können da locker zweitausend Euro im Monat rumkommen. Wenn ich sie nicht verkaufen würde, würden sie im Abfall landen, also tue ich im Grunde sogar ein gutes Werk, indem ich den Sondermüll-Berg verringere.

Was das mit dem Baupfusch zu tun hat? Nichts natürlich. Aber ich muss ja auch von was leben.

Gott sei Dank steht das Wochenende vor der Tür. Morgen werde ich kurz ausspannen und mich dann auf den Einbruch bei Isak vorbereiten.

KAPITEL 3

Ich bin ein geselliger Mensch. Ich dränge mich nicht in Gespräche rein oder versuche im Mittelpunkt zu stehen, aber ich bin gerne unter Leuten. Seit zwei Jahren gehe ich am Wochenende in ein kleines Café in der Innenstadt, bestelle mir einen Cappuccino und verdrücke einen Teller Donuts, während ich auf meinem Laptop Mails beantworte.

Obwohl die Geschäfte gerade erst geöffnet haben, ist die Fußgängerzone an diesem Samstag schon voller Menschen. Die Schlange vor dem To-Go-Schalter im Café wächst und sämtliche Sitzplätze sind belegt. Es riecht nach Kaffee, und das Zischen des Milchaufschäumers übertönt ununterbrochen das Gemurmel der Gäste. Während die Bedienung vor einer halben Stunde noch Zeit für einen kleinen Plausch hatte, rennt sie jetzt hektisch umher, nimmt Bestellungen auf oder kassiert.

Ich mache mich gerade an meinen dritten Donut, als sich ein Mädchen auf den freien Platz mir gegenüber setzt. Ich schätze sie auf höchstens zehn Jahre. Ihre langen, dunklen Haare werden von rosa Hello-Kitty-Spangen zurückgehalten. Ihre grünen Augen blicken mich neugierig an, wie es nur Kinder in diesem Alter können. Ich lege meinen Donut zur Seite und wische mir die Hände an der Serviette ab. Ich kann nicht gut mit Kindern, tatsächlich nerven sie mich meistens, also kneife ich die Augen zusammen und mustere sie streng. Sie erwidert meinen Blick gelassen.

»Kennst du dich damit aus?« Sie deutet mit ihren Fingern auf meinen Laptop.

»Ja«, antworte ich verwundert. Die Gesprächseröffnung ist nicht so, wie ich es von Kindern gewöhnt bin.

»Super.« Sie zeigt beim Lächeln zwei zu groß geratene Vorderzähne. »Meine Mama ärgert sich jeden Abend, wenn ihr Computer nicht geht. Dann sagt sie schlimme Worte und will ihn aus dem Fenster werfen.«

»Nun, nicht alle Computer funktionieren so, wie man es möchte, aber oft kann man da was machen.«

»Ich hole meine Mama. Sie will den Computer gerade zur Reparatur bringen, aber eigentlich können wir uns das nicht leisten.«

Sie rutscht von ihrem Stuhl und läuft zu einer Frau meines Alters in der Schlange. Die Ähnlichkeit ist unverkennbar. Ihre schwarzen Haare fließen über ihre Schulter, leicht gelockt, majestätisch. Sie ist kaum geschminkt und wirkt gehetzt, aber da ist etwas in ihrem Blick, das mich an die großen Hollywood-Diven der Dreißigerjahre erinnert. Eine klare Schönheit mit makelloser Haut, der selbst Schlafmangel, Sorge um das eigene Kind und Terminstress nichts anhaben können.

Sie trägt eine Tasche in der Linken und hat einen rosa Kinderrucksack in der anderen Hand. Die Kleine stellt sich neben ihre Mutter, wechselt ein paar Worte mit ihr und zieht sie an der Jacke zu meinem Tisch. Ich ertappe mich dabei, wie ich den Bildschirm kurz auf die Kamera umstelle und mein Gesicht nach Schokokrümeln untersuche.

Eine Millisekunde, bevor sie bei mir ist, schalte ich wieder auf mein Mailprogramm um.

»Entschuldigen Sie«, sagt sie verlegen, »aber Henrietta ist ein wenig forsch.«

Sie versucht, einen strengen Gesichtsausdruck aufzusetzen, aber die Liebe zu ihrer Tochter schleicht sich in ihre Augen. Gut erzogen, wie die Kleine ist, macht sie kurz ein zerknirschtes Gesicht.

»Kein Problem.« Ich winke ab und lächele. »Ich bin noch nie so charmant um Hilfe gebeten worden. Ich surfe sowieso nur im Internet, da kann ich mir genauso gut Ihren Laptop mal ansehen.«

Sie schüttelt den Kopf, aber ihr Widerstand ist wenig energisch. »Das kann ich nicht von Ihnen verlangen.«

»Ich bin IT-Spezialist«, werfe ich ein. »Ich mache das den ganzen Tag. Was funktioniert denn nicht?«

»Ich surfe im Internet, dann öffnet sich ein Fenster mit einem großen roten Balken und warnt mich vor irgendetwas. Nach einer Minute schließen sich alle Programme und der Computer fährt herunter, ohne dass ich es aufhalten kann.«

»Ist nur ein harmloser Virus«, beruhige ich sie. »Holen Sie sich einen Kaffee und lassen Sie das Ding bei mir. Bis Sie ausgetrunken haben, bin ich fertig.«

Sie lächelt mich dankbar an und zieht den Laptop aus der Tasche. Eine wirklich alte Mühle. Kein Wunder, dass sie sich was eingefangen hat.

»Und du bleibst hier sitzen und versuchst, mal keinen Blödsinn zu machen«, ermahnt sie ihre Tochter. »Ich behalte dich von da drüben im Auge.« Das Mädchen salutiert. Während sich ihre Mutter wieder in die Schlange stellt, wechselt sie auf meine Seite, kniet sich auf den Stuhl und sieht mir fasziniert über die Schulter.

Den Virus habe ich in acht Minuten entfernt. Das Sicherheitsupdate hat kaum länger gedauert, aber irgendwie habe ich es geschafft, alles auf eine Stunde auszudehnen. Wir reden über Kaffeesorten, den letzten Karneval und die Probleme einer alleinstehenden Mutter mit einem Kind, das zu viel Fernsehen schauen will. Ich vergesse alles um mich herum, den Lärm der Gäste, die hektische Bedienung und das Geräusch des Kaffeeautomaten. In diesem Moment ist mein Leben frei von Sorgen und Ängsten, als gäbe es nur uns drei.

Nachdem die beiden das Café verlassen haben, muss ich den Drang unterdrücken, aufzustehen und ihnen hinterherzulaufen. Aber ich habe ihnen meine Telefonnummer gegeben und Bianca das Versprechen abgerungen, mich am nächsten Samstag an gleicher Stelle noch mal auf den Laptop schauen zu lassen. Das Lächeln, das sie mir zum Abschied zugeworfen hat, werde ich mein Leben lang nicht vergessen.

Meine erste Freundin hatte ich mit fünfzehn. Mehr eine jugendliche Liebelei aus der Parallelklasse als eine ernsthafte Beziehung. Es folgten noch andere Frauen, mit manchen war es ernst, bei anderen überwog das gemeinsame Spaßhaben, aber mit keiner von ihnen konnte ich mir eine dauerhafte Beziehung vorstellen. Natürlich war ich auch verliebt, aber das Gefühl war irgendwann verschwunden und dann langweilte ich mich. Ich hatte immer weniger Lust, mich mit meiner Freundin zu treffen. Dann folgten die obligatorischen, tränenreichen Trennungsdiskussionen und das Ende der Beziehung. Ich bin selbstkritisch genug, um zu erkennen, dass es meistens meine Schuld war. Ich bin eher der Single-Typ. Das zeigt sich beispielsweise beim Thema Urlaub. Ich gehe gerne alleine weg, leihe mir ein Motorrad und fahre herum, ziellos. Wenn es spät wird, übernachte ich, wo ich mich gerade aufhalte, und fahre am nächsten Morgen weiter. Mit meinen Freundinnen war das immer unmöglich. Einige hatten Angst vorm Motorradfahren, andere wollten an den Strand oder zum Sightseeing und Shoppen in eine große Stadt. Alleine die Diskussion über den Urlaub hat mir diesen oft schon verdorben, bevor wir überhaupt losgefahren sind.

Der Gedanke, alleine zu leben, hat mich nie erschreckt, umso überraschter bin ich, als sich auf der Rückfahrt meine Gedanken nur um Bianca drehen.

Ihr Anblick begleitet mich bis in den Schlaf, hinein in meine Träume.

KAPITEL 4

Wie die meisten Männer auf dieser Welt brauche ich nicht viel Platz für Kleidung oder Schuhe. Da ich die Wohnungseinrichtung des Vormieters bei meinem Einzug übernommen habe, verfüge ich über vier Meter Kleiderschrank, wovon die Hälfte schon mehr als ausreicht. Als ich mich entschlossen habe, die Verantwortlichen des Baupfuschs für ihre Tat bezahlen zu lassen, bin ich vom ersten Tag an vorsichtig gewesen. Ich verschlüssele meine Festplatte, verschleiere meine Surfspuren und speichere nichts Belastendes auf meinem PC. Pläne und Unterlagen drucke ich im Büro aus und nehme sie mit nach Hause. Wenn ich etwas in Bezug auf Mordermittlungen gelernt habe, dann dass dich die kleinen Dinge überführen können. Nehmen wir Ted Bundy, einen der schlimmsten Serienmörder überhaupt. Er hat in den USA mindestens dreißig Frauen ermordet, aber am Ende ist ihm eine Verkehrskontrolle zum Verhängnis geworden.

Ich bin ein sehr visueller Mensch, daher pinne ich mir Ablaufpläne, Verdächtigenprofile und Aufnahmen möglicher Beteiligter gut sichtbar vor die Augen, verknüpfe sie mit Pfeilen und ergänze sie um Notizen. Sieht ein wenig aus wie in den amerikanischen Krimiserien, nur größer und chaotischer. Als ausreichend große Schautafel dient mir die Innenseite des unge-

nutzten Schranks, aus dem ich die Kleiderstange und Einlege-
böden herausgenommen und im Sperrmüll entsorgt habe. Ich
muss nur die Tür aufmachen und kann weiterarbeiten. Wenn
es überraschend klingelt oder ich Besuch erwarte, schließe ich
den Schrank und stelle mein Bügelbrett davor. Sollte die Polizei
meine Wohnung stürmen, wird sie meine Pinnwand entdecken,
aber dank meiner Nachbarin Marla würde ich von einem solchen Einsatz früh genug erfahren und vorgewarnt sein. Eine
Stunde reicht mir, alles zu beseitigen, denn Teil meiner Ausrüstung ist ein großer Aktenvernichter der Sicherheitsstufe fünf.
Dieser schreddert das Papier in einen Millimeter kleine Teile,
unmöglich, es wiederherzustellen. Marla lernen Sie ein anderes
Mal noch kennen. Zurück zu meinen Plänen.

An der Spitze der Verdächtigenliste prangt Siegfried Kranz,
die einzige Person, von der ich sicher bin, dass sie für den
Baupfusch verantwortlich ist. Alberts Foto habe ich mit einem
dicken roten Stift durchgestrichen, aber da ich nicht viel in seinen Unterlagen gefunden habe, muss ich mich um Isak Ties
kümmern, den ersten Bauleiter des Projekts. Ihn habe ich neben
Albert an die Wand gepinnt und mit Siegfried Kranz verbunden. Das Bild zeigt Isak mit weißem Hemd vor einem Computer, die dunklen Haare zur rechten Seite gekämmt. Seine Hände
liegen auf einer Tastatur, während er mit einem unverbindli-
chen Lächeln in die Kamera blickt. Seine Haut wirkt zu glatt,
um nicht nachbearbeitet worden zu sein. Wohl damit er nicht
zu sehr wie ein Business-Mann wirkt, hat er die Ärmel hochge-
krempelt.

Bei der Erstellung eines Profils ist jede Kleinigkeit wich-
tig. Es macht einen Unterschied, ob man einen Dreißigjährigen
angreift, der vier Jahre bei der Bundeswehr war und nebenher
Karate trainiert, oder einen fünfzigjährigen Frührentner mit
Behindertenausweis, der Sport nur aus dem Fernsehen kennt.
Meine Zusammenfassung von Isak Ties ist erschreckend kurz,

weil ich mich die letzten Tage ausschließlich auf Albert Mencke konzentriert habe. Bis gestern habe ich gehofft, von Albert mehr über das ganze Projekt zu erfahren, was sich aber als Fehleinschätzung herausgestellt hat. Dies wird mir nun zum Verhängnis, denn mit dem ersten Mord ändert sich alles. Einerseits betrachtet die Polizei den Fall genauer, andererseits sind höchstwahrscheinlich auch die anderen Beteiligten gewarnt. Ist wie bei *Terminator*. Wenn zwei der drei Sarah Connors schon tot sind, wird die dritte vorsichtig sein, auch wenn sie den Grund für die Ermordung der anderen nicht kennt.

Laut seines Lebenslaufes ist Isaks Leben unspektakulär. Abitur, Studium, Anstellung bei einer Baufirma und drei Jahre später der Wechsel in die Selbstständigkeit. Keines seiner Projekte ist eindrucksvoll, aber er scheint genug Arbeit zu haben, um davon leben zu können. Eine Suche in den sozialen Medien führt zu einer Mitgliedschaft bei einem Verein für Freizeit-Kicker und einer Leidenschaft für Fotografie. Müsste ich Isak kategorisieren, würde ich Worte wie »harmlos« oder »ungefährlich« verwenden, aber ich verlasse mich trotzdem nicht auf die wenigen Informationen im Netz. Ich muss mehr von meinem Ziel erfahren, ohne ihn persönlich zu treffen. Die Polizei befragt in einem solchen Fall das Umfeld, was mir nicht möglich ist. Also muss ich auf eine Überwachungskamera zurückgreifen, die ich in seiner Nähe installiere. Glücklicherweise habe ich mir vor dem Mord an Albert einen Eindruck von Isaks Wohnung verschafft. Er lebt in einem Mehrfamilienhaus an einer befahrenen Straße, in einer mittelmäßigen Wohngegend. Um sich, wie bei Albert, leise hineinzuschleichen, herrscht dort zu viel Aktivität. Ständig kommen und gehen die Bewohner, werden Mülltonnen geleert, Zeitungen gebracht oder es klingelt der Postbote. Bleibt also nur der Weg, mich inmitten dieser Menge zu verstecken. Das ist leichter, als es sich anhört.

Dazu muss ich aber bis Montag warten. Dann zeige ich Ihnen, wie man das bewerkstelligt.

Sie werden sich wundern, wie normal mein Leben ist, wenn man bedenkt, dass ich ein Mörder bin. Machen Sie sich nichts vor, tief in unserem Inneren sind wir alle in der Lage, einen Menschen zu töten. Sie, ich, Ihr Nachbar oder Ihr bester Freund. Sie müssen nur in die entsprechende Situation kommen.

Natürlich werden auf dieser Welt tausende Kinder von ihrem Vater verprügelt, ohne dass sie diesen umbringen, aber tief in unserem Herzen brennt ein Feuer, heiß und leidenschaftlich, das sich durch die Jahrtausende gehalten hat, von dem Moment, als Kain auf seinen Bruder neidisch wurde. Das Feuer ist noch immer da, unverändert brennend, nur hat die Zivilisation eine Esse geschaffen, damit es nicht ständig ausbricht. Nehmen Sie unsere gesellschaftlichen Errungenschaften weg, lassen Sie einen Pädophilen ihr Kind bedrohen oder einen verrückten Warlord Ihr Leben, dann spüren Sie es wieder. Das Feuer. Roh, hemmungslos und zerstörerisch.

Das ist der Unterschied zwischen Ihnen und mir. Meine Esse ist längst zerstört. Ansonsten ähneln wir uns sehr. Ich speise, trinke und schlafe. Ich habe eine mal besser, mal schlechter funktionierende Verdauung. Ich friere, wenn es kalt ist, und ich schwitze im Sommer. Ich lache bei einem guten Witz, lese Bücher und fiebere mit der deutschen Fußballnationalmannschaft mit. Ich habe Hobbys, Freunde und einen Job. Ich esse lieber Pizza als Brokkoli und trinke eher Cola statt Wasser.

Viele halten den Gedanken für unerträglich, dass ein Mörder ein normaler Mensch sein kann. Keine am ganzen Körper tätowierte Bestie oder ein unkontrollierbarer Irrer, der schon mit vier Jahren Spaß daran gefunden hat, sein Kaninchen zu erwürgen. Ich habe mich unter Kontrolle. Ich werde Sie nicht erschießen, wenn Sie mir die Vorfahrt nehmen, ich steche nicht mit dem Messer auf Sie ein, wenn Sie mich im Supermarkt anrempeln, und ich laufe nicht Amok, wenn ich im Möbelhaus eine Stunde an der Warenausgabe auf mein Regal warten muss. Das ist die gute Nachricht, eine schlechte dagegen habe ich für diejenigen, die den gleichen Weg wie ich gegangen sind: Ich zahle einen Preis.

Ich weiß nicht, ob wir eine Seele haben. Ich habe mich mit solchen Sachen nie beschäftigt, Gott, Seele, Unsterblichkeit, aber ich glaube, dass jeder Mensch eine Essenz hat, die der Idee einer Seele nahekommt. Etwas Undefinierbares, losgelöst von unserem Gehirn, fern der Ratio. Und diese Seele leidet, bei jeder Tracht Prügel, die wir einstecken müssen, jeder Demütigung, die wir zu ertragen haben, und bei jedem Schicksalsschlag. Und nimmt auch Schaden bei Leid, das wir erzeugen. Vielleicht ist die Seele eine Ansammlung positiver Energie, ein Schutzpanzer, der mit jedem Mal weniger wird, wenn wir Schmerz erfahren oder auslösen. Je löchriger diese Rüstung wird, umso stärker wird die Heimsuchung, die Erinnerung an die dunklen Stunden in unserem Leben. Anfänglich sind es Träume, Schlaflosigkeit und eine wiederkehrende innere Unruhe. Und mit jedem Mal werden sie größer, die Dämonen, die an uns zehren.

Nach dem Tod meines Vaters hatten meine Mutter und ich eine gute Zeit. Unser Leben war wieder lebenswert geworden. Dann kam mein Vater zurück, in meinen Träumen. Er lachte über mich, spottete über meine Schwächen und drohte mir unverhohlen Prügel an. In dieser Zeit hatte ich manchmal Angst, ins Bett zu gehen. Aus meinem richtigen Leben war mein Vater verschwunden, aber im Schlaf hatte er wieder Macht über mich gewonnen. Dort war ich wieder der kleine Junge, der sich in die Hosen machte, wenn er die schweren, trägen Schritte auf der Treppe hörte.

Mit der Zeit wurde ich stärker, selbstbewusster und die Erinnerung an meinen Vater verblasste, sodass er selbst im Schlaf keine Macht mehr über mich hatte. Ich hatte ein normales Leben. Viele Jahre.

Dann stürzte das Haus in der Birkenstraße 42 ein. Anfänglich war es das Leid des Verlustes, den ich tragen musste, dann kamen sie wieder zurück, die Träume von den hilflosen Menschen, die in den Trümmern gestorben waren, und zwischen ihnen mein Vater, mit seinem lallenden Lachen, meine Schwäche verspottend.

Egal, wie stark man ist, man hält dies nicht lange durch. Manche setzen in einer solchen Situation ihrem Leben ein Ende, andere verbringen die restlichen Tage in einer Heilanstalt und versuchen alles, um ihre Dämonen zu besänftigen. Ich brauchte etwas, das mich vor alledem fliehen ließ.

Also begann ich, mich mit Drogen zu beschäftigen. Rationell veranlagt, wie ich schon immer war, las ich mich zuerst in das Thema ein, als wollte ich mir ein neues Fahrrad kaufen. Ich beobachtete die Drogenabhängigen, die Kiffer, die mit einem debilen Grinsen durch den Tag wankten, meist dummes Zeug redeten und zu oft ihre Körperhygiene vernachlässigten. Ich ging weiter zu den Koksern, die nach einer *Line* aufgedreht wie ein Fünfjähriger in der Schokoladenfabrik waren. Ich mischte mich unter die Techno-Jünger auf Ecstasy und die fertigen Crystal-Opfer. Schließlich blieb ich bei Morphin hängen. Alleine der Name genügte schon, um es ausprobieren zu wollen. Morpheus, der griechische Gott der Träume, dessen Bett aus Elfenbein in einer dunklen Höhle steht.

Als ich das erste Mal die Spritze aus meinem Arm zog, wusste ich, dass ich die richtige Wahl getroffen hatte. Mein Körper war zur Ruhe gekommen, und mein Geist ließ alles hinter sich, blendete sämtliches Negative aus und brachte mich auf eine Lichtung voller ekstatischer Freiheit. Es ist schwer zu beschreiben, weil sich dieses Gefühl im wahren Leben nicht so intensiv einstellt. Es ist wie nach einem anstrengenden Tag ein heißes Bad zu nehmen, jedoch viel stärker. Es umfängt den Körper mit einer angenehmen Wärme, wie die sanfte Umarmung einer Geliebten, und mit jedem Augenblick wird das Wohlsein stärker, als würde ein gut riechender Badezusatz ins Wasser gestreut, dessen Duft sich im ganzen Raum ausbreitet. Dann folgen die Musik und starke Hände, die einem die Verspannungen aus den Schultern massieren. Es ist eine Oase des Wohlfühlens, ein sicherer Platz, der nur die schönen Erinnerungen einlässt und die Dämonen draußen hält.

Vielleicht bin ich in diesem Fall nicht besser als mein Vater, aber im Morphin-Rausch Verlorene werden nicht aggressiv und verprügeln ihre Kinder nicht. Außerdem sind mir die Nebenwirkungen des Drogenkonsums bewusst. Ich habe Menschen daran zugrunde gehen sehen. Manche mutierten regelrecht zu Zombies, deren einziger Antrieb im Leben der nächste Schuss geworden war. Es ist jedes Mal eine Niederlage für mein sonst so diszipliniertes Leben, daher greife ich nur zum Morphin, wenn alles zu viel wird. Noch beeinflusst es nicht meinen Alltag, aber mir ist klar, dass ich den Kampf irgendwann verlieren werde.

So ist es ein Wettlauf gegen die Zeit. Ich muss diesen Fall lösen und die Toten rächen, bevor ich den Verlockungen des Morphins endgültig verfalle und mich in die Schlange der Drogenzombies einreihe.

Für meine Pläne ziehe ich einen dunkelblauen Overall mit passender Mütze an, was mir das Aussehen eines Paketboten verleiht und meine Haare verbirgt. Zusammen mit einem angeklebten Bart verfremdet das mein Aussehen so sehr, dass mich bei einer Gegenüberstellung niemand identifizieren könnte.

Unter meinem Arm habe ich einen in Packpapier eingewickelten Möbelkatalog mit der Adresse des Opfers. Es ist früher Abend, schon dunkel, aber in Isaks Wohnung scheint noch kein

Licht zu brennen. Ich gehe zum Klingelbrett neben der Haustür und läute in jedem Stockwerk. Mit der anderen Hand mache ich ein Foto des Türschlosses, damit ich später den richtigen Rohling einstecken kann, sollte ich hier einbrechen müssen. Der Türöffner summt. Das ist ein Vorteil eines Mehrfamilienhauses. Irgendeiner lässt einen immer rein.

Wenn man ein Zielobjekt prüft, ist es wichtig, nicht wie ein Dieb umherzuschleichen, daher gehe ich zielstrebig die Treppe zum zweiten Stock hoch und grüße eine ältere Dame auf dem Weg zu Isaks Wohnung. Die Neonröhren in der Decke beleuchten den braunen Bodenbelag des leeren Ganges. Hell genug für ein Bild.

Auch von der Wohnungstür fotografiere ich das Schloss, stecke mein Handy weg und klopfe an. Ich warte ein paar Sekunden, aber natürlich öffnet niemand. Es läuft ganz nach Plan.

Als Nächstes prüfe ich die Entfernung zu den Nachbarwohnungen. Alle Eingänge sind ein Stück weg, nur eine Wohnungstür befindet sich direkt gegenüber der meines Ziels. Durch den Türschlitz dringt Licht. Ich überquere den Gang und klopfe. Nach zehn Herzschlägen öffnet ein älterer Mann, der mich misstrauisch durch eine dicke Hornbrille ansieht.

»Ja, bitte?«, fragt er laut. Wahrscheinlich ist er schwerhörig.

»Paketdienst«, stelle ich mich höflich vor. »Ich habe eine Sendung für Ihren Nachbarn Herrn Ties.«

»Und was soll ich damit?«

»Er ist nicht zu Hause, daher …«

»Ich weiß, dass er nicht da ist«, fährt er mich an. »So rücksichtslos, wie der die Tür zuschlägt, bekomme ich jeden Abend mit, wann er seine Wohnung betritt.«

Wenn man bedenkt, dass der Alte schwerhörig ist, musste das schon ein ordentlicher Rumms sein.

»Nun, das tut mir …«

»Kein Benehmen, die jungen Leute«, schimpft er weiter. Die Stimme des Mannes hallt laut in dem Flur. Ich muss das Gespräch beschleunigen, bevor das ganze Haus auf uns aufmerksam wird.

»Könnten Sie ihm trotzdem die Sendung geben?« Ich halte ihm das Paket unter die Nase.

Dem Alten scheint es nicht zu gefallen, dass ich seinen Wutanfall unterbrochen habe. Er reißt mir den Katalog aus der Hand und knallt die Tür ins Schloss.

Ich grinse. Vor diesem Nachbarn muss ich keine Angst haben. Er ist sicher nicht Isaks Freund und würde einen Einbrecher nicht einmal bemerken, wenn er neben ihm im Bett schliefe. Jetzt muss ich nur noch mein Überwachungssystem installieren. Auf dem Weg nach oben habe ich mich bereits nach Möglichkeiten umgesehen und einen guten Ort entdeckt. Neben dem Fahrstuhl befindet sich ein Belüftungsschacht, der mit einem Gitter verschlossen ist. Der Metallrost ist nicht festgeschraubt und lässt sich mit einem Ruck aus der Verankerung heben. Ich muss mir gleich die schmutzigen Hände abwischen. Staub ist ein gutes Zeichen. Dann wird der Schacht wenig gewartet und niemand findet versehentlich meine Installation.

Verstohlen sehe ich mich um, hole die Mini-Kamera aus meiner Overalltasche und richte sie auf Isaks Wohnungstür aus. Das feuerzeuggroße Ding hat einen Akku für sechsundneunzig Stunden.

Jetzt gilt es, den Empfänger zu platzieren. Wegen der Mauern reicht die Übertragung bei Mini-Kameras kaum zwanzig Meter. Da bleibt nicht viel Spielraum. Eigentlich wäre der Keller für die Positionierung eine gute Wahl gewesen. Dort findet man immer Räume, die vollgestellt mit alten Möbeln ein geeignetes Versteck bieten, aber dazu liegt das Haus zu nah am Wasser. Es gibt keinen Keller, sodass ich den Empfänger gleich mit in den Belüftungsschacht stopfen muss. Nicht die beste Lösung, aber ich habe keine Alternative.

Mein Empfänger besteht aus einem schmalen Laptop, in den ich eine hochwertige Videoüberwachungskarte und einen Zusatzakku eingebaut habe. Die Karte hat tausend Euro gekostet, ist aber jeden Cent wert. Sie empfängt die Signale der Kamera und leitet sie über eine IP-Adresse direkt auf meinen PC nach Hause.

Ich starte die Software, packe den Laptop in eine Supermarkt-Tüte und lege sie in den Schacht. Nachdem ich das Gitter wieder eingesetzt und verräterische Spuren daran verwischt habe, verlasse ich das Haus.

Eine Minute später bin ich auf dem Weg zur U-Bahn. Im Gehen nehme ich die Mütze ab, ziehe den Bart vom Gesicht und streife mir eine dünne Regenjacke über. Ich nehme in einem fast leeren Wagen Platz und döse während der Fahrt, bis ich aussteigen muss.

Zu Hause starte ich meinen PC und überprüfe die Kamera. Zufrieden stelle ich fest, dass die Bilder, die sie von Isaks Tür überspielt, meine Erwartungen erfüllen. Da ich alles aufzeichne, kann ich heute Nacht Schlaf nachholen. Gähnend ziehe ich mich aus, spare mir das Zähneputzen und lasse mich aufs Bett fallen. Zwei Stunden Ruhe gönne ich meinem müden Körper. Dann werde ich nachschauen, wie weit die Kripo im Fall Albert Mencke ist.

Kurz nach 22.00 Uhr wache ich auf. Von unten dringt der Bass einer Stereoanlage bis in meine Wohnung. Im Treppenhaus unterhalten sich zwei Männer. Barabend. Wie jeden zweiten Montag im Monat. Jeder bringt etwas mit, egal ob Getränke, belegte Brote oder Selbstgekochtes, wie Gabriellas legendäres Chili. Der Gedanke an das Büfett lässt meinen Magen knurren, also stehe ich auf und ziehe mich an. Ich öffne den Schrank und hole zwei Flaschen Kirschlikör heraus, nicht für mich, denn ich trinke keinen Alkohol. Außerdem will ich heute mit Marla reden, da brauche ich alle meine Sinne.

Marla ist unsere neueste Bewohnerin. Als sie vor zwei Jahren hier einzog, sollte das nur als Zwischenstopp dienen. Sie hatte über Nacht ihren untreuen Mann verlassen und die Scheidung eingereicht. Die Wohnung stand leer und sie unterschrieb sofort den Mietvertrag. Aus dem anfänglichen Kofferlager war Woche um Woche ein Ort zum Leben geworden, und mittlerweile kann sie sich nur schwer vorstellen, hier wieder auszuziehen.

Abgesehen davon, dass ich Marla mag, gibt es einen zweiten Grund, warum ich mit ihr reden muss. Sie arbeitet bei der Kripo. In der Mordkommission, die Alberts Tod untersucht. Daher habe ich Mitleid mit ihr, denn mein Mord ist gut geplant gewesen. Es gibt keine Verbindung zwischen mir und dem Opfer. Selbst wenn man meine DNA finden würde, stößt man auf keinen Eintrag in der Datenbank. Ich habe keinen Fehler gemacht.

Ich gehe in den Keller und werde gleich von Vladimirs Frau begrüßt. Ludmilla umarmt mich herzlich, presst mich an ihren mütterlichen Busen und gibt mir einen schmatzenden Kuss auf die Wange. Auch wenn sie einen Kopf kleiner als ich ist, kann sie mehr Wodka trinken als ein bayrischer Trachtenverein Bier. Ich wechsele ein paar Worte mit ihr und schiebe mich weiter. Im Barkeller ist kaum noch Platz zum Laufen. Der Bass wummert und als ich Kurt Cobain singen höre, bedaure ich wieder, dass ich Nirvana nie live gesehen habe.

Es ist stickig und heiß. Die kleinen Kellerfenster sind beschlagen und Vladimir hält sich natürlich nicht an das Rauchverbot. Wahrscheinlich gibt es kein russisches Wort dafür. Die Beeger-Brüder verteilen die Getränke, während sich Gabriella um das Büfett kümmert. Ich reiche Hagen, dem jüngeren Beeger, den Kirschlikör und greife mir dafür eine Cola. Gabriella drückt mir einen Teller Chili in die Hand, legt ein Stück Brot obendrauf und gibt mir einen Löffel. Ich quittiere das Geschenk mit einem Lächeln. Kauend begebe ich mich um die Ecke zu den Stehtischen. Hier ist die Musik gedämpfter. Wie ich gehofft habe, ist auch Marla da.

Ihre schwarzen Haare sind zu einem Zopf zurückgebunden. Die ungeschminkten Augen zeugen von Schlafmangel und ihr Kostüm hat sie in einer Zeit gekauft, als sie noch schlanker war. Damals war Lila noch in Mode gewesen. Die weiße Bluse ist oben aufgeknöpft und die Jacke spannt sich straff über ihre Brust. Eine Gesichtspackung mit anschließendem Solarium-Besuch hätte ihr gutgetan.

Als sie mich sieht, hellt sich ihr Gesicht auf. Ich bin so was wie ihr persönlicher IT-Berater. Ihr Kripo-Laptop ist ein Haufen Mist und bringt sie regelmäßig zur Verzweiflung. Vor ein paar Monaten hat sie alle Vorschriften über den Haufen geworfen und mich um Hilfe gebeten. Ich habe die Mühle wieder zum Laufen gebracht, aber gleich einen Trojaner installiert, der mir einen Blick über ihre Schulter ermöglicht. Nicht gerade das, was man als Freund machen sollte, aber es dient einem guten Zweck.

Während des Essens plaudern wir über Belangloses. Marla ist eigentlich ein Profi. Sie spricht kaum von ihren Fällen. Auch nennt sie keine Namen oder Tatorte, aber die Arbeit bei der Kripo ist auch nur ein Job, über den man sich ab und zu unterhalten will. Vor ihr steht ein leeres Sektglas und der Prosecco macht sie immer redselig. Außerdem vertraut sie mir. Die Gelegenheit ist günstig, also komme ich auf den Mord zu sprechen. Ich nutze die immer gleiche Masche.

»Du siehst müde aus. Hast du wieder einen neuen Fall?«, frage ich unverbindlich.

»Einen Raubmord.« Sie winkt ab. »Ist alles noch streng vertraulich.«

Streng vertraulich war noch nie ein Hindernis gewesen, mir darüber zu erzählen. Trotzdem helfe ich nach.

»Scheint knifflig zu sein, wenn du so viel arbeiten musst.«

Sie nickt. »Der Täter ist über das Bad im ersten Stock eingedrungen. Dann ist er nach unten gegangen und hat den Mann getötet. Die Frau und die Tochter lagen im Schlafzimmer und haben nichts gehört.«

»Einfach so?«, frage ich bestürzt.

»Vorher hat er ihn noch gefesselt.«

»Unglaublich. Und wie hat er ihn ermordet?«

»Er hat ihm ein dünnes Messer in die Beinarterie gerammt.«

Ein Skalpell, korrigiere ich in Gedanken.

»Aber warum?«

»Wegen der Füllersammlung.«

Hier muss ich einhaken. Ich mag zwar ein Mörder sein, aber ich bin nicht völlig blöde. Natürlich habe ich Albert nicht nur abgestochen. Das wäre dumm gewesen, weil selbst ein Zwölfjähriger draufgekommen wäre, dass das Motiv etwas Persönliches gewesen war. Also habe ich es als Raub getarnt. Bei meiner Recherche bin ich auf Alberts Diebstahl-Versicherung gestoßen. Er hatte eine Leidenschaft für antike Füller, die er in einer Vitrine aus Spezialglas aufbewahrte. Eine lohnende Beute.

»Und darauf hatte es der Mörder abgesehen?«

»Die waren mehr als elftausend Euro wert.«

»Und warum hat er den armen Mann dann ermordet?«

»Wir vermuten, dass der Täter ihn zuerst gefesselt hat, um an den Schlüssel für die Vitrine zu kommen. Vielleicht hat sich das Opfer gewehrt oder das Gesicht des Einbrechers gesehen. Wir glauben nicht, dass der Mord geplant war.«

Ich schüttele mitfühlend den Kopf. In Gedanken danke ich der Leiterin unserer Theater AG, die mir so viel über Mimik und Gestik beigebracht hat.

»Der Typ war clever«, fährt Marla fort. »Hat keine Spuren hinterlassen, als wäre er in einem Taucheranzug reingeschwebt.«

Na ja, fast.

»Und jetzt?«

»Wir haben alle unsere Spürhunde auf die einschlägigen Hehler angesetzt. Sobald einer der Füller auftaucht, schlagen wir zu.«

Zu blöd, dass die Dinger auf dem Grund des Rheins liegen, denke ich. Ich bedauere, dass sie den Fall nicht würde lösen können, und hoffe, dass es ihrer Karriere nicht schaden wird, aber sie arbeitet sowieso zu viel. Einen Karrieresprung würde ihr Nervenkostüm nicht mitmachen.

»Ich brauche noch etwas zu trinken«, wechsele ich das Thema. »Soll ich dir etwas mitbringen?«

Sie schüttelt den Kopf. »Ich gehe gleich hoch und mache mich wieder an die Arbeit. Ich muss noch Beweise auswerten, da kann ich keinen dicken Kopf gebrauchen.«

Ich nicke verständnisvoll und hole mir noch ein Glas Cola, während ich meinen Chili-Teller auffüllen lasse. Zur Feier des Tages.

Dann werde ich in meine Wohnung zurückkehren und Marla über die Schulter schauen.

KAPITEL 5

Wer das Root-Passwort für einen Computer hat, kann an diesem alles damit machen. Daten kopieren, die Festplatte löschen oder anzügliche Bilder hochladen. Ich kann sogar die Kamera des Laptops übernehmen und Marla bei der Arbeit beobachten. Der Computer-Besitzer wird zum Beifahrer degradiert.

Ich will Marla nichts Böses, also logge ich mich nur bei ihr ein und verfolge sie bei ihrer Arbeit. Zuerst betrachtet sie die unzähligen Tatortfotos. Die Schuhabdrücke im Gras, die aufgeschnittene Fensterscheibe, bis hin zum Schlafzimmer, in dem Alberts Frau und Tochter geschlafen haben. Die meisten Fotos zeigen die Leiche. Albert liegt seitlich auf der Couch, mit dunkel verkrusteten Hosen, inmitten einer Lache von Blut. Er hat noch immer den trotzigen Gesichtsausdruck, die Lippen zusammengepresst und die Augen geöffnet. Es folgen Detailaufnahmen der Wunde und der aufgebrochenen Vitrine, in der die Füller lagen. Marla scheint sich jede Einzelheit einprägen zu wollen. Sie zoomt ein paar Bilder größer, hellt manche Aufnahmen auf und vergleicht Fotos miteinander. Zuzusehen, wie die Kripo mir auf die Spur zu kommen versucht, ist faszinierend. Es hat etwas von einem spannenden Thriller, der einen nicht loslässt, in der Erwartung, was als Nächstes passieren wird.

Auch wenn ich mir meiner Sache sicher bin, verspüre ich eine ängstliche Nervosität, vielleicht doch einen Fehler gemacht oder etwas übersehen zu haben. Erst als Marla die Betrachtung der Tatortfotos abschließt, werde ich ruhiger.

Jetzt kommt die nächste Gefahr. Die Befragung der Nachbarn und die Suche nach möglichen Zeugen. Auch da bin ich optimistisch. Ich habe niemanden auf der Straße gesehen. Bei den umliegenden Häusern waren die Rollläden unten, trotzdem hätte die Mutter eines nicht schlafen wollenden Babys aus dem Fenster sehen und mich bemerken können. Das Dokument mit den Zeugenaussagen ist umfangreich, aber Marla browst schnell über die Seiten, als wäre sie nur auf der Suche nach neuen Einträgen. Sicherheitshalber ziehe ich mir eine Kopie, damit ich den Bericht in Ruhe lesen kann.

Gegen ein Uhr scheint Marla müde zu werden. Sie kappt die Verbindung zur Kripo und fährt ihren Laptop herunter. Dankbar koppele ich mich ab. Ich brauche dringend ein paar Stunden Schlaf, denn morgen Abend besuche ich Isak. Zuvor muss ich noch meinen Chloroform-Vorrat auffrischen.

Wenn man Chloroform zum Betäuben von Menschen einsetzt, sollte man es nicht in der Apotheke um die Ecke kaufen. Natürlich ist das Internet eine Möglichkeit, aber ich war in Chemie nicht der dunkelste Keks in der Dose. Während mich Frontalunterricht gelangweilt hat, bin ich bei Experimenten richtig aufgelebt. Ich habe mir sogar einen Chemiebaukasten zu Weihnachten gewünscht, sehr zum Verdruss meiner Mutter, als mein Versuch mit Buttersäure im großen Stil gescheitert ist.

Chloroform ist leicht herzustellen. Ich nehme einen halben Liter sechsprozentiger Natriumhypochlorit-Lösung. Das lässt sich aus handelsüblicher Bleiche extrahieren, erhältlich im Drogeriemarkt Ihres Vertrauens. Die Flüssigkeit kippe ich in eine Vase und gebe zwanzig Milliliter Aceton dazu. Das bekommt man in jedem Baumarkt, weil es für die Entfernung von Bauschaum genutzt wird. Aceton hat einen süßlichen Geruch, der manche von Ihnen an Nagellackentferner erinnern wird. Damit muss man aufpassen, weil es leicht entzündlich ist und in Verbindung mit Luft ein explosives Gemisch bildet, aber wenn man während der Herstellung nicht raucht und die Teelichter ausmacht, ist es kein Problem.

Beides sind helle, fast durchsichtige Flüssigkeiten, die man ohne Risiko mischen kann. Dann lasse ich die Vase eine Stunde stehen. Während das Natriumhypochlorit mit dem Aceton reagiert, verfärbt es sich gelb und am Boden setzt sich eine Flüssigkeit ab. Das ist das Chloroform. Mit Hilfe eines Scheidetrichters oder einer Pipette lässt sich das Ganze abschöpfen. Ich verwende einen Trichter und schütte die übrig gebliebene Flüssigkeit ins Klo.

Das ist alles. Mit der so extrahierten Menge kann ich eine ganze Schulklasse betäuben. Für Isak wird es reichen.

Ich arbeite den ganzen Dienstag an meinem Alibi für die Nacht. Dazu programmiere ich einen Batch-Job. Mit diesem stelle ich den Computer so ein, dass er selbstständig funktioniert und sogar Eingaben macht. Wenn ich das Batch-Programm dann wieder lösche, wird es so aussehen, als hätte ich die ganze Zeit vor der Kiste gesessen. Weiterhin spiele ich meinem Chef den überarbeiteten Mitarbeiter vor. Gegen neunzehn Uhr gehe ich in sein Büro und jammere über den schwer zu löschenden Trojaner. Ich sage, dass ich die Nacht durcharbeiten, aber noch kurz zu Hause vorbeischauen müsse.

Klement lobt mein Engagement für die Firma, verspricht mir eine Gehaltserhöhung und verlässt eine Viertelstunde später das Büro. Würde er von der Kripo befragt werden, würde er sein Leben darauf schwören, dass ich zur Tatzeit am Arbeitsplatz gewesen war. Als Beweis könnte er das vom Batch-Job generierte Protokoll vorlegen, das meine Arbeit dokumentiert.

Zu Hause angekommen, ziehe ich mich um, packe meine Sachen und gehe zurück an meinen Arbeitsplatz. Ich werde ein paar Mal von der Überwachungskamera vor dem Büro gefilmt und ich lasse mir sogar eine Pizza liefern. Mehr Alibi geht nicht.

Zum Nachteil für die Kripo ist die Kamera am Hinterausgang schon seit Wochen außer Betrieb, weil die verantwortliche Firma insolvent ist und der Hausvermieter noch keine Zeit gefunden hat, einen Ersatz zu organisieren. Ich gebe zu, dass ich an dem Defekt nicht ganz unschuldig bin. Wasser und Elektronik vertragen sich nicht, aber die Kosten werden die Firma nicht umbringen.

Während ich mich an der Calzone erfreue, sehe ich mir auf den Handy-Fotos die Schlösser von Isaks Haus an und stelle befriedigt fest, dass sie kein Hindernis sind. Grundsätzlich gilt, je neuer ein Schloss ist, umso schwerer kommt man rein. Mehrfamilienhäuser erhalten gleich beim Bau akzeptable Schlösser, die solide die nächsten zwanzig Jahre ihre Aufgabe erfüllen. Eine Schließanlage auszutauschen ist teuer, weil jeder Mieter mehrere Schlüssel benötigt. Bei zwanzig Parteien macht es einen großen Unterschied, ob ein Schlüssel fünf oder fünfzig Euro kostet.

Meinen Fotos nach stammen beide Zylinder von der Firma Mannesmann und sind gut und gerne zehn Jahre alt. In dem Fall nutze ich die Schlagschlüsseltechnik. Jedes Schloss besteht aus fünf Zacken, die nach oben geschoben werden müssen. Ist einer höher oder niedriger als der Schlüssel, blockiert das Schloss und man kann es nicht öffnen. Jetzt habe ich einen Rohling, den Schlagschlüssel, dessen Zähne bis auf sechs winzige Einkerbungen runtergefräst sind und die sich zwischen die Zacken setzen. Wenn ich mit einem kleinen Hammer draufschlage, springen die Zacken nach oben, ich kann den Schlüssel drehen und die Tür ist auf.

Ich lade mir die Kamerabilder des gestrigen Tages hoch, finde aber keine großen Überraschungen. Isak ist um 8.01 Uhr aus dem Haus gegangen und um 19.12 Uhr wieder zurückgekommen. Das Licht in seinem Flur hat bis 22.07 Uhr gebrannt. Ähnlich bei den

Nachbarn. Eine starke Frequenz zwischen sieben und neun Uhr sowie zwischen achtzehn und neunzehn Uhr. Nach zwanzig Uhr kaum noch jemand unterwegs. Isaks Nachbarn sind ein buntes Völkchen. Zwei ältere Herrschaften, ein paar rauchende Jugendliche, Mütter mit Kindern und eine Frau im Niqab.

Ich schalte auf das Live-Bild um. Das Licht im Gang ist aus, aber da meine Kamera eine Restlichtverstärkung hat, kann ich trotzdem noch genug erkennen. Ich warte noch dreißig Minuten und gönne mir eine Runde Skat auf meinem Handy, bis ich sicher bin, dass die Bewohner des Hauses schlafen.

Ich packe meine Sachen, starte den Batch-Job und verlasse das Büro durch den Hinterausgang. Es ist 23.02 Uhr, als ich mich auf den fünfundvierzig Minuten dauernden Spaziergang zu Isak mache. Natürlich verzichte ich auf Auto oder U-Bahn. Zu Fuß wird man weder geblitzt noch kontrolliert oder von einer Sicherheitskamera an der Haltestelle aufgenommen. Offiziell sitze ich schließlich noch am Computer bei der Arbeit.

Ich bin gespannt, was Isak mir zu sagen hat.

Wie fühlt man sich, werden Sie sich fragen, wenn man vorhat, in eine Wohnung einzubrechen und vielleicht sogar einen Mord zu begehen?

Für mich ist der Einbruch ein Projekt, in dem ich alle Eventualitäten vorherzusehen versuche. Was mache ich, wenn mich ein Bewohner beim Einbrechen erwischt, was, wenn Isak noch wach ist, oder was, wenn er eine Pistole unter dem Kissen hat? Auch wenn ich einem neutralen Betrachter wie ein Spaziergänger vorkommen muss, rasen meine Gedanken – wie bei einem Schachspieler, der unbeweglich auf das Brett starrt, aber im Kopf alle Möglichkeiten durchgeht, um den perfekten nächsten Zug zu finden.

Ich habe ein Ziel, und Isak ist ein Schritt auf dem Weg dorthin. Gefühle und moralische Empfindungen würden mich nur behindern, daher schalte ich sie ab.

Meine Vorbereitungen waren knapp. Ich weiß zu wenig über Isak und sein Umfeld. Normalerweise hätte ich in anderer Verkleidung wieder Post ausgeliefert oder in Straßenreinigungs-Montur den Gehweg gefegt, aber den zeitlichen Luxus kann ich mir nicht leisten. Der Mord an Albert hat mich unter Druck gesetzt. Sobald Isak davon erführe, würde er übervorsichtig werden. Noch hat die Presse keine Details veröffentlicht, aber das kann bald anders sein, also muss ich in dieser Nacht zuschlagen.

Ich habe mir Arbeitskleidung gekauft. Einen Blaumann mit Jacke. Darunter verberge ich die Kapuze meines Schutzanzuges. Meine Finger stecken in schwarzen Lederhandschuhen. Das alles will ich nach der Tat in einem Kleider-Container entsorgen.

Vor Isaks Wohnung knie ich mich auf den Boden und binde meine drei Nummern zu großen Schuhe zu. Ein älterer Mann spaziert mit einer Bulldogge durch die nahe Grünfläche. Er ist in die andere Richtung unterwegs, mit dem Rücken zu mir. Sonst ist es ruhig.

Ich will mein Handy ausschalten, als die Lokalnachrichten-App aufgeht. »Mord in Lindenthal!«

Verdammt. Ich scrolle runter und lese den Text. Vorgestern Nacht wurde der Architekt Albert M. in seinem Haus Opfer eines Raubmords.

Ich hätte das Ding am liebsten an die Wand gefeuert. Eine Stunde. Hätten die Zeitungsfritzen nicht noch sechzig läppische Minuten warten können? Dann wäre alles erledigt gewesen.

Es hilft nichts. Wenn Isak noch wach ist und die gleiche App auf seinem Handy hat, dürfte es ein kurzer Besuch werden. Morgen früh wäre die Schlagzeile in der Zeitung zu lesen, dann wäre es auf jeden Fall zu spät. Heute Nacht oder nie. Ich schalte das Handy aus und sehe mich noch einmal um. Die Straße ist leer.

Ich gehe zur Eingangstür, stecke den Rohling in das Schloss und schlage mit einem Plastikhammer dagegen. Ich dämme das Geräusch mit einem kleinen Handtuch. Beim dritten Schlag kann ich den Schlüssel drehen und die Tür ist auf. Ich lasse es dunkel. Das Licht der Straßenlaternen scheint hell genug durch die Glasfassade am Eingang, sodass ich die Treppe noch erkennen kann. Auf Isaks Stockwerk bleibe ich kurz stehen, schließe die Augen und lausche. Irgendwo ist ein Fernseher viel zu laut eingestellt, aber ich höre weder das Knallen einer Tür noch Schritte im Treppenhaus. Am Fahrstuhl nehme ich das Gitter von der Belüftung und fische Kamera und Laptop heraus. Ich gönne mir ein wenig Licht von meinem Handy und packe alles in meinen Rucksack. Diese Spur ist beseitigt. Alles läuft perfekt. Jetzt kann ich mich um das eigentliche Ziel kümmern.

Ich gehe zu Isaks Wohnung und halte mein Ohr an die Tür. Kein Fernseher, kein laufendes Wasser oder Schritte zu hören. Kein Licht dringt unter dem Türschlitz hindurch. Wenn er nicht gerade ein Buch im Schein einer Tischlampe liest, kann ich davon ausgehen, dass er schläft.

Jetzt kommt der nächste kritische Teil. Ich verschaffe mir wieder etwas Licht mit meinem Handy, schiebe den Schlagschlüssel in das Schloss und wickele das Handtuch darum. Ich lasse nur das Ende des Schlüssels herausstehen und schlage vorsichtig zu. Gleich beim ersten Versuch lässt sich der Schlüssel drehen. Ich husche in die Wohnung. Der Gang ist dunkel. In den anderen Zimmern ist auch kein Licht, also schließe ich die Tür und lehne mich an das Holz.

Dieser Schritt des Einbruchs benötigt gute Nerven. Man hat keine Ahnung, wohin man gerät, in der Wohnung ist es dunkel und irgendwo ist Isak. Ich bleibe reglos stehen. Nicht alle Menschen sind ordentlich, daher könnte ich im Flur über herumliegende Schuhe stolpern oder an aufgespannten Regenschirmen hängen bleiben. Glücklicherweise dringt über ein Fenster in der Küche der Schein einer Straßenlaterne herein, und ich erkenne die ersten Schemen. Der Gang ist aufgeräumt. Einzig eine zu Boden gefallene Jacke muss ich mit einem großen Schritt überschreiten.

Selbst wenn nicht alle Türen offen gewesen wären, hätte mir Isaks Schnarchen den Weg ins Schlafzimmer gewiesen. Ich krame mein Chloroform aus dem Rucksack, beträufele das Handtuch und danke im Stillen der chemischen Industrie. Zu meinem Glück hat Isak den Rollladen nicht ganz heruntergelassen, sodass ich auf dem Weg zum Kopfende des Betts nicht auf die offene Tüte Chips trete. Ich halte ihm das Tuch mit Chloroform dicht an seine Nase. So wird er durch die Berührung nicht geweckt, aber das Chloroform kann trotzdem seine Wirkung entfalten. Ich schüttele ihn zur Kontrolle. Als sein Kopf zur Seite sackt, lasse ich den Rollladen runter, knipse das Licht an und fessele ihn mit Klebeband.

Alles ist bereitet. Die Befragung kann beginnen.

Hier noch ein kleiner Einwurf an alle, die ihre Abende gerne mit amerikanischen TV-Krimiserien verbringen. Glauben Sie nicht alles, was Sie da sehen. Wenn Isaks Leiche in Miami entdeckt werden würde, würden am nächsten Tag zwei topgestylte Kriminologen einen winzigen Fetzen vom Klebeband untersuchen und die Ergebnisse durch eine Datenbank jagen. Nach 1,3 Sekunden würde der Computer Materialart, Seriennummer und Verbreitungsort ausspucken. Eine Stunde später wäre der Supermarkt gefunden, in dem das Klebeband gekauft worden wäre. Anhand von Überwachungskameras könnte man den Mörder beim Einkaufen beobachten und da er natürlich mit Kreditkarte bezahlt hätte, würde man auch im Handumdrehen seinen Namen haben.

Vergessen Sie es. Die Realität für Ermittlungsbeamte ist ernüchternder. Das Klebeband, das ich benutzte, wurde millionenfach hergestellt und hat keine Seriennummer. Selbst wenn ich es in einem Baumarkt gekauft hätte, dürfte das Geschäft wegen Datenschutzgesetzen keine Videoaufzeichnungen archivieren – und glauben Sie wirklich, ich bin so bescheuert und bezahle das mit meiner Kreditkarte?

Wenn ich mal wieder Zeit habe, verrate ich Ihnen, wie man an Sachen kommt, ohne Spuren zu hinterlassen. Doch jetzt kümmern wir uns um Isak.

In Momenten wie diesen wünsche ich mir, ich hätte im Dunklen agiert und mir ein Nachtsichtgerät aufgesetzt. Isak trägt einen Schlafanzug, der eher zu einem Achtjährigen gepasst hätte. Keinen Pyjama oder eine Boxershorts mit T-Shirt, sondern einen richtigen Frottee-Schlafanzug. Eine große Flasche Head & Shoulders hätte nicht ausgereicht, um seines Schuppenproblems Herr zu werden. Auf dem Nachttisch liegt ein Pornoheft mit großbrüstigen Asiatinnen. Daneben eine Packung Feuchttücher, deren Nutzen ich jetzt Ihrer Fantasie überlasse.

Tatsächlich muss man sich vom ersten Eindruck freimachen. Es gibt auch Thaiboxer, die nachts einen Schlafanzug tragen. Vielleicht ist Isak ein ganz normaler Bauingenieur. Vielleicht ist er aber auch ein gewalttätiger Irrer, mit einem Militärmesser unter dem Kopfkissen, daher untersuche ich sein Bett, sehe unter der Matratze nach und kontrolliere den kleinen Nachttisch. Alles ist unverdächtig, also beginne ich mit meiner Show. Maske überprüfen, Knarre raus und Riechsalz unter die Nase.

Isak schüttelt sich und dreht den Kopf vom Ammoniak weg. Dann blinzelt er kurz ins Licht und scheint sich zu wundern, dass er gefesselt ist. Schließlich bemerkt er mich und die auf ihn gerichtete Waffe.

»Das ist eine geladene Pistole«, komme ich ihm zuvor. »Erste Regel: Wenn du schreist, knall ich dich ab. Verstanden?«

Isak nickt mit angstgeweiteten Augen. Wenn ein Vermummter vor deinem Gesicht mit einer Pistole wedelt, während du gefesselt auf dem Bett liegst, macht das Eindruck. Er will etwas sagen, daher versetze ich ihm einen Schlag in den Bauch.

»Zweite Regel: Nur sprechen, wenn ich dich etwas frage.«

Isak keucht schwer und windet sich in den Fesseln. Ich kann die tausend Fragen in seinem Kopf fast hören, aber er presst die Lippen aufeinander und sagt kein Wort. Ich habe ihn im Griff.

»Ich will nicht den ganzen Abend vertrödeln, also komme ich gleich zur Sache. In der Birkenstraße 42 wurde im Auftrag der Kranz Bau GmbH ein Haus hochgezogen, das kurz darauf eingestürzt ist. Von den sieben Toten hast du sicher gehört. Die Schuld wurde Joseph Uppert angelastet, der seinem Leben aber ein Ende gesetzt hat, daher kann ich ihn nicht mehr befragen. Interessanterweise warst du aber der erste Bauleiter und hast nach wenigen Wochen wieder gekündigt. Jetzt will ich wissen, warum.«

Ich senke die Pistole. In Todesangst erstarrte Menschen sind keine guten Gesprächspartner. Seine Anspannung lässt nach, aber die Furcht bleibt unverändert in seinen Augen zu lesen.

»Ich habe nicht gekündigt«, sagt er leise. »Ich wurde entlassen.«

»Entlassen?«

»Ich hab gemerkt, dass etwas nicht stimmt.«

»Was hat nicht gestimmt?«

»Das Fundament schien mir ungeeignet, auch wenn die Baugrund-Untersuchung etwas anderes gesagt hat. Mit der Zeit entwickelt man ein Gefühl dafür.«

»Und weiter?«

»Ich bin zur Geschäftsleitung und ich habe eine zweite Baugrund-Untersuchung angefordert. Dies wurde abgelehnt und mir wurde unmissverständlich klargemacht, dass ich das Projekt so weiterzuführen habe, wie es in den Plänen steht.«

Isak räuspert sich. »An dem Tag bin ich länger auf der Baustelle geblieben und habe ein paar Untersuchungen getätigt. Danach hatte ich ein noch schlechteres Gefühl. Bei einem Hochwasser wäre ein Teil des Bodens so weich geworden, dass das Fundament abrutschen konnte. Das wäre eine Katastrophe gewesen.«

Ich lehne mich an seinen Schlafzimmerschrank und fordere ihn mit einer Geste auf, weiterzureden.

»Ich rief bei der Bauaufsichtsbehörde an und schilderte das Problem. Zum Dank passte mich abends ein Schläger auf der Baustelle ab und verprügelte mich. Er drohte, mir alle Finger zu brechen, wenn ich mich noch einmal einmischte. Am nächsten Morgen hatte ich die Kündigung auf dem Tisch. Von der Bauaufsicht habe ich nie mehr was gehört.«

»Das klingt mir zu sehr nach Mafia.«

Er schnaubt abfällig. »In meinem Arbeitszimmer liegt noch die Kündigung. Wenn Sie mich losbinden, zeige ich Ihnen die Andenken des Schlägers.«

»Und warum hast du nicht bei der Aufsichtsbehörde nachgehakt?«

»Weil die offensichtlich auf der Lohnliste von Kranz stehen. Niemand sonst wusste von meinem Telefonat und dass sich mein damaliger Gesprächspartner hat verleugnen lassen, passt dazu.«

»Warum bist du nicht zur Presse?«

»Mit was? Ich hatte nur die Vermutung, dass die Baugrund-Untersuchung gefälscht war. Das nachzuweisen ist nicht leicht. Dafür interessiert sich niemand.«

»Nach dem Einsturz schon.«

»Ich hatte nichts«, hält er mir entgegen. »Alle Unterlagen waren auf der Baustelle. An die bin ich nicht mehr rangekommen. Meine Notizen konnte man vergessen.«

»Dann ist es besser, die Klappe zu halten?«, frage ich sarkastisch.

»Ja, verdammt.« Er wird zornig. »Ich habe gemacht, was ich konnte. Ich habe auf die Fehler hingewiesen, bin dafür verprügelt worden und habe viel Geld verloren.«

Ich gebe es ja nicht gerne zu, aber er hat recht. Alles, was ich über Kranz und seine Mitarbeiter erfahren habe, passt zu Isaks Erzählungen.

»Wer sind Sie?«, unterbricht er meine Überlegungen.

Ich richte meine Waffe auf seinen Kopf. »Junge, kiffst du? Glaubst du, ich gebe dir Name, Adresse und Telefonnummer?«

Er dreht ängstlich den Kopf zur Seite. »Das meinte ich nicht«, jammert er. »Sie sind keiner von Kranz' Männern. Wenn Sie sich für die Wahrheit interessieren, kannten Sie die Toten.«

Isak ist cleverer, als ich gedacht habe.

»Ja«, sage ich mit Bedauern und bin über meine Antwort selbst überrascht. Gebe nie etwas von dir preis. Selbst der kleinste Hinweis bringt die Bluthunde auf deine Spur. »Aber versuche nicht, irgendwelche Ermittlungen anzustrengen. Du findest mich nicht.«

»Das will ich nicht, aber vielleicht kann ich helfen.«

»Ich dachte, du hast nichts Belastendes?«

»Habe ich auch nicht, aber vielleicht kriege ich Kranz dazu, was zu erzählen.«

»Wie willst du das anstellen? In sein Büro latschen, ihn mit den Tatsachen konfrontieren und hoffen, dass er weinend ein Geständnis abliefert?«

»Ich erzähle ihm die Wahrheit«, erwidert Isak. »Ein Mann kam heute Nacht zu mir und hat mich mit vorgehaltener Pistole ausgefragt. Dann behaupte ich, dass der Einbrecher mir den echten Bauuntersuchungsbericht gezeigt hat, und knüpfe ein paar Halbwahrheiten hinein. Dann will er mich sicher sprechen.«

Jetzt wird es interessant. Der Abend verläuft anders als geplant.

»Und warum wird er nicht wieder ein paar Schläger schicken?«

»Ich lasse ihn glauben, dass ich auf seiner Seite bin. Der Gedanke, dass die echte Baugrund-Untersuchung in Umlauf ist, wird ihn nervös machen.«

»Und was hab ich davon?«

»Sie folgen mir. Am besten mit Kamera oder Aufnahmegerät. Dann kriegen wir ihn.«

Ich genehmige mir ein Lächeln. Kamera oder Aufnahmegerät brauche ich nicht. Die Namen der Mittäter genügen mir.

»Und wenn er sich im Park treffen will? Oder in seinem Büro? Was ist mit seinem Bodyguard?«

»Kranz ist ein Kontrollfreak«, antwortet Isak. »Er wird einen vertrauten Ort wählen. Sein Büro ist dafür zu exponiert. Er hat eine schicke Villa am Wald. Die Nachbarn sind weit genug weg, falls was passiert. Und sein Bodyguard ist bei solchen Besprechungen nicht dabei.«

»Du kennst dich gut bei ihm aus.«

»Ich hatte vorher mit ihm zu tun. Mein erster Auftrag war der Bau eines Gästehauses. Für einen Hungerlohn. Hab jeden Tag vierzehn Stunden auf der Baustelle verbracht. Inklusive Wochenende. Kranz hat mir ständig über die Schulter geschaut, mich mehrfach in sein Büro einbestellt, um mich vor seinen Assistenten zur Schnecke zu machen. Einmal ließ er mich nachts von zu Hause abholen, weil ihm die Fliesen im Bad nicht gefallen haben.« Er schüttelt den Kopf. »Es war ein Albtraum. Ich habe in der Zeit zehn Kilo abgenommen, aber es war eine gute Lektion, denn schlimmer konnte es nicht mehr kommen.«

»Warum sollte ich dir vertrauen?«, frage ich ihn. »Vielleicht willst du mich dorthin locken, die Bullen rufen und denen erzählen, was heute Nacht hier gelaufen ist?«

»Nicht alle in der Baubranche sind wie Kranz. Seit dem Einsturz frage ich mich immer wieder, ob ich nicht doch etwas hätte machen können. Zur Polizei gehen oder mit der Presse reden. Sehen Sie es als Wiedergutmachung.«

Ich habe fast Mitleid mit dem armen Kerl. Aber ich bleibe weiter vorsichtig.

»Nehmen wir mal an, mir gefällt diese schwachsinnige Idee. Wie komme ich zu Kranz?«

»Er lebt in Hahnwald in direkter Nachbarschaft zum Friedenswäldchen.«

»Nicht schlecht.« Das wusste ich bereits, aber ich will nicht den Eindruck erwecken, als wäre ich vorbereitet.

»Wir zwei wissen, wie man zu so viel Geld kommt.«

»Und wie komme ich rein? Kranz wird an moderne Sicherheitsmaßnahmen gedacht haben.«

»Das Vordertor ist gut gesichert, aber an der Ostseite stehen ein paar Bäume, die von außen in das Grundstück reichen. Eine kurze Klettertour und man ist drin.«

»Hunde oder Wachpersonal?«

»Nein.«

»Der Zugang zum Haus?«

»Die Alarmanlage ist hochwertig, aber weil Kranz sein Wohnzimmer renovieren und Ausbesserungen an der Fassade vornehmen lässt, ist sie ausgeschaltet. Unter anderem werden auch ein paar Fenster ausgetauscht. Das weiß ich von einem befreundeten Handwerker, der so dumm war, den Auftrag zu übernehmen.«

»Klingt mir zu leicht.«

»Fahren Sie bei Kranz vorbei und schauen Sie selbst.«

»Und wie erfahre ich vom Zeitpunkt des Treffens? Ich werde keine Telefonnummer hierlassen.«

»Ich schreibe es mit schwarzem Stift an mein Küchenfenster. Das sieht man von der Straße aus.«

Ich drücke die Pistole an seine Stirn. »Besser, du verarschst mich nicht und hast bald einen Termin mit Kranz, sonst besuche ich dich wieder.«

Isak will etwas antworten, aber ich drücke ihm das Tuch mit Chloroform auf die Nase. Vier Minuten später hab ich alle Spuren beseitigt und bin auf dem Weg nach unten.

Ich habe mehr erreicht, als ich gehofft hatte. Zeit für neue Pläne.

Ich weiß, was Sie sagen wollen: Natürlich ist es eine Falle. Wer würde sich mit einem pistolenschwingenden Einbrecher verbünden, um einen skrupellosen Bauunternehmer hochzunehmen?

Aber bedenken Sie, dass Isak von meinem Besuch überrascht worden war. Er hätte sich nicht so seelenruhig ins Bett gelegt, wenn er vom Tod Albert Menckes erfahren hätte. Ich glaube nicht, dass er mit Kranz abgesprochen hat, was zu tun ist, wenn ein Einbrecher auftaucht und ihn ausfragt. Jetzt gibt es zwei Möglichkeiten:

Isak hat den Plan, Kranz hochzunehmen, schon länger ins Auge gefasst und nur noch einen weiteren Mann gebraucht. Unwahrscheinlich, aber nicht undenkbar. Das würde mir in die Karten spielen.

Die zweite Möglichkeit ist eine Falle. Wahrscheinlicher. Aber stellen Sie sich vor, Sie legen eine Schlinge für einen Hasen aus, sehen am nächsten Morgen nach dem Rechten und statt des Hasen springt Sie der große, böse Wolf an. Dumm gelaufen. Eine Falle funktioniert nur, wenn die Beute mitspielt. Das werde ich nicht.

Klar hätte ich Isak härter rannehmen können. Es gibt Foltermethoden, mit denen man alles aus einem Menschen herausbekommt, aber was, wenn er die Wahrheit gesagt hat? Wenn er wirklich das unschuldige Opfer ist. Dann wäre ich wieder in einer Sackgasse. Der Plan mit Kranz bietet mehr Optionen.

Zeit für etwas Schlaf. Dann mache ich den Jäger zur Beute.

Als mich der Wecker nach nur drei Stunden aus meinem Bett holt, verfluche ich meine nächtlichen Aktivitäten. Mechanisch ziehe ich mich an, putze meine Zähne und verlasse die Wohnung. Im Treppenhaus angekommen, denke ich zuerst, dass das Dach abgerissen wird. Es dauert einen Moment, bis ich als Quelle des Lärms die Wohnung der Komarows identifizieren kann. Ich mag Vladimir und Ludmilla wirklich, aber ich werde nie verstehen, wie man sich von russischem Heavy-Metal wecken lassen kann. Es klingt nach einer Bowlingkugel im Kochwaschgang, gepaart mit den Schreien eines Asthmatikers während einer Mehlstaubexplosion.

Ich halte mir die Ohren zu und verlasse stöhnend das Haus. Draußen angekommen, empfinde ich den Verkehrslärm wie eine Befreiung. Ich schlurfe zur U-Bahn und genehmige mir im Büro erst mal zwei Kaffee. Es ist sieben Uhr, und ich muss noch die Spuren des Vorabends beseitigen. Ich lösche den Batch-Job, beantworte ein paar Mails und manipuliere das Zugangsprotokoll der Zeiterfassung. Jetzt sieht es so aus, als wäre ich die ganze Nacht hier gewesen. Dann beginne ich mit meiner Planung.

Kranz wohnt in einer der besten Gegenden Kölns. Hier leben viele Promis, entsprechend hoch ist das Aufkommen von Sicherheitsfirmen und Polizei. Das macht es schwer, unauffällig zu bleiben, also brauche ich eine Tarnung.

Der nahe Friedenswald ist rund zwanzig Hektar groß und ein beliebtes Naherholungsgebiet. Interessant sind die Bäume und Sträucher aus Staaten, zu denen die Bundesrepublik diplomatische Beziehungen hat. Diese exotischen Pflanzen brauchen entsprechende Pflege, daher bietet sich die Arbeitskleidung vom Grünflächenamt Köln an. Für diesen Zweck habe ich einen Sticker mit der Aufschrift »Stadt Köln«, der sich auf jeder Jacke anbringen lässt. Um wie ein Forstarbeiter zu wirken, werde ich noch ein Berufsbekleidungsgeschäft aufsuchen. Ein paar Schutzstiefel, eine grüne Latzhose und eine grün-orangene Jacke bilden die Grundlage. Dazu ein Schutzhelm, Müllsäcke und ein paar Gartenwerkzeuge, dann bin ich unsichtbar. Ich muss nur aufpassen, dass ich keinen »Kollegen« treffe.

Wie ich in das Haus hineinkomme, muss ich vor Ort entscheiden. Kranz ist kein Prominenter, der sich vor Stalkern oder Paparazzi schützen muss, daher erwarte ich zwar eine hohe Mauer und Kameras am Haupttor, aber keine teure Rundumüberwachung. Ich erkunde die Gegend mithilfe von Google Maps, finde aber nichts, was meine Einbruchspläne ins Wanken bringt.

Zeit für den nächsten Kaffee. Ich will mich gerade erheben, als mein Chef zur Arbeit erscheint. Er hastet durch das Büro wie ein Footballspieler vor dem entscheidenden Touchdown. An meinem Platz bleibt er gerade rechtzeitig stehen, um mich herzhaft gähnen zu sehen.

»Mein Gott, Carl. Warst du wieder die ganze Nacht hier?«

»War viel zu tun«, lüge ich ihn an und reibe mir die Augen. »Aber ich bin fast fertig.«

»Und gehst schleunigst nach Hause und schläfst dich aus.«

Klement ist ein netter Kerl. Zu nett, um ein wirklich erfolgreicher Unternehmer zu sein, aber genau der Typ Chef, den ich brauche. Ich hebe meinen Daumen. »Versprochen.«

Er nickt zufrieden und marschiert in sein Büro. Drei Stunden später bin ich auf dem Weg zur U-Bahn. Ich mache einen kleinen Stadtbummel, bevor ich in einem überfüllten Burger-Restaurant die Toilette aufsuche und mir dort eine Perücke und eine Brille aufsetze. Eine halbe Stunde später spaziere ich mit einem Donut in der Hand an Isaks Wohnung vorbei. Auf dem Küchenfenster steht FR 20. Ohne innezuhalten gehe ich weiter. Zeit und Tag sind perfekt. Um zwanzig Uhr ist es schon dunkel und freitags machen die meisten Bauarbeiter früher Schluss, was mir einen größeren Puffer gibt, um lange vor dem Treffen vor Ort sein zu können.

Ich habe noch zwei Tage Zeit zur Vorbereitung. Die werde ich nutzen.

KAPITEL 6

Ihr erster Anruf trifft mich unvorbereitet. Ich sitze zu Hause, genehmige mir eine Pizza Salami und installiere ein neues Baller-Spiel auf meinem Computer, als mein Handy klingelt. Ohne auf das Display zu sehen, nehme ich ab.

»Carl Harmer«, melde ich mich kauend.

»Hallo Carl. Hier spricht Bianca.«

Vor Schreck wäre ich beinahe von meinem Stuhl gefallen. Ich bekomme ein schlechtes Gewissen, weil ich ein altes T-Shirt trage und meine Füße in Adidas-Schlappen stecken.

»Hallo Bianca«, sage ich mit ruhiger Stimme, die nicht zu meiner Aufregung passt. »Schön, von dir zu hören.«

»Es tut mir leid, dass ich so spät störe, aber ich bin wirklich verzweifelt.« Sie seufzt. »Ich muss in zwei Tagen einen Bericht abgeben, aber mein Laptop geht immer wieder aus. Ich kann kaum drei Sätze schreiben.«

»Geht er einfach aus oder fährt er von allein wieder runter?«, frage ich.

»Ein kurzes Blinken, dann ist der Bildschirm schwarz.«

Ich habe eine Idee, was das Problem sein könnte. Ich könnte es ihr am Telefon erklären, aber der Gedanke, Bianca wiederzusehen, erregt mich auf eine kaum vorstellbare Weise. Ich komme mir vor wie ein Fünfzehnjähriger vor seinem ersten Date. Alles andere ist wie ausgeblendet. Meine Gedanken gelten nur ihr.

»Da steckt vielleicht etwas Mechanisches dahinter«, erkläre ich. »Ich müsste mir den Laptop ansehen.« Mein Wecker zeigt 19.06 Uhr. »Wenn du willst, können wir uns wieder in dem Café treffen. Das hat noch auf.« Ich will nicht zu aufdringlich sein. Sie kennt mich kaum, daher vermeide ich es, sie zu mir einzuladen. Außerdem ist meine Wohnung nicht aufgeräumt.

Sie zögert. »Ich möchte dir nicht deinen Feierabend verderben.« Ich unterdrücke ein Lachen, während sie hinzufügt: »Ich dachte, dass ich mal wieder was Falsches installiert habe.«

»Ich nehme an, dein Bericht ist wichtig.«

»Sehr sogar«, sagt sie. »Wenn er nicht pünktlich fertig ist, kriege ich Ärger mit meinem Chef.«

»Dann ist es entschieden«, bestimme ich. »Außerdem habe ich noch nichts gegessen, und ich habe gehört, dass der Salat im Café sehr gut sein soll.« Tatsächlich war er eine Katastrophe. Klein geschnetzelte grüne Blätter, mit Karottenstäbchen und Bohnen aus der Dose, garniert mit einer Chemiesoße aus der Flasche. Dazu trockenes Weißbrot. Aber der Rest auf der Karte war noch schlimmer.

Sie zögert erneut. Entweder ist sie sehr gut erzogen oder schlechte Erfahrungen haben sie misstrauisch gemacht. »Wenn du wirklich nichts vorhast, würde ich in das Café kommen«, sagt sie schließlich. »Wann kannst du dort sein?«

»Um zwanzig Uhr«, schlage ich vor. Mit dem Taxi würde ich fünfzehn Minuten brauchen, aber ich muss noch duschen, meine Zähne putzen und in frische Kleidung schlüpfen. Mein Schraubenzieher-Set und ein paar andere Utensilien für das Computer-Problem habe ich in zwei Minuten gepackt.

»Das wird Henrietta gefallen. Normalerweise muss sie um diese Zeit ins Bett.«

»Es wird nicht lange dauern«, beruhige ich sie, wobei sich mein Herz wünscht, dass sie uns im Café einschließen und erst am nächsten Morgen wieder herauslassen.

»Dann bis gleich, Carl«, sagt sie. Ich höre das Lächeln in ihrer Stimme. »Und vielen Dank.«

»Bis gleich.« Ich beende das Gespräch und sprinte in Überschallgeschwindigkeit ins Bad.

Fünf Minuten vor acht komme ich am Café an. Ich wähle einen schönen Tisch am Fenster aus, wische die Krümel des Vorgängers von der Bank und versuche, ein unbeteiligtes Gesicht zu machen, als treffe ich mich mit einem alten Freund.

Die beiden sind pünktlich. Henrietta rennt zu mir, setzt sich auf die Bank neben mich und erzählt mir von ihrem Schulprojekt, bei dem sie einen Hamsterstall baut. Bianca nimmt mir gegenüber Platz und legt den Laptop auf den Tisch.

»Danke, Carl.« Ihr Lächeln lässt meine Knie weich werden. Ihre Haare sind mit einem Band zurückgebunden, was die Wirkung ihres makellosen Gesichts noch verstärkt. Erst jetzt fällt mir auf, dass ihre Augen mandelförmig sind, kaum merklich, eine winzige Prise asiatischer Abstammung. Sie trägt ein weißes Hemd mit einer dunklen Jacke darüber. Wenig kleidsam und nicht sehr modisch, aber sie hätte in einem alten Leinensack kommen können, es hätte ihrer Schönheit nicht geschadet.

Ich nehme die alte Mühle voller Elektroschrott entgegen und kontrolliere alles. Nach zwei Minuten hat sich meine Vermutung bestätigt. Der Akku war locker und wenn man den Laptop herumschiebt, verliert er den Kontakt, und der Computer geht sofort aus. Natürlich behalte ich die Entdeckung für mich, schraube am Gehäuse herum und schaue mir die Wirksamkeit des kürzlich installierten Virenschutzes an, während

Henrietta mich dabei beobachtet. Sie hat ihre kleinen Hände auf meine Schultern gelegt und scheint von meiner Arbeit fasziniert zu sein.

Und so vergeht der Abend viel zu schnell, bis Henrietta an mich gelehnt eingeschlafen ist. Ich habe sogar den Salat aufgegessen, ohne mich an dem künstlichen Geschmack gestört zu haben. Als Bianca das Café mit ihrer Tochter auf dem Arm verlässt, gibt sie mir einen Kuss auf die Wange. Draußen winkt sie mir zu, bevor sie in der U-Bahn verschwindet. Ich bleibe noch sitzen, bis das Café schließt. In den Fingern einen Zettel mit ihrer Telefonnummer und ihrer E-Mail-Adresse, die andere Hand an der Wange, wo ich den Kuss noch immer spüren kann.

Kapitel 7

Den Donnerstag nutze ich nur zur Vorbereitung. Ich sehe mir Luftaufnahmen der Gegend an, überlege mögliche Fluchtrouten und berechne den Weg von der nächsten Polizeiwache bis zu Kranz' Haus.

Ich kaufe mir wie geplant die Arbeitskleidung eines Gärtners und neue Stiefel. Anschließend erstehe ich in einem Baumarkt eine zusammenklappbare Harke, um meine Tarnung zu komplettieren. Zu Hause packe ich meine Pistole ein, überprüfe das Chloroform und gehe immer wieder meinen Plan durch. Ich breite alles auf dem Küchentisch aus, bis ich mir sicher bin, dass ich nichts vergessen habe. Dann lege ich mich ins Bett und versuche zu schlafen. Morgen werde ich in der Firma zwei Stunden eher Schluss machen, damit ich früh genug bei Kranz ankommen kann. Ich bin gespannt, was mich dort erwarten wird.

Den ganzen Freitag habe ich Mühe, mich auf die Arbeit zu konzentrieren. Mein Kopf trägt einen Kampf mit sich selbst aus. Auf der einen Seite steht die Ratio, die darauf hofft, mehr Informationen über die willigen Vollstrecker von Kranz zu erhalten, die neben Mencke noch an dem Baupfusch beteiligt waren.

Auf der anderen Seite steht mein wildes Es, ein Skalpell in der Hand, beseelt von dem einzigen Wunsch, Rache zu üben und Kranz zu bestrafen.

Um zwei Uhr nachmittags verlasse ich das Büro, gehe nach Hause und nehme meine große Tasche. Ich fahre mehrere Umwege und komme um 16.11 Uhr an der U-Bahn-Station Rodenkirchen Bahnhof an. Nach einem kurzen Fußmarsch bin ich im Forstbotanischen Garten, der auf dem Weg zum Friedenswäldchen liegt. Kaum habe ich die Straßen hinter mir gelassen, spüre ich, wie sich allmählich Ruhe in mir ausbreitet. Meine Schritte werden kürzer und mein Puls verlangsamt sich. Natur hat eine entspannende Wirkung auf mich. Die damit einhergehende Stille, der torfige Geruch der Erde und das Rauschen der Blätter. Ich nehme mir sogar die Zeit, eine Pfauenfamilie zu beobachten, die durch eine Baumallee spaziert, als wäre letztere eigens zu diesem Zweck angelegt worden.

In der öffentlichen Toilette verwandele ich mich in einen Mitarbeiter des Grünflächenamtes. Ich wälze mich dreimal über einen Feldweg, kratze meine Schuhe an einem Stein auf und gebe meinem Helm einen Tritt. Meine alte Kleidung lege ich in die Tasche, stopfe diese wiederum in einen Sack, den ich danach zur Hälfte mit Blättern auffülle. Dann mache ich mich auf den Weg zu Siegfried Kranz' Anwesen.

Ich gebe zu, ich bin ein Pedant. Ich überprüfe alles zwei Mal, hasse Überraschungspartys und breche nicht gerne in Häuser von reichen Mistkerlen ein, die genug Geld für eine teure Sicherheitsanlage haben. Aber ich habe wieder keine Wahl. Bei Isak ist schließlich auch alles glatt gelaufen, rede ich mir ein. Zeit für ein wenig Optimismus.

Ich habe mir die Route gut eingeprägt und bin bald darauf am Ziel. Ein zweieinhalb Meter hoher, weiß getünchter Steinwall mit ein paar Metallspitzen, die mehr der Zierde als der Abschreckung dienen, grenzt das Grundstück zum Wald ab.

Kein wirkliches Hindernis. Entlang der Mauer verläuft im Inneren eine Reihe von Büschen, die noch einen Meter darüber hinausragen. Als Sichtschutz gut geeignet, aber auch ein ideales Versteck für Leute wie mich. Ich halte Abstand, sammele hier und da ein Stück Papier auf und mache mir ein Bild von der Umgebung.

Östlich des Hauses sieht es genau so aus, wie Isak es beschrieben hat. Große Buchen, deren Äste bis auf das Grundstück hineinragen. Mit ein wenig Klettern ist man drüben.

Ich gehe weiter. Das vordere Tor ist kameraüberwacht. Ich beschäftige mich mit dem Abkratzen von Moos an einem Fußgängerweg, als der Transporter einer Fensterfirma aus dem Tor hinausfährt. Die Baustelle ist nun verlassen.

Von vorne wirkt das Haus beeindruckend. Zwei Stockwerke mit einem Spitzdach. Große, bodentiefe Fenster, umrahmt von verziertem Gestein. Auf dem Dach dunkelrote Ziegeln, die das Sonnenlicht spiegeln. Neben dem Haupthaus angeschlossen der Gästetrakt, den Isak angeblich gebaut hat. Bis zur Rückseite des Hauses sind es zwanzig Meter freie Rasenfläche. Ich muss warten, bis es dunkel wird, sonst bemerkt mich jeder, der in diesem Moment aus dem Fenster sieht. Es ist kurz nach siebzehn Uhr. In einer Stunde kann ich mich im trüben Abendlicht gefahrlos über die Mauer schwingen. Weitere dreißig Minuten später ist es dunkel genug, um den Rasen zu überqueren.

Ich beende meine Erkundungstour und widme mich der Waldpflege, gerade so weit entfernt, dass ich vom Grundstück aus nicht gesehen werden kann. Noch ist Zeit, bevor es losgeht.

Mit der Dämmerung bin ich zurück. Es ist niemand in der Nähe, also verberge ich den Sack unter einem Busch und schlüpfe in meine Einbruchsgarnitur. Dunkle, bequeme Kleidung und eine schicke Skimaske mit zwei Augenlöchern. Auf die Polster und die Stiefel verzichte ich heute, um die Klettertour nicht zu erschweren. Trotz meiner Vorbereitung bin ich nervös. Ich würde Isak und Kranz überraschen, aber ein wenig Restanspannung verbleibt doch. Zu viele Dinge liegen noch im Dunkeln.

Ich schwinge mich über die Mauer, drücke mich zwischen zwei Büschen hindurch und presse mich zu Boden. Kein Hundegebell ertönt, keine Sirene geht los. Soweit hat Isak die Wahrheit gesagt. Für einen Lauf über den Rasen ist es zu hell, also warte ich noch. Während der ganzen Zeit lasse ich das Gebäude nicht aus den Augen. Irgendjemand ist zu Hause. Im Erdgeschoss und im ersten Stock brennt Licht. Manchmal glaube ich, einen Schatten zu sehen, aber direkt am Fenster zeigt sich niemand.

Warten ist schlecht. Tausend Gedanken rasen einem durch den Kopf. Hätte ich mich besser vorbereiten können? Hätte ich eine andere Strategie wählen sollen? Die Kälte kriecht in meine Schuhe, ich bewege die Zehen und strecke meine Beine, damit sie nicht einschlafen. Ab und an verlagere ich das Gewicht, um nicht steif zu werden. An einem anderen Tag hätte ich Kranz um das abgelegene Grundstück beneidet, doch versteckt in der Dunkelheit sehne ich mich geradezu nach den Lichtern eines Autos oder den Schritten eines Wanderers.

18.17 Uhr. Mir ist es noch nicht dunkel genug, aber ich bin zu unruhig, um länger in meinem Versteck zu warten. Außerdem will ich mindestens eine Stunde vor Isak da sein. Sorgen macht mir der Kiesweg mit alten Gas-Laternen, der sich um das Haus zieht. Ich hoffe, dass keine der Lampen mit einem Bewegungsmelder versehen ist, sonst wird das ein kurzer Besuch werden.

Ein letzter Blick nach oben. Ich sprinte über den Rasen zu dem Weg und presse mich an die Hauswand. Dort halte ich still und lausche erneut. Nichts zu hören. Es ist auch kein Licht angegangen. Soweit ist alles gut. Dicht an der Wand schleiche ich zur Vorderseite. Vor jedem Fenster ducke ich mich, selbst wenn es dunkel dahinter ist. Der Kies knirscht leise unter meinen Füßen, obwohl ich jeden Schritt vorsichtig setze. Dann bin ich an der Baustelle.

Ein Gerüst ragt bis in Höhe des ersten Stockwerks. Große Eimer mit Bauschutt stehen an der Wand. Daneben eine Betonmischmaschine, Schaufeln, Hacken und anderes Werkzeug. Aus vier Fenstern sind die Fensterflügel ausgehängt worden. Die Öffnungen sind mit einer dicken, transparenten Folie abgedeckt. Ein kleiner Schnitt mit dem Skalpell und ich bin im Haus.

Soweit ist alles gut gelaufen. Bis Isak um die Ecke gelaufen kommt und mir eine Pistole vors Gesicht hält.

»Ich hätte nicht geglaubt, dass du darauf reinfällst«, grinst er. Sein Erscheinen kam sehr plötzlich. Ich gebe zu, dass ich damit nicht gerechnet habe. Verdammter Mistkerl.

»Wie hast du mich entdeckt?«

»Kranz hat so viele Feinde, da reicht eine einfache Überwachungsanlage nicht aus. Die Kameras am Tor sind Tarnung. Das ganze Haus wird rundum videoüberwacht. Die Linsen haben sogar Lichtverstärker, damit man im Dunkeln sehen kann. Schon als du um die Mauer gestrichen bist, habe ich dich beobachtet.« Er kichert. »Die letzte halbe Stunde saß ich mit einem Glas Wein vor den Überwachungsmonitoren und habe spekuliert, wann du dich aus dem Versteck traust.«

»Du hättest Schauspieler werden sollen.«

»Das Baugeschäft war eine gute Schule.«

»Deshalb hat dir Kranz einen Job gegeben?«

Isak lacht. Es ist ein fieses, meckerndes Lachen, das zu einem Bösewicht aus einem Actionfilm gepasst hätte.

»Kranz ist nur eine kleine Figur im Spiel. Du hast nicht die geringste Ahnung, in was du reingeraten bist, einsamer Rächer.« Er winkt mit der Pistole. »Komm rein. Ich zeige dir was.«

Er hat eine Walther P88. Nicht gerade das neueste Modell, aber jeder der fünfzehn Schuss kann ein großes Loch in mich reißen. Ich laufe gehorsam vorweg, beobachte aber Isak, ob er mir zu nahe kommt. Ein Fehler, und ich nehme ihn mir vor.

Der Eingangsbereich ist so, wie ich es mir vorgestellt habe. Groß, protzig und ohne Stil. Wahrscheinlich hat Kranz den exklusivsten Inneneinrichter Kölns beauftragt, so viel Geld wie nur möglich auszugeben. Die Vorhalle ist aus hellem Marmor. Links und rechts ragen Aquarien mit Fischschwärmen bis zur Decke. Ein großer Leuchter erhellt den Raum und lässt kleine Kristallsteinchen am Boden glitzern. Eine säulengetragene, ausladende Treppe führt nach oben. Auf jeder vierten Stufe steht eine Ritterrüstung. Fehlt nur noch ein rosa Plüschteppich oder ein Dinosaurierskelett.

»Hässlich, oder?«, fragt Isak, als hätte er meine Gedanken erraten. »Es passt zu einem Neureichen wie Kranz. Keine Klasse.«

Er winkt mich die Treppe hoch. Mit jedem Schritt wird der Geruch nach Lösungsmittel intensiver, als hätten die Handwerker die Wände mit Terpentin bestrichen. Wir gehen an einem großen, goldumrahmten Spiegel vorbei. Isak hält immer noch zwei Schritte Abstand, unverändert selbstzufrieden.

Wir kommen in eine Bibliothek, die nicht zum Rest des Hauses passt. Dunkle Möbel, große Teppiche und ein ausladender Kamin. Neben der Tür stehen Eimer mit Lösungsmittel. Interessanter sind aber die zwei Personen auf der schwarzen Ledercouch. Im ersten Augenblick denke ich, sie würden auf uns warten. Als wir näher kommen, sehe ich die klaffenden Wunden in ihren Hinterköpfen. Man hat ihnen die Schädel eingeschlagen.

»Darf ich vorstellen«, beginnt Isak und verneigt sich leicht. »Siegfried und Renato.« Er kichert wieder.

Die Szene hat etwas Krankes. Die beiden Toten sitzen nebeneinander auf der Couch, als hätten sie sich einen Film angesehen. Siegfried Kranz trägt einen Seidenanzug mit Einstecktuch und Manschettenknöpfen. Er hält einen Cognacschwenker in der Hand und hat die Beine lässig übereinandergeschlagen. Sein Kopf ist nach hinten überstreckt und seine Augen blicken leer zur Decke.

Der andere Mann sitzt zusammengesunken auf dem Polstermöbel. Bei ihm ruhen beide Hände auf dem Schoß und umfassen eine Flasche Bier. Das Revers seines alten beigen Sakkos ziert ein getrockneter Blutfleck. Einzig der Klumpen Papier, den man in seinen Rachen gesteckt hat, passt nicht zu dem Stillleben.

Ich habe es mit einem Psychopathen zu tun, einem kranken Wahnsinnigen, der nicht nur Menschen tötet, sondern auch seinen Sadismus auslebt. Isak hat recht. Ich hatte nicht die geringste Ahnung, in was ich hier reingeraten war. Ich muss an die Waffe kommen, oder ich bin tot.

Isak scheint das Spiel zu genießen. »Siegfried Kranz kennst du ja schon.« Er deutet auf den Firmenbesitzer. »Unser Bauunternehmer war kurz davor, die Nerven zu verlieren, daher musste er zum Schweigen gebracht werden. Dein Besuch war eine gute Gelegenheit dafür.« Er deutet auf die zweite Leiche. »Der gute Renato ist nicht aus dem Baugeschäft, aber er war zu neugierig und hat uns Schwierigkeiten gemacht. Jetzt wird er bei einem Hausbrand ums Leben kommen.«

»Wer ist uns?«

»Diese Wissenslücke wirst du mit ins Grab nehmen.« Er winkt mit der Pistole. »Wo willst du sitzen? In der Mitte zwischen den beiden. Oder lieber bei Siegfried auf dem Schoß?«

»Leck mich.«

»Bevor ich dich umlege, will ich noch dein Gesicht sehen. Schauen wir mal, wer sich hinter der Maske verbirgt. Also runter damit.«

»Nein.«

Er kommt näher und richtet die Pistole auf meine Stirn. Nur noch dreißig Zentimeter.

»Glaubst du, ich kann damit nicht umgehen? Glaubst du, ich habe Skrupel, dich umzulegen?«

»Hast du nicht, aber du willst es wie einen Unfall aussehen lassen. Da kommt eine Schusswunde bei der Obduktion nicht gut an. Sonst hättest du die beiden erschossen und nicht erschlagen.«

»Du hältst dich wohl für clever, Arschloch?«, brüllt er mich an.

»Nur für besser als du.«

Wutentbrannt holt er mit der Pistole zum Schlag aus. Ein Fehler, auf den ich gewartet habe. Ich packe seinen Arm und drehe mich zur Seite. Sein eigener Schwung wird ihm zum Verhängnis, als ich ihn über die Schulter auf den Couchtisch werfe. Die Holzbeine brechen mit einem lauten Krachen und die Glasplatte zerspringt unter Isaks Rücken. Die Walther P88 rutscht über den Teppichboden. Isak rappelt sich auf, aber ich bin schon bei der Waffe.

Ich hebe die Pistole auf und prüfe die Sicherung, als mich etwas Kaltes, Brennendes ins Gesicht trifft. Ich reibe mir die Augen, aber trotz der Maske explodiert der Schmerz in meinem Gesicht. Ich taumele nach hinten. Die Waffe entgleitet meiner Hand.

Pfefferspray. Jetzt bin ich wirklich in Schwierigkeiten.

KAPITEL 8

Ich kann die Umgebung nur verschwommen wahrnehmen. Irgendeine Gestalt hilft Isak hoch. Wahrscheinlich mein Angreifer. Ich versuche sein Gesicht zu erkennen, aber es ist schwer, die Augen offen zu halten. Das Licht macht den Schmerz noch schlimmer. Ich taumele zur Treppe, stolpere über einen Hocker und schlage mit dem Kopf an ein Regal. Weglaufen hat keinen Sinn. Ich muss warten, bis die Wirkung des Sprays nachgelassen hat.

»Ich hab dir gesagt, du sollst ihn hochbringen und dort umlegen«, schimpft die Gestalt auf Isak ein, ohne mir Beachtung zu schenken. Der Mann hat eine tiefe Stimme, die zu einem Baritonsänger passen würde. »Und nicht erst ein Schwätzchen mit ihm halten.« Seinen Akzent kann ich nicht recht einordnen. Englisch, schottisch, vielleicht auch amerikanisch.

»Tut mir leid«, entschuldigt sich Isak. Seine Stimme ist unterwürfig. »Ich bring es gleich zu Ende.«

Ich reibe mir die Augen, ohne eine Besserung zu erreichen. Ich bin noch immer fast blind, wie nach einem Sprung in ein Becken mit Chlorwasser. Alles ist verschwommen, ohne Konturen. Nur ein paar Umrisse und ein paar Helligkeitsunterschiede. Der Mann ist einen Kopf größer als Isak, mit breiten Schultern und auffällig roten Haaren. Er trägt dunkle Kleidung. Vielleicht einen Anzug oder Mantel. Der blaue Streifen längs der Brust ist wohl eine Krawatte. Während sich Isak aus den Trümmern des Couchtischs hochrappelt, tritt der Mann neben ihn, hebt ein Holzbein auf und schlägt zu. Isak sieht den Schlag zu spät kommen. Er will noch die Hände hochreißen, aber das Holz trifft ihn auf die Stirn. Mit einem Stöhnen bricht er zusammen. Der Mann stellt sich über ihn.

»Du hast schon immer zu viel geredet.« Dann schlägt er erneut zu. Es knackt, als Isaks Schädel bricht. Jetzt wird es wirklich übel.

Er beugt sich über Isak, als wolle er kontrollieren, dass dieser nicht mehr aufstehen kann. Dann nickt er und kommt auf mich zu. »Tut mir leid, mein Freund. Keine Zeugen.«

Er klatscht das blutige Holzbein in seine Hand. Ich habe noch drei, maximal vier Schritte Zeit. Ich bin kein schlechter Kämpfer, aber der Typ wäre schon in normalem Zustand eine Herausforderung. Ohne Waffe und mit Pfefferspray in den Augen kann ich keine zehn Sekunden überleben.

Noch zwei Schritte. Die versprengten Glasscherben des Couchtischs knirschen unter seinen Füßen.

Die Treppe ist kein Ausweg. Ein Fehltritt, und ich würde mir auf dem Marmor selbst den Schädel einschlagen.

Noch ein Schritt. Er holt mit dem Prügel aus.

Meine Gedanken überschlagen sich. Ich suche nach Auswegen, aber es bleibt nur eine Möglichkeit, und die ist wahrlich beschissen.

Ich hechte zur Seite. Das Holzbein schlägt eine Handbreit neben meinem Kopf ein. Ich springe über Isaks Leiche und renne durch den Raum. Mit der Hüfte streife ich einen kleinen Beistelltisch, räume ein Tablett mit Gläsern ab, gelange aber ans Ziel. Ich hebe die Arme vor den Kopf und wappne mich für den bevorstehenden Schmerz. Fluchend springe ich durch die Fensterscheibe.

Der Aufprall ist härter als befürchtet. Ich versuche, mit den Füßen zuerst aufzukommen, was mir aber misslingt. Ich knalle auf die Seite und mein Arm schmerzt. Hoffentlich ist er nicht gebrochen. Der Boden dreht sich vor meinen trüben Augen, und ich habe Mühe, bei Bewusstsein zu bleiben. Ich rappele mich auf, aber mein linkes Bein knickt ein. Ein stechender Schmerz lässt mich wieder zu Boden gehen. Eine Scherbe steckt in meinem Unterschenkel.

Entgegen aller medizinischen Vernunft ziehe ich das Glas aus dem Bein. Vor Schmerz beiße ich meine Lippe blutig, aber ich mühe mich wieder hoch und humpele los. Ich habe maximal dreißig Sekunden Vorsprung, bis der Fremde die Treppe herunter und um das Haus gerannt ist. Ich schleppe mich zu den Büschen, belaste mein gesundes Bein und springe auf die Mauerkrone. Ich kralle meine Hände in den Putz und ziehe mich hoch. Meine linke Seite pocht höllisch. Das Atmen fällt mir schwer. Vielleicht habe ich mir ein paar Rippen gebrochen. Keine guten Voraussetzungen für eine Verfolgungsjagd.

Ein lauter Knall ertönt. Der Rotschopf hat mich entdeckt und hat nicht vor, mich entkommen zu lassen. Ich lasse mich von der Mauer fallen und rolle mich über das gesunde Bein ab. Ich schreie meinen Schmerz hinaus, als ein Ast auf die Wunde schlägt. Das Pfefferspray behindert noch immer meine Sicht, aber ich kann die Bäume schemenhaft erkennen. Der Mond scheint links hinter mir, also laufe ich nördlich vom Haus weg. Nach etwa zweihundert Metern komme ich auf eine Straße, welche die Zufahrt zum Forstbotanischen Garten kreuzt. Es ist schon spät, aber sicher treiben sich dort noch ein paar Besucher rum. Und wenn es nur Angestellte sind. Mein Verfolger wird mich nicht vor Zeugen erschießen wollen.

Ich strauchele zwei Mal im Unterholz, bis ich auf der Straße bin. Mein linker Schuh ist feucht von Blut, aber die dunkle Kleidung verdeckt das. Ich ziehe meine Kapuze vom Gesicht und taumele weiter. Lange kann ich das nicht durchhalten. Die Schmerzen in meiner Seite sind schlimmer geworden. Ich muss mich ausruhen, aber ein weiterer Schuss, der irgendwo in einem Baum einschlägt, treibt mich voran.

Ich hoffe auf ein entgegenkommendes Fahrzeug, das ich anhalten kann, aber die Straße ist leer. Ich muss weiter zur Kreuzung. Ich höre ein lautes Knacken und Fluchen im Wald. Endlich hat das Unterholz mal den Richtigen erwischt, aber mein Verfolger ist viel zu nah.

Es darf nicht so enden. Ich schleppe mich weiter. Meine Lunge droht zu kollabieren. Der Blutverlust lässt mich Punkte vor den Augen sehen, aber ich schaffe es bis zur Kreuzung. Die Straße wird breiter. Laternen weisen mir den Weg. Weiter vorne ist ein beleuchtetes Fahrzeug. Ich brauche einen Moment, bis ich realisiere, dass ein Bus des Weges kommt. Die Haltestelle ist nicht weit. Zwei Männer warten dort. Das ist meine letzte Chance. Wenn der Bus ohne mich weiterfährt, ist es zu Ende.

Noch einmal die Schmerzen ertragen, feuere ich mich an. Ein paar Schritte. Dann kann ich mich ausruhen. Der Bus kommt zum Halt. Er ist noch so weit weg. Ich gehe auf die Straße und winke. So muss er mich entweder mitnehmen oder überfahren. Die Scheinwerfer blenden mich. Ich rechne jeden Moment damit, dass er hupend auf mich zukommen wird, doch er bleibt noch einmal stehen und öffnet die vordere Tür. Ich nicke dem Fahrer dankbar zu und humpele die Stufe hoch.

»Hab mir beim Joggen den Fuß verstaucht«, erkläre ich keuchend, als er mich verwundert ansieht. Gott sei Dank ist der Bodenbelag dunkel. So kann man die blutigen Fußabdrücke nicht sehen.

Kaum bin ich drin, schließen sich die Türen und der Bus fährt los. Ich senke den Kopf und gehe in den Mittelteil, dessen Scheiben von einem Werbeaufdruck verdunkelt sind. Ich wage es nicht, mich nach meinem Verfolger umzusehen, er könnte sonst mein Gesicht erkennen.

Erst zwei Minuten später fühle ich mich sicher. Ich lasse mich auf eine Bank fallen und lehne meinen Kopf an die Scheibe. Dann gleite ich in die Bewusstlosigkeit.

An den Weg zurück kann ich mich kaum noch erinnern. Ich erwache an der Endhaltestelle des Busses und schleppe mich zur U-Bahn-Station. Dort habe ich Glück, kann eine weggeworfene Tageskarte aus dem Müll fischen und fahre nach Hause.

Irgendwo habe ich offensichtlich meine Mütze in Fetzen gerissen und um mein Bein gebunden, um die Blutung zu stoppen. Obwohl es unvernünftig ist, in meinem Zustand kein Krankenhaus aufzusuchen, vermeide ich es bewusst. Ich komme bis zu unserem Klingelschild und wundere mich selbst, wie ich die lange Strecke mit solchen Schmerzen bewältigt habe, aber der Mensch kann mehr ertragen, als man glaubt.

Mit beiden Händen schlage ich auf die Klingelknöpfe ein. Dann verlässt mich der letzte Funken Kraft, und ich breche zusammen.

Ich erwache in einem Krankenhausbett. In Momenten wie diesen hofft man, in das strahlende Gesicht einer attraktiven Krankenschwester zu blicken, die einem versichert, dass alles gut wird, aber mit Wünschen ist das so eine Sache.

Meine Nachbarin Gabriella ist zwar Krankenschwester, aber ihr Gesichtsausdruck ist alles andere als strahlend. Eine Mischung aus Zorn und Frust, gepaart mit einem missbilligenden Blick unter den zusammengezogenen Augenbrauen. Als sie merkt, dass ich aufgewacht bin, beginnt sie auf mich einzureden. Sie tut das in einer Geschwindigkeit, dass sie die Zusammenfassung von *Krieg und Frieden* während eines Hundertmeterfinales erzählen könnte, ohne einen Handlungsstrang auszulassen. Ich vermute, sie macht mir Vorwürfe, aber leider beschränkt sich mein Spanisch auf »Sí« und »Un café con leche, por favor«.

»Gabriella«, unterbreche ich ihren Redefluss mit einem heiseren Krächzen. »Ich verstehe dich nicht.«

Sie hält einen Moment inne, als würde ihr erst jetzt bewusst werden, dass sie spanisch gesprochen hat. Dann umarmt sie mich.

»Was hast du nur gemacht?«, fragt sie mit Tränen in den Augen. »Wir haben dich ohnmächtig vor der Tür liegend gefunden, die Hosen voller Blut und dein Puls fast nicht mehr zu fühlen. Dein Oberkörper ist von Prellungen übersät.«

»Ist eine lange Geschichte.«

»Und warum bist du nicht in ein Krankenhaus oder hast die Polizei gerufen?«

Ich winke ab. »War irgendwie nicht mein Tag heute.«

Sie hebt die linke Augenbraue. Mit ein paar lockeren Sprüchen werde ich sie nicht abwimmeln können.

»Du kennst doch die Querstraße südlich der U-Bahn Station.«

»Ja, und?«

»Dort werden zwei neue Reihenhäuser gebaut.«

»Weiter.«

»Ich war müde und wollte eine Abkürzung nehmen.«

»Über die Baustelle?«

Ich nicke. »Im Dunkeln bin ich über eine Stange gestolpert und in eine Grube gestürzt. Da ich kein Handy bei mir hatte, bin ich wieder hochgekrochen und habe mich die letzten Meter zur Wohnung geschleppt.«

Sie mustert mich aus zusammengekniffenen Augen, als wäge sie ab, ob sie mir die Geschichte abnehmen soll.

Ich lächele und hoffe, dass sie mir die hastig zusammengeschusterte Ausrede glaubt. »Was ist jetzt mit mir?«, wechsle ich das Thema.

»Die Wunde ist fingerlang und musste genäht werden. Glücklicherweise hat sich die Scherbe nur in deine Haut gebohrt und weder Sehne noch Muskeln verletzt. Der Stationsarzt ist ein Schwachkopf, aber er kann gut nähen. Die Röntgenaufnahmen von deiner Brust zeigen keine gebrochenen Rippen. Du bekommst die Nacht über noch ein paar Infusionen.«

»Und wann kann ich gehen?«

Gabriella zieht erneut die Augenbrauen hoch. Dieses Mal auf die Art »Bist du bescheuert oder kann ich das auf die Medikamente schieben?«. »Du hast viel Blut verloren. Ich schätze mal Montag. Frühestens«, fügt sie mit Blick auf mein Bein hinzu.

Ich sehe auf die Uhr neben dem Fernseher. Es ist kurz nach halb fünf am Morgen. Gabriella muss die ganze Nacht bei mir gewartet haben. Irgendwann werde ich es ihr vergelten.

»Ich bin ziemlich müde«, sage ich erschöpft. »Danke für deine Hilfe, aber vielleicht solltest du jetzt auch etwas schlafen.«

Gabriella fixiert mich, als überlege sie, ob sie wieder eine Schimpftirade auf mich niederlassen soll. Dann umarmt sie mich noch einmal und gibt mir einen Kuss auf die Wange.

»Zu deinem Geburtstag schenke ich dir eine kleine Taschenlampe. Wenn du schon so unvernünftig bist, in der Nacht über eine Baustelle zu laufen, brichst du dir beim nächsten Mal wenigstens nicht den Hals.«

Sie hebt die Hand, macht das Licht aus und verlässt das Zimmer. Ich schließe die Augen und gehe in Gedanken meine Verletzungen durch. Mein Bein pocht leicht und das Stechen in meiner Seite ist kaum noch zu spüren. Schmerzmittel sind schon ein gutes Zeug. Noch bevor ich mir Gedanken machen kann, was ich nach diesem Rückschlag unternehmen soll, sinke ich in den Schlaf.

Dank des Sedativums wache ich erst am Mittag wieder auf. Ich bin alleine in dem Zimmer. Neben mir steht ein Tablett mit einer

Scheibe Brot, etwas Käse, Butter und einer dunkelroten Masse, die früher einmal ein Fruchtjoghurt gewesen sein könnte. Der Raum hat den Charme eines typischen Krankenhauszimmers: Neonlicht, Linoleum und über alledem der Geruch von chemischen Reinigungsmitteln. Das Bett neben mir ist noch in Folie eingepackt und der Fernseher an der Wand ist museumsreif. Ich schiebe die Decke zur Seite und bringe mich in eine sitzende Position. Dann ziehe ich mein Nachthemd hoch und betrachte meinen Körper.

Mein Bein ist mit vierzehn Stichen genäht worden. Mein Oberkörper ist blau, aber wenigstens ist nichts gebrochen. Ich fühle mich schwach wie ein Neugeborenes und traue mich nicht, ohne Hilfe aufzustehen. Daher ziehe ich die Decke wieder über die Beine, schließe die Augen und denke über meine Situation nach.

Ich bin dem Irren entwischt, sonst wäre ich nicht lebend nach Hause gekommen. Eventuell hat er meine Gärtnerkleidung und mein Werkzeug gefunden, aber selbst wenn er meine Fingerabdrücke nehmen wird und Kontakte zur Polizei hat, wird er mich nicht finden. Ich bin nicht in der Datenbank. Persönliche Gegenstände habe ich nicht hinterlassen. Auch wenn er mein Gesicht gesehen hat, wird er mich nur schwer ausfindig machen. Im Internet gibt es kein Foto von mir, da ich kein Profil für irgendein soziales Netzwerk habe, kein Facebook, kein Google+ oder Twitter, und auf den Fotos von den Kellerpartys, die Gabriella gepostet hat, bin ich kaum zu erkennen,

Der einzige Punkt, an dem der Rotschopf ansetzen kann, ist der Baupfusch in der Birkenstraße. Isak hat ihm sicher vor seinem Tod darüber berichtet, aber über diese Verbindung kommt er auch nicht zu mir. Das hat nicht einmal die Polizei geschafft.

Ich bin vorerst sicher, aber ich bin ein Wrack und werde die nächsten Tage nichts zustande bringen. Heute kann ich mich einfach nur ausruhen. Gott sei Dank ist Samstag, da muss ich mein Fehlen im Büro nicht erklären.

Vielleicht kann ich mir morgen von Gabriella meinen Laptop bringen lassen. Siegfried Kranz' Ermordung wird nicht unbemerkt bleiben. Möglicherweise wird der Fall wieder mehr mediale Aufmerksamkeit bekommen. Dann hat Kranz' Tod etwas Gutes gehabt.

In der Sonntagszeitung prangt die Schlagzeile »Brand in Hahnwald. Drei Tote« auf der ersten Seite. Darunter befindet sich ein Foto der verkohlten Ruine. Während der Eingangsbereich noch einigermaßen glimpflich davongekommen ist, scheint der hintere Teil mit dem Wohnzimmer völlig zerstört zu sein. Teile des Dachs sind eingestürzt. Es muss Stunden gedauert haben, die Leichen zu bergen.

Nach ersten Ermittlungen geht die Polizei davon aus, dass bei der Renovierung ein Kanister mit Lösungsmittel Feuer gefangen hat. Die Flammen haben auf die Einrichtung übergegriffen und ein wahres Inferno ausgelöst. Die drei Toten sind unter den Trümmern des einstürzenden Dachs begraben worden. Einer von ihnen war aller Voraussicht nach der Hausbesitzer Siegfried Kranz. Die anderen konnten noch nicht identifiziert werden.

Jetzt wird das Bild in meinem Kopf vollständig. Die drei Männer wurden erschlagen, weil ihre Verletzungen bei einem eingestürzten Gebäude nicht verdächtig sind. Das Feuer würde nicht nur alle Spuren verwischen, es würde die Obduktion der Leichen auch erschweren. Ich habe von dieser Materie keine Ahnung, aber ich zweifele daran, dass ein Pathologe bei der Leichenschau so genau sein kann, dass er deren etwas früheren Tod feststellen kann. Somit erklären sich auch die Eimer mit Lösungsmittel. Es gibt einerseits keinen besseren Brandbeschleuniger, andererseits ist deren Vorhandensein durch die lau-

91

fenden Renovierungsarbeiten erklärt, also werden die Ermittler nicht misstrauisch.

Nur ich kenne die Wahrheit hinter dem Brand, aber ich habe nicht den winzigsten Beweis. Meine Pläne sind zusammengestürzt wie ein Kartenhaus im Wind. Bis gestern ist mein Hauptziel Siegfried Kranz gewesen. Ich habe ihn nur am Leben gelassen, weil ich an seine Hintermänner gelangen wollte. In Gedanken hatte ich ihn aber schon unzählige Male getötet und mich nach dem Tag gesehnt, an dem es endlich soweit sein würde.

Jetzt hat sich Kranz als Marionette herausgestellt. Der Puppenspieler ist ein Mann, dessen Skrupellosigkeit man nur aus Krimis kennt. Natürlich gibt es im Baugeschäft Korruption, Bestechung und mafiöse Strukturen bis hin zum Mord, aber diese Brutalität ist eine neue Dimension. Es muss mehr dahinterstecken als ein einfacher Baupfusch. Der Rotschopf hatte Angst, dass Kranz, Isak und der mir noch unbekannte Renato reden würden. Das ist die einzig logische Erklärung für den Mehrfachmord.

Hier läuft etwas Großes.

Den Sonntag kann ich nutzen, um mehr Informationen einzuholen. Dank Internet geht das noch vom Bett aus, aber morgen muss ich zurück in meine Wohnung. Das wird den Ärzten nicht gefallen.

Mein Bein schmerzt beim Gehen und ich spüre die Prellungen der Rippen noch. Bei meiner Entlassung wird mir siebzehnmal erklärt, dass die Ärzte keine Verantwortung für meine Entscheidung übernehmen und dass es töricht ist, nach Hause zu gehen. Außerdem würden die Schmerzmittel nicht zum Heilungsprozess beitragen, sondern über meinen wahren Zustand hinwegtäuschen und damit die Sache verschlimmern, wenn ich mich nicht schone.

Ich lasse mir ein Attest für die ganze Woche ausschreiben, verspreche, meine Wunde von meinem Hausarzt kontrollieren zu lassen, und checke aus dem Krankenhaus aus.

Von ermittlungstechnischer Seite bin ich sicher. Gabriella hat erklärt, dass ich im Garten über eine ausgebaute Fensterscheibe gestolpert bin, was die Ärzte mit einem Achselzucken akzeptiert haben. Alleine dafür würde ich meine Nachbarin noch abknutschen.

Vor der Tür rufe ich mir ein Taxi und genehmige mir eine Schmerztablette. Eine halbe Stunde später bin ich zu Hause. Als Erstes gehe ich zu meiner Ermittlungswand und bringe sie auf den neuesten Stand.

Am Freitag habe ich auf ganzer Linie versagt. Ich habe mich nicht nur von Isak in die Falle locken lassen, sondern auch noch vorausgesetzt, dass ich als Amateur-Einbrecher in ein gut gesichertes Haus spazieren würde, ohne bemerkt zu werden. Ich habe mit den großen Jungs gespielt und ordentlich Prügel bezogen. Außerdem hat sich meine Hoffnung auf neue Spuren im wahrsten Sinne in Rauch aufgelöst. Ich streiche Isak durch und schiebe Kranz weiter nach unten, weg von seiner Spitzenposition als Mann hinter allem. Der neue Kopf des Falls ist der rothaarige Irre. Ich male ein großes Fragezeichen auf die leere Karteikarte. Außer einem Schemen und der Stimme habe ich nichts. Dann nehme ich einen großen Filzstift und verbinde ihn mit allen Beteiligten.

Auf der Ebene von Isak und Albert füge ich eine weitere Karte mit dem Namen Renato hinzu, ebenfalls mit einem Fragezeichen versehen. An sein Gesicht kann ich mich noch erinnern, aber ich muss erst einer anderen Spur folgen: Isak.

Er liegt erschlagen und geröstet im Kühlschrank des Leichenschauhauses, was eine Befragung schwierig macht, aber immerhin kenne ich seine Wohnung. Wenn es den Rechtsmedizinern gelänge, Isak zu identifizieren, würde ich nicht mehr hineinkommen. Dann wäre die Polizei vor Ort und würde seine Wohnung absperren. Also muss ich noch heute hin.

Auch wenn ich die Schmerzen unter Kontrolle habe, fühle ich mich nach wie vor schwach. Einen Kampf würde ich nicht überstehen, aber für eine Paketlieferung und einen Einbruch muss es reichen. Ich informiere mich noch über die neuesten Ermittlungen bezüglich des Brandes, gönne mir eine Stunde Mittagsschlaf und mache mich humpelnd auf zu Isaks Wohnung.

Um besser auftreten zu können, kaufe ich mir unterwegs eine Beinmanschette, die eigentlich für Zerrungen gedacht ist, aber mein Bein stützt und alles erträglicher macht. Mit der Schmerztablette fühle ich mich wieder gut, aber ich will es nicht übertreiben, daher sehe ich von einem Marsch zu Isaks Wohnung ab und nehme die U-Bahn. Ich habe nicht vor, jemanden zu ermorden, sondern will nur in eine Wohnung einbrechen, daher gehe ich das Risiko ein, von Kameras erfasst zu werden. Ich trage eine Perücke, einen Bart und habe eine weite Jacke über meine Paketbotenkleidung gezogen. In meiner Tasche sind ein kleines Päckchen und ein Formular, das ich mir im Internet heruntergeladen habe und wie ein Lieferschein aussieht. Auf dem Weg zu Isaks Wohnung ziehe ich die Jacke aus, stopfe sie in meine Tasche und nehme das Päckchen in die Hand. Vor dem Haus fülle ich geschäftig das Formular aus und warte, bis jemand herauskommt. Die ältere Dame hält mir sogar die Tür auf, was ich mit einem freundlichen Nicken quittiere. Ich stelle mich in den Flur des Erdgeschosses und lausche den Geräuschen im Haus. Irgendjemand schiebt ein großes Möbelstück herum. Ein oder zwei Stockwerke über mir gibt es einen kurzen, aber hitzigen Wortwechsel zwischen zwei Frauen, dann kehrt Ruhe ein. Es ist früher Nachmittag. Die Essenszeit ist vorbei, die arbeitende Bevölkerung noch nicht zu Hause. Eigentlich keine schlechte Zeit für einen Einbruch.

Ich gehe zu Isaks Wohnung und sehe mich kurz um. Niemand ist auf dem Gang, also lege ich das Paket auf den Boden und ziehe meine Ausrüstung aus der Tasche. Jetzt muss es schnell gehen. Schlagschlüssel ins Schloss, Handtuch darum und mit dem Hammerkopf sanft dagegen. Beim vierten Versuch habe ich Erfolg.

Ich haste hinein und mache die Tür hinter mir zu. Dann warte ich zehn Herzschläge. Bei meinem ersten Besuch sind mir keine Anzeichen für einen Mitbewohner aufgefallen, aber es könnte immer eine Freundin oder Nachbarin geben, die einen Schlüssel besitzt und genau in dem Moment nach Eiern im Kühlschrank sucht.

Es bleibt still. Die Rollläden sind heruntergelassen, also knipse ich das Licht an. Auf den sich mir bietenden Anblick bin ich nicht gefasst. Der Flur ist leer. Keine Mäntel, keine Schuhe. Nicht einmal ein Kleiderständer. Ich gehe weiter in die Küche. Tische und Stühle sind ausgeräumt. Die Wandschränke enthalten allenfalls ein Staubkorn. Kein Bett. Kein Nachttisch.

Ich durchsuche die Zimmer, aber es gibt nichts, was auf Isaks Existenz hindeutet. Selbst das Bad ist ausgeräumt und geputzt. Ich haste zum Fenster und ziehe den Rollladen hoch, in der Hoffnung, wenigstens noch einen Möbelwagen zu sehen, aber das größte Auto vor dem Haus ist ein Ford Kombi.

Ich fluche und verlasse die Wohnung. Ich will den alten Mann auf der anderen Seite nicht überstrapazieren, also gehe ich eine Tür weiter und klingele bei A. Krause. Eine junge Frau öffnet. Die Lockenwickler in ihrem Haar und das weinende Baby auf dem Arm geben mir auch ohne Worte zu verstehen, dass ich einen schlechten Moment erwischt habe.

»Entschuldigen Sie die Störung, Frau Krause«, beginne ich höflich, »ich habe eine Eillieferung für Ihren Nachbarn, Herrn Isak Ties. Er macht nicht auf, und ich darf das Paket nur ihm persönlich abgeben. Wissen Sie, wann er zurückkommt?«

»Ist da was Wertvolles drin?« Sie starrt auf den leeren Karton in meiner Hand.

»Verzeihung?«

»Der Drecksack schuldet mir noch fünfzig Euro«, empört sie sich. »Und heute Morgen waren die Möbelpacker da und haben seine Sachen geholt.«

Ich versuche, mir meinen Frust nicht ansehen zu lassen.

»Wissen Sie, wie die Firma hieß?«

»Welche Firma?«

»Die Möbelspedition.«

»Ne. Hab sie nicht gefragt.«

Das Baby hat offensichtlich keine Lust auf einen Plausch und steigert die Lautstärke und Oktavhöhe seiner Schreie. Meine Gesprächspartnerin lässt sich vom Gebrüll ihres Kleinen jedoch nicht stören.

»Und Sie sind sicher, dass es eine Möbelspedition war?«

»Wer kommt denn sonst in die Wohnung und holt alles ab? Die Pfänder vom Gericht waren's nicht. Die kenn ich.«

Wundert mich nicht.

»Na dann, danke«, verabschiede ich mich.

»Und was ist mit dem Paket?«, ruft sie mir hinterher, aber ich bin schon um die Ecke gebogen und verzichte auf eine Antwort.

Draußen angekommen, werfe ich den Karton auf den Boden und verpasse der Mülltonne einen ordentlichen Tritt mit meinem gesunden Bein. Ich will den Frust über die erneute Niederlage herausschreien, aber ich unterdrücke meine Wut und lehne mich an das Blech des Containers. Ich stolpere von Fehlschlag zu Fehlschlag.

Mir gehen die Spuren aus.

KAPITEL 9

Ich muss mehr über die Toten erfahren.

Siegfried Kranz ist eine Sackgasse. Wo immer er belastendes Material gehabt hat, ist dieses gelöscht oder verbrannt. Hinter Isak hat man aufgeräumt, bleibt also nur dieser Renato. Den Namen höre ich zum ersten Mal. Ich habe mich viel mit dem Fall beschäftigt und alle Gerichtsprozesse verfolgt, aber ein Renato ist nicht dabei gewesen. Vorerst gehe ich davon aus, dass es sein richtiger Vorname ist.

Glücklicherweise hat Marla nicht nur Zugang zum Kripo-Server, sondern auch zur Datenbank vermisster Personen. Ich nehme ihren Benutzernamen mit dem üblichen Passwort, logge mich ein und klicke mich bis zur Datenbank durch. Zuerst sehe ich mir alle Männerbilder an, aber keines sieht Renato entfernt ähnlich. Dann gebe ich seinen Namen ein, finde aber nur einen fünfzehnjährigen Jungen aus der Nähe von Bonn, der vor drei Monaten von zu Hause weggelaufen ist. Wer immer Renato gewesen ist, er wird noch nicht vermisst.

Ich schließe die Augen und erinnere mich an die Szene, als Isak mir die Toten gezeigt hat. Renato hat einen südländischen Einschlag gehabt, längere schwarze Haare und einen Dreitagebart. Er hat ein rot-kariertes Hemd, eine schwarze Stoffhose und ein paar abgetragene Lederschuhe getragen. Nicht die Kleidung eines Mannes, der durch Baubetrug reich geworden war. In seinem Mund hat ein Knäuel Papier gesteckt. Im ersten Moment habe ich an Dokumente gedacht, aber es waren karierte Blätter, wie von einem Notizblock.

Das passt zu dem, was Isak gesagt hatte: »Der gute Renato ist nicht aus dem Baugeschäft, aber er war zu neugierig und hat uns Schwierigkeiten gemacht.«

Also gehört er nicht zu Siegfried Kranz und wahrscheinlich auch nicht zu Isak oder dem irren Rothaarigen. Einen Polizisten hätten sie nicht umgelegt, also ist die Baubehörde eine Möglichkeit. Vielleicht sollte ich noch Journalisten mit aufnehmen. Das würde zum Schreibblock passen.

Ich setze mich an meinen Computer und programmiere eine Metasuche im Internet. Heißt nichts anderes, als dass ich für mein Vorhaben nicht eine, sondern viele Suchmaschinen einbeziehe. Ich wähle unterschiedliche Parameter. Fester Bestandteil ist nur der Name Renato, erweitert mit Schlagwörtern wie Baubehörde, Journalist, Kranz Bau, Birkenstraße oder Baupfusch. Parallel starte ich auch noch eine Bildersuche.

Es gibt sicher eine Menge Renatos bei den Baubehörden oder bei Zeitungen in Deutschland. Ich würde viele Treffer bekommen, aber wenn der Tote Spuren im Internet hinterlassen hat, werde ich ihn in der Masse finden.

Nachdem ich die Suche gestartet habe, humpele ich in die Küche und genehmige mir einen Kaffee. Da mein Mittagessen heute ausgefallen ist, backe ich mir vier Tiefkühldonuts auf. Eine Viertelstunde später kehre ich an den Computer zurück und werte die Ergebnisse aus. Nach zehn weiteren Minuten habe ich ihn. Ich unterdrücke einen Jubelschrei und werfe mir zur Feier des Tages eine Schmerztablette ein. Dann ziehe ich meine Jacke an, klemme mir meinen Laptop unter den Arm und gehe aus der Wohnung.

Es ist Zeit für einen Ausflug.

Während ich mit der U-Bahn nach Westhoven fahre, lese ich auf meinem Laptop ein paar Dinge über den Toten. Renato Danesi ist ein investigativer Journalist gewesen. Das Bild von seinem Blog ist ein paar Jahre alt. Er trägt einen dunklen Anzug und ein kariertes Hemd. Mit der rechten Hand lehnt er sich an eine große Eiche. Seine lockigen Haare sind akkurat zur Seite gekämmt, und er lächelt freundlich in die Kamera.

Auf dem Blog gibt es nicht viele Artikel, aber die wenigen haben es in sich. Die Palette reicht von Sicherheitsmängeln bei der Warenkontrolle am Flughafen, über Ärztepfusch am Klinikum, bis hin zum Leben von Obdachlosen in Köln. Seine Berichte sind schonungslos und dürften bereits die eine oder andere Karriere beendet haben. Viele Freunde hat Renato sicher nicht gehabt. Dank der Vorschriften für einen gewerblichen Blog musste er seine Adresse angeben, um nicht Opfer eines windigen Abmahnanwalts zu werden.

Der Zusammenhang mit Kranz liegt auf der Hand. Ebenso wie ich scheint Renato nicht an den Selbstmord von Joseph Uppert geglaubt zu haben. Leider hat er nichts davon in seinem Blog geschrieben. Die Ankündigung, hinter etwas Großem her zu sein, war sein letzter Eintrag. Offensichtlich hat er seine Recherche nicht beenden können. Wahrscheinlich wurde er von Isak oder Kranz mit dem Versprechen der Zusammenarbeit in die Villa gelockt. Was immer er an Unterlagen dabei gehabt hat, ist mit ihm verbrannt. Bei einer Zeitung kann ich nicht anrufen. Renato ist freier Journalist gewesen. Seine Artikel sind in der *Rundschau*, dem *Express* bis hin zum *Focus* erschienen. Also bleibt nur eine Möglichkeit.

Ich muss bei Renato zu Hause einbrechen und das möglichst noch heute, bevor die Polizei seine Identität ermitteln kann. In Momenten wie diesen stelle ich mit Erschrecken fest, dass ich mehr Zeit mit Einbrüchen und ihrer Planung verbringe als mit anderen Dingen.

In Westhoven angekommen, bin ich zehn Minuten Fußmarsch später bei Renato. Im Vergleich zu den dortigen braunen Wohnpark-Klötzen ist mein Heim regelrecht idyllisch.
Die Häuser haben acht Stockwerke mit Einheitsbalkonen nach
vorne, deren leere Blumenkästen das Desinteresse der Bewohner für schönes Leben zeigen. Die Bäume haben schon ihre
Blätter verloren und verstärken den tristen Eindruck. Es ist wie
bei anderen Massenwohnburgen. Anonym, unpersönlich und
mit schlechten Schlössern ausgestattet. Gut für mich. Als ich an
der Klingel den Namen R. Danesi lese, kann ich mir ein Grinsen nicht verkneifen. Ich bin wieder im Spiel.

Im Gegensatz zu Isaks Unterkunft herrscht hier Betrieb wie
in einem Bienenstock. Vor dem Haus, am Spielplatz oder bei den
Mülltonnen, ständig begegnen mir Leute. Kinder, die eigentlich in der Schule sein müssten, Jugendliche, die zu jung zum
Rauchen sind, und Erwachsene, die ihre Sozialhilfe in Dosenbier
investiert haben. Ich werde ein paar Mal misstrauisch beäugt,
aber die meisten Bewohner scharen sich um eine kleine Wiese, an
der zwei Einsatzwagen der Polizei stehen. Das Blaulicht ist noch
eingeschaltet und ein sichtlich angetrunkener Mann mit beacht-
lich tätowierten Oberarmen wird in einen Wagen bugsiert. Ich
nutze die Ablenkung für einen Spaziergang durchs Haus.

Der Innenausstattung hätte eine Renovierung gutgetan.
Das Linoleum am Boden ist abgelaufen und die Wände sind
vollgeschmiert. Die Milchglasfenster lassen nur wenig Licht in
den Gang. Da man sie nicht öffnen kann, ist die Luft abgestanden und stickig. Vor den meisten Türen stehen leere Bierkästen
oder gelbe Säcke mit Flaschen und Schuhe von unterschied-
licher Qualität. Nur hin und wieder wird die triste Atmosphäre
von einer Grünpflanze oder einer bunten Tafel mit Begrüßungs-
floskel unterbrochen.

Glücklicherweise hat Renato nicht nur ein Namensschild
bei den Klingeln am Eingang, sondern auch an seiner Woh-

nungstür, sodass ich seine Bleibe schnell finde. Das Schloss wird kein Problem werden und eine Beobachtung seiner Haustür erspare ich mir, weil der Wohnungsbesitzer tot in einem Kühlfach liegt. Um diese Zeit will ich keinen Einbruch riskieren, weil ich ständig irgendwo Schritte, Geschrei oder einen Hund bellen höre und außerdem nicht weiß, ob die Polizisten draußen noch in das Haus kommen werden.

Ich mache ein letztes Handy-Foto vom Schloss und wende mich zum Gehen, als auf der gegenüberliegenden Seite des Gangs eine Tür aufgeht. Eine ältere Frau schaut heraus. Ihre grauen Haare sind kurz geschnitten und an den Seiten aufgeföhnt. Falten zeichnen ihre Stirn und Mundwinkel. Sie mustert mich mit zusammengekniffenen Augen, als wäre sie kurzsichtig.

Den größten Fehler, den man in einer solchen Situation machen kann, ist hektisch wegzurennen. Das ist quasi ein Schuldeingeständnis, dass man nichts Gutes im Schilde führt, also nicke ich ihr freundlich zu und sage: »Guten Morgen.«

Sie erwidert das Lächeln mit einer mütterlichen Freundlichkeit, die manchen alten Damen zu eigen ist. »Guten Morgen.« Sie kommt ein Stück in den Gang. »Sind Sie ein Freund von Renato?«

»Ja«, lüge ich. »Ich wollte ein paar Unterlagen zu einem Artikel abholen. Wissen Sie, wo er ist?«

»Ich bin gestern von meiner Tochter aus Rügen gekommen. Abends habe ich bei ihm geklopft, weil meine Fernbedienung nicht mehr funktioniert und Renato mir immer bei diesen technischen Sachen hilft. Heute früh habe ich es noch mal versucht, aber er scheint nicht da zu sein.«

»Vielleicht ist er verreist?«

»Glaube ich nicht.« Sie schüttelt den Kopf. »Wenn er ein paar Tage wegmuss, wirft er mir immer seinen Schlüssel und eine Nachricht in den Briefkasten, damit ich seine Blumen gieße. Aber das hat er nicht getan.«

Die Nachbarin ist eine unerwartete Chance. Sie weiß noch nichts von Renatos Tod, kann mir aber einiges über den Journalisten erzählen. Wenn er sie in ihre Wohnung ließ, müssen sie sich gut kennen. Diese Quelle darf ich nicht ungenutzt lassen.

»Ich bin in technischen Dingen recht geschickt«, sage ich. »Wenn Sie möchten, schaue ich mir Ihre Fernbedienung an. Vielleicht kommt Renato in der Zwischenzeit nach Hause.«

Die ältere Dame mustert mich von oben bis unten, als wäge sie ab, ob ich ein besonders verschlagener Trickdieb sein könnte.

»Mein Name ist Martin Schieber.« Ich schüttele ihre Hand. »Renato und ich arbeiten schon seit vielen Jahren zusammen. Ich habe mit ihm an dem Artikel über das Leben von Obdachlosen in Köln geschrieben.« Insgeheim hoffe ich, dass sie den wahren Martin Schieber noch nie zu Gesicht bekommen hat. Dieser hat Renato bei seinen Recherchen im Milieu begleitet und die Fotos von den Wohnsitzlosen geschossen. Glücklicherweise habe ich ein gutes Namensgedächtnis.

»Ach, Sie sind das.« Ihr Gesicht hellt sich auf. »Ein großartiger Bericht mit eindringlichen Fotos«, sagt sie anerkennend und winkt mich in ihre Wohnung. »Dann kommen Sie mal rein.«

Die Inneneinrichtung entspricht allen Klischees, die man mit älteren Damen verbindet. Jeder Quadratmeter des Wohnzimmers ist mit Orient-Teppichen ausgelegt. Die Couch ist mit kleinen, gehäkelten Deckchen belegt. Alte Vasen bilden mit verstaubten Porzellankatzen die Dekoration, und über allem hängt der Geruch von Kölnisch Wasser. Der Fernseher ist so alt, dass ich mich frage, ob es zu dieser Zeit überhaupt schon Fernbedienungen gegeben hat. Sie deutet auf einen Sessel, in dem bereits ihr Großvater gesessen haben muss. Die Federn quietschen, als ich mich darauf niederlasse.

»Wollen Sie einen Tee?«, fragt sie, während sie zwei Porzellantassen aus dem Regal holt.

»Das wäre schön, Frau Schneider«, sage ich lächelnd, in der Hoffnung, dass der Tee weniger alt ist als die Einrichtung. Ihren Namen habe ich beim Eintreten am Klingelschild gelesen. Elvira Schneider.

Ich nehme die Fernbedienung vom Tisch. Das Ding hat die Größe eines Roggenbrots und wurde wahrscheinlich vor meiner Geburt gefertigt. Oben sind die Tasten von eins bis neun. Dazu noch der Ausschalter, Kontrast- und Lautstärkeregler. Das Gerät funktioniert mit großen Neun-Volt-Batterien, die beim Schütteln leise klackern. Wahrscheinlich ist die Feder des Pluspols völlig ausgeleiert. Ich werkele an der Fernbedienung herum, stabilisiere die Batterien mit einem Stück Papier und drücke auf den roten Ausschalter, der wahrscheinlich auch der Anschalter ist. Zehn Sekunden lang passiert nichts, dann kommt Ton aus dem Fernseher und das Bild baut sich langsam auf.

»Sie sind ein Schatz«, sagt die Frau dankbar. Sie hat ein Tablett in der Hand, mit einer dampfenden Kanne und ein paar Keksen auf einem Teller.

»War nur eine Kleinigkeit«, sage ich bescheiden und schalte den Fernseher wieder aus. Während ich an der Fernbedienung herumgeschraubt habe, habe ich mir eine Befragungstaktik zurechtgelegt. »Wie lange kennen Sie Renato schon?«, beginne ich unverbindlich.

»Seit seinem Einzug vor vier Jahren«, antwortet Elvira. »Ich mochte seine freundliche Art. Er war höflich, immer gut gekleidet und hörte nie so laut Musik, dass das Porzellan in der Vitrine vibrierte.« Sie stellt den Teller auf den Tisch. »Renato hatte damals Probleme mit seiner Küche, sie wurde erst zwei Wochen nach seinem Einzug geliefert, daher habe ich ihn mittags immer zum Essen eingeladen.« Sie reicht mir eine Tasse mit Kamillentee. »Im Gegenzug hat er mir mit kleineren Reparaturen geholfen.«

»Redet er viel von seiner Arbeit?«, lenke ich das Gespräch in diese Richtung.

»Nur ab und zu«, sagt Elvira. »Während seiner Recherchen ist er immer sehr verschlossen. Erst wenn er mit allem fertig ist, klopft er an meiner Tür und zeigt mir stolz ein Exemplar der Zeitung, in der sein Artikel erschienen ist.«

»Nun ja, seine Arbeit ist meist recht brisant. Da muss er vorsichtig sein. Aber das wissen Sie bestimmt.«

Elvira nickt. »Er schaut immer erst durch den Türspion, wenn jemand an seiner Tür läutet«, erklärt sie. »Und grundsätzlich legt er drinnen noch die Kette vor.« Sie rührt nachdenklich in ihrem Tee. »Manchmal habe ich das Gefühl, dass er sich regelrecht verfolgt fühlt. Er hat auch immer eine Mütze auf und den Kragen der Jacke hochgeschlagen, sogar wenn es draußen warm ist.«

»War das die letzten Tage auch so?«

»Jetzt, wo Sie es erwähnen.« Sie verharrt in der Rührbewegung. »Letzten Freitag musste ich schon frühmorgens aus dem Haus zum Bahnhof. Meine Tochter hat mir letzte Weihnachten einen Rollkoffer geschenkt, daher muss ich das Gepäck nicht tragen. Ich war auf dem Weg zum Fahrstuhl, als Renato durchs Treppenhaus gelaufen kam. Er rannte fast und war schrecklich in Eile.«

»Was war daran ungewöhnlich?«

»Normalerweise nimmt er sich immer die Zeit für einen kleinen Plausch und hätte mir sicher auch mit dem Koffer geholfen, aber er stürmte an mir vorbei, ohne mich zu grüßen. So habe ich ihn noch nie erlebt.«

Ich lehne mich zurück und nippe an dem stark gesüßten Tee. Die letzte Begegnung Elvira Schneiders mit Renato fand am Tag seines Todes statt. Abends saß er mit eingeschlagenem Schädel auf Kranz' Couch.

»Ist Ihnen sonst noch etwas an ihm aufgefallen?«, hake ich nach.

»Ja, tatsächlich. Renato wirkte übernächtigt und hatte rote Augen. Er roch unangenehm nach Zigaretten, als hätte er die ganze Nacht in einer verrauchten Kneipe verbracht. Und wenn ich es richtig gesehen habe, hielt er eng an sich gepresst eine kleine Kamera.« Sie stellt ihre Tasse ab und nimmt sich einen Keks. »Man hätte wirklich vermuten können, dass er verfolgt wird. Aber da war sonst keiner – ich hätte ihn sicher bemerkt, weil ich an dem Morgen so lange auf den Fahrstuhl warten musste, dass ich schon Angst bekam, ich würde den Zug verpassen.«

Ich sehe auf meine Uhr. »Oje, ich muss wieder in die Redaktion«, beende ich abrupt das Gespräch. »Renato wird sicher bald zurück sein. Richten Sie ihm einen Gruß aus, beim nächsten Mal rufe ich ihn vorher an.«

Ich verabschiede mich höflich von Elvira, die sich überschwänglich für meine Hilfe mit der Fernbedienung bedankt. Auf dem Weg nach unten habe ich Mitleid mit der älteren Dame. Sie scheint nicht mehr viele Freunde zu haben. Renato wird ihr fehlen.

Aber der Besuch bei ihr hat sich gelohnt. Ein erfahrener investigativer Journalist wie Renato ist nicht leicht nervös zu machen. Mit Sicherheit war er hinter einer großen Sache her. Umso dringender muss ich an seine Unterlagen kommen. Ich habe schon viel zu viel Zeit im Krankenhaus verloren.

Morgen früh ist der ideale Zeitpunkt für den Einbruch. Als Postbote kommt man leicht hinein. Am besten gegen neun Uhr, da sind die Schulkinder und die Arbeitnehmer schon aus dem Haus. Der Rest wird noch seinen Rausch ausschlafen. Für Elvira Schneider lasse ich mir noch eine Ausrede einfallen, sollte sie mich wieder bemerken.

Außerdem möchte ich noch nachsehen, was die Kripo in den letzten Tagen zum Mord an Albert Mencke herausgefunden hat.

Während manche Datenbanken der Polizei nur mit einem Benutzernamen und einem Passwort gesichert sind, wird der Zugang zum Kripo-Server noch zusätzlich mit einer Secure-ID-Card verschlüsselt, einem kreditkartengroßen Ding mit einer eigenen PIN, unmöglich zu hacken, also muss ich Marla auf die klassische Methode ausspähen. Eine Kamera in der Wohnung einer Kripo-Beamtin anzubringen, wäre ziemlich bescheuert, daher nutze ich ihren Laptop. Wie schon berichtet, habe ich dort einen kleinen Helfer installiert, der automatisch die Kamera anschaltet, wenn meine Nachbarin den Computer hochfährt, ohne das Kontrolllicht aufblinken zu lassen. Das Signal der Webcam leite ich weiter an meinen Computer.

Manchmal gebietet es der Anstand, nicht zuzuschauen, wenn Menschen sich unbeobachtet fühlen, vor allem wenn sie frisch aus der Dusche kommen, ich erspare Ihnen die Details. Mit besagter Methode gelange ich schließlich an Marlas PIN, die mit 2468 sogar meine Erwartungen übersteigt, ich habe eigentlich mit ihrem Geburtsdatum oder Geburtsjahr gerechnet.

Jetzt muss ich nur noch die Secure-ID-Card in meine Hände bekommen. Dafür habe ich mir einen Plan zurechtgelegt. Dienstags hat Marla immer ihre Yoga-Stunde, nur an diesem Wochentag kommt sie vor acht nach Hause und geht dann ins Fitness-Studio eine Querstraße weiter. Heute ist Dienstag, also würde ich ihre Sportstunde nutzen, um mir Zugang zu ihrer Wohnung zu verschaffen.

Ich setze mich ans Fenster und lese ein Buch, ohne die Straße aus dem Auge zu verlieren. Marlas Tür verfügt nicht nur über ein gutes Schloss, die Kripo-Beamtin hat auch einen

Querriegel installiert, der schwer zu knacken ist. Mit meinen üblichen Methoden komme ich hier nicht weiter, aber ich habe für diesen Fall vorgesorgt. Dazu muss ich etwas ausholen.

Wie schon erwähnt, arbeitet Marla zu viel, aber auch sie hat mal einen freien Abend. Wenn sie am Wochenende zu Hause ist, weiß sie nicht viel mit sich anzufangen, daher verbringt sie viel Zeit in einem Literaturforum. Wenn sie lange genug mit dem E-Literatur-Pöbel herumgestritten hat, wechselt sie auf eine Single-Seite und klickt sich durch das Angebot an Männern in ihrer Altersgruppe. Manchmal verharrt sie etwas länger bei einem Kerl, als ringe sie mit sich, ob sie ihn anschreiben soll, aber sie bringt es nie übers Herz. Die wenigen Dates, die sie hatte, gingen auf die Initiative der Männer im Single-Portal zurück. Ich war nicht dabei, aber nach einem Treffen kam es nie zu einem zweiten.

Ich verstehe nicht, warum sie keinen neuen Mann findet. Sie ist für ihr Alter nicht unattraktiv, vielleicht zu langweilig angezogen, aber sie ist klug, hat ein gutes Herz und kann unglaublich gut Sushi machen. Das Literaturforum und die Single-Seite liegen ihr sichtlich am Herzen, daher ist es eine Katastrophe, wenn am Wochenende ihr Internetanschluss nicht funktioniert.

Da das ganze Haus wegen irgendwelcher langfristigen Verträge an einen Provider gebunden ist, gibt es einen zentralen Knoten. Ich danke den Mitarbeitern der Firma, dass sie so ordentlich waren und jedes Kabel mit der entsprechenden Wohnung gekennzeichnet haben.

Letztes Wochenende bin ich dann zur Tat geschritten.

Ich ging in den Keller, drehte Marlas Kabel heraus und bog die Spitze um. Dann setzte ich es wieder auf den Stecker. Nur eine rote LED am Verteiler zeigte den unterbrochenen Anschluss. Sobald Marla ins Internet gehen wollte, würde ihr Computer keine Verbindung bekommen. Da sie den Fehler grundsätzlich erst mal ihrem Laptop zuschob, würde sie sich also umgehend an mich wenden.

Zwanzig Minuten später klingelte es an meiner Tür.

Marla hatte noch nasse Haare, die ihr lang über die Schultern fielen. Ich fand, dass sie so besser aussah als mit Zopf, aber ihr Beruf als Kripo-Beamtin erlaubt eine solche Laszivität wohl nicht. Als wollte sie gutes Aussehen bei sich nicht zulassen, war sie in eine graue Jogginghose gekleidet und trug ein Sweatshirt, das größer als ein Bundeswehrzelt war. Ihrem Gesichtsausdruck nach war es ein Wunder, dass der Laptop noch nicht zerschmettert im Flur lag.

»Verdammtes Drecksding.« Sie kam so schnell hereingestürmt, dass mir Wasserspritzer aus den Haaren entgegenflogen. »Die ganze Woche funktioniert der Laptop bei der Arbeit und jetzt will ich ihn mal privat nutzen und schon klappt nichts mehr.«

Sie setzte sich an den Küchentisch und knallte den Computer auf die Platte.

»Kannst du bitte nachsehen, was nicht stimmt«, fragte sie mit ihrem traurigen Dackelblick.

»Natürlich«, antwortete ich lächelnd. »Aber wenn das Internet nicht geht, wäre es besser, den Rechner bei dir oben zu überprüfen. Vielleicht liegt es an deinem Anschluss.«

»Kein Problem.« Sie stand sofort auf und winkte mir, ihr nach oben zu folgen.

Ich kannte ihre Wohnung dank der Webcam, aber ich sah mich um, als wäre ich das erste Mal hier. Das Wohnzimmer war spießig eingerichtet. Ein flauschiger Teppichboden und eine viel zu große Couch mit mindestens zwanzig Kissen. Der Fernseher schien aus dem letzten Jahrhundert zu stammen. Der Rest war mit Büchern belegt. Die meisten in den Regalen, andere neben der Couch, auf dem kleinen Tisch oder auf dem Fernseher. Außer Philip Roth kannte ich keinen der Schriftsteller und von ihm hatte ich auch nur gehört, weil sie ihn im Literaturforum so vehement gegen Kritiker verteidigte. Ich schloss den Laptop an das Kabel, von dem ich wusste, dass ich es im Keller abgezogen hatte und machte ein konzentriertes Gesicht.

»Ich muss ein paar Sachen kontrollieren«, erklärte ich fachmännisch. »Könnte dauern.«

Ich brachte Ordnung in ihre Dateien. Nichts davon würde ihr helfen, ins Internet zu kommen, aber ich musste ja den Schein wahren. Dann wandte ich mich zu ihr.

»Es könnte am Internetanbieter liegen«, erklärte ich. Ich wusste nicht, ob ihr das Wort Provider geläufig war. »Ich schicke ein paar Pings, dann wissen wir mehr.« Ihrem Gesichtsausdruck nach zu schließen, hatte sie keine Ahnung, was Pings waren. »Du müsstest dazu in den Keller gehen und am Verteilerknoten nachsehen, ob bei irgendeinem Kabel das Licht nicht leuchtet.«

Gutgläubig und internetsüchtig, wie sie war, ging sie nach einer kurzen Anweisung in den Keller. Die Zeit nutzte ich, um Abdrücke und Fotos von ihren Schlüsseln zu machen, die netterweise in einer Schale im Flur lagen.

Ich machte noch fünf Minuten geschäftig rum, folgte ihr in den Keller und schloss den Stecker wieder an den Verteilerknoten an. Marla umarmte mich heftig und versprach mir ihre ewige Dankbarkeit. Dann ging ich in meine Wohnung und kopierte ihre Schlüssel. Dazu füllte ich den Knet-Abdruck mit Epoxidharz auf und wartete, bis es trocken wurde. Anhand dieser Vorlage bearbeitete ich den Bart eines Rohlings so lange mit der Feile, bis er mit dem der Vorlage übereinstimmte.

Bitte ersparen Sie mir jetzt eine Moralpredigt. Ich weiß, dass das nicht nett ist, aber ich habe keine Wahl. Ich kann mich wohl kaum einer Kripo-Beamtin offenbaren, auch wenn ich scheinbar auf ihrer Seite stehe. Marla und ich haben unterschiedliche Auffassungen von Sühne.

Ich bin der Meinung, wer sieben Leben nimmt, hat das Recht auf sein eigenes verwirkt. Würde ich Marla anonym ein paar Hinweise zukommen lassen, damit sie die Hintermänner schnappen kann, würden diese mit maximal fünf Jahren für fahrlässige Tötung davonkommen. Danach wären sie wieder frei und könnten weitere Schandtaten planen. Das akzeptiere ich nicht. Ich bin sehr alttestamentarisch.

Ohne Marla habe ich keine Chance. Wenn ihre IT merkt, dass jemand anderes ihren Zugang benutzt, bekommt sie bestenfalls eine Abmahnung. Ein akzeptabler Preis.

Kurz vor neunzehn Uhr tut Marla mir den Gefallen und verlässt mit der Sporttasche in der Hand das Haus. Ich lege das Buch zur Seite, nehme meinen Laptop unter den Arm und gehe zu ihrer Wohnung hoch. Seit meinem letzten Besuch hat sich nicht viel verändert. Es sind höchstens noch ein paar Bücher dazugekommen. Auf dem Tisch stehen eine kleine Schüssel Kartoffelsalat und ein Teller mit Brötchen. Ich durchsuche das Wohnzimmer und finde die Secure-ID-Karte nach wenigen Minuten. Bald darauf bin ich auf dem Kripo-Server eingeloggt. Ich lege alles zurück an seinen Platz, gehe wieder nach unten und klicke mich zu dem Ordner mit den Dateien zu Albert Mencke.

Die Kripo ist fleißig gewesen. Es gibt Berichte zum Umfeld des Opfers, ein Protokoll der Zeugenbefragungen und Bewertungen der Spuren. Letzteres interessiert mich brennend. Ich überfliege den Bericht und atme erleichtert aus.

Es wurde keine fremde DNA gefunden. Auch wenn meine DNA nicht erfasst ist und daher ein Vergleich nicht möglich sein wird, ist es doch beruhigend. Die Stiefelabdrücke im Garten sind zu unspezifisch, um sie einer Marke zuordnen zu können. Es gibt weder Videoaufnahmen von mir noch hat mich ein Nachbar gesehen. Die Kripo hat einige Hehler unter Beobachtung und kontrolliert die Online-Marktplätze, aber noch immer ist kein Füller aus der Sammlung aufgetaucht.

Sie haben nichts. So ähnlich steht dies auch in dem letzten Bericht, den Marla verfasst hat. Die ermittlungstechnischen Möglichkeiten sind ausgeschöpft. Der Umkreis der zu befragenden Personen rund um Menckes Haus wird noch erweitert werden, aber zwischen den Zeilen steht, dass die Suche nach den Füllern der einzig verbleibende Strohhalm ist.

Zufrieden durchsuche ich den Kripo-Server nach dem Feuer in Hahnwald. Marlas Berechtigung reicht nicht, um alle Dokumente aufzurufen, aber die Berichte genügen mir. Noch immer rätseln die Ermittler, ob das Lösungsmittel zufällig Feuer gefangen hat oder ob nachgeholfen worden war. Die Obduktion der Leichen läuft noch. Bei den zwei Unbekannten wurde ein DNA-Abstrich gemacht, aber auch sie sind nicht in der Datenbank. In Kranz' Firma werden keine Mitarbeiter vermisst, daher versucht man sich jetzt an einer Gesichtsrekonstruktion, damit man diese mit der Vermisstendatenbank abgleichen kann. Bis zum Ausbruch des Feuers hat niemand etwas gesehen. Mit den ersten Flammen waren aber mehr als zwanzig Anrufe bei Feuerwehr und Polizei eingegangen.

Während ich beim Fall Mencke froh bin, dass die Kripo keine Hinweise hat, wünsche ich Marla im Fall Kranz mehr Erfolg. Irgendwann würden sie die Toten identifizieren können, aber so lange muss ich meinen Vorteil noch nutzen.

Morgen früh werde ich Renatos Wohnung durchsuchen. Vielleicht finde ich dort auch die ominöse Kamera, die er so eng an sich gepresst hat, als er seiner Nachbarin im Gang begegnet ist.

Der Einbruch geht ohne Probleme vonstatten. Weder Elvira Schneider noch sonst jemand auf dem Flur hat mein Kommen bemerkt. Doch meine Befürchtungen haben sich bewahrheitet. Renatos Wohnung ist ebenso ausgeräumt wie die von Isak.

Der Boden ist schmutzig. Überall Staub, vermischt mit den Putzkrümeln herausgerissener Dübel. Abdrücke an der Wand weisen auf Schränke und Kommoden hin, die bis vor Kurzem noch hier gestanden haben. Es riecht nach alten Kleidern und feuchtem Bad. Dennoch bleibe ich optimistisch, denn vielleicht haben die bösen Jungs doch etwas vergessen.

Gehen wir es doch zusammen durch.

Wenn ich sichergehen will, dass alle wichtigen Informationen vernichtet werden, dann räume ich das Haus und das Büro der Zielperson aus. Ein Büro hatte Renato nicht, bleibt also nur die Wohnung. Ich fälsche ein Umzugsformular, werde damit beim Hausmeister vorstellig, damit niemand Verdacht schöpft, und packe alles in einen großen, gemieteten Lkw. Die Möbel bringe ich zur Müllverbrennung. Die Kleidung übergebe ich einer Hilfsorganisation, die sie weiterverwertet. Bücher, Fernseher, Lampen und anderen Kleinkram spende ich der Caritas. Den wichtigen Rest wie Ordner, Notizen und Computer durchsuche ich entweder akribisch oder werfe ihn direkt in den Schredder. Wenn die Wohnung ausgeräumt ist, klopfe ich alle Wände und den Boden ab, ob ich noch ein Geheimversteck übersehen habe. Dann verschwinde ich, ohne eine Spur hinterlassen zu haben. Keiner der Nachbarn interessiert sich für den Auszug und die einzige aufmerksame Person in dem Haus ist zu Besuch bei ihrer Tochter.

Haben wir etwas vergessen? Eigentlich nicht, und doch werden Sie sich fragen, warum ich dieses Mal so optimistisch bin. Im Gegensatz zu Isaks Unterkunft hat dieses Haus einen Keller.

Seien Sie ehrlich. Hätten Sie daran gedacht?

Ich gehe nach unten und stoße auf einen langen Gang mit unzähligen Türen. Diese sind zumindest mit einem Nummerncode beschriftet, wahrscheinlich Stockwerk und Wohnungs-Nummer. Da ich Letztere von Renato nicht kenne, bleibt mir nichts anderes übrig, als die seinem Stockwerk zugeordneten

Räume nacheinander zu öffnen und zu durchsuchen. Weder eine ungefährliche noch eine einfache Aufgabe, weil man aufgrund des im Keller gelagerten Hausrats nicht immer auf den Besitzer schließen kann. Aber in dem Fall wird es mir leicht gemacht. Raum eins enthält Kinderspielzeug, Raum zwei ist leer und Raum drei ist mit Hanteln vollgestellt. Keiner davon dürfte Renato gehört haben.

»Messie« ist das erste Wort, das mir einfällt, als ich Kellerraum vier öffne. In einem großen Karton stapeln sich Jacken und Schuhe, neben Zeitschriften und zerfledderten Büchern. Es riecht nach einer Mischung aus Gully und Schimmel, wobei der Raum überraschenderweise völlig trocken ist. Sofort frage ich mich, ob meine Tetanus-Impfung noch wirksam ist. Ich schiebe einen alten Bürostuhl und eine Staffelei zur Seite, bis ich am Ziel bin. Meine wildesten Träume sind wahr geworden. Renato hat einen NAS betrieben.

Fangen wir von vorne an. Ein NAS ist ein Gerät, auf dem man alle Arten von Computer-Dateien abspeichern kann, also beispielsweise Briefe, Bilder, Musik und Filme. Im Gegensatz zu einem Computer kann man auf einen NAS immer und von überall zugreifen, sofern man eine Internetverbindung hat. Das hat mehrere Vorteile. Der offensichtlichste ist die Ungebundenheit des Ortes. Renato konnte während seiner Recherchen alles dort Hinterlegte abrufen, egal wo er sich befunden hat. Weiterhin konnte er jederzeit etwas hinzufügen oder ändern. Der zweite Vorteil ist die Datensicherheit. Selbst wenn ihm jemand seinen Computer oder sein Handy geklaut hätte, wären erstens die Daten nicht verloren gewesen, zweitens hätte der Dieb die Daten auch nicht in der Hand gehabt, weil sie ja auf diesem Server im Keller lagen, zu dem man ohne Passwort keinen Zugang hat.

Ich gebe zu, dass man sich mit Computern auskennen muss, um so etwas einzurichten, aber Renato hat einen Artikel über den Datenschutz bei Facebook geschrieben, lange bevor das Thema im großen Stil behandelt worden ist. Manche Bemerkungen darin deuteten darauf hin, dass Renato Ahnung von der Sache hatte.

Und bevor Sie fragen: Ja, ich habe auch ein NAS im Keller. Physisch noch besser geschützt als bei Renato, denn seine Festplatte war nur hinter einem alten Tisch versteckt, aber ähnlich aufgebaut. Mein NAS ist mit einem Killswitch ausgestattet. Wenn ich eine bestimmte Tastenkombination auf meinem Laptop drücke oder per Mail eine spezielle Nachricht schreibe, dann wird alles unwiederbringlich gelöscht. Ich hoffe, dass Renato – sofern er überhaupt ein solches Sicherheitssystem verwendete – keine Zeit mehr für das Auslösen des Löschvorgangs blieb. Denn dann muss ich nur das Passwort herausfinden und hätte Zugriff auf alle seine Daten.

Ich baue die Festplatte aus, stecke sie in meine Tasche und verlasse den Keller. Auf dem Weg nach draußen grüße ich einen älteren Herren mit Bierdose in der Hand, der offensichtlich sein benötigtes Alkohol-Level noch nicht erreicht hat. Bald darauf bin ich in der U-Bahn.

Mein Laptop zu Hause wird nicht genügen, um eine gute Verschlüsselung zu knacken, aber ich kenne einen Ort, an dem alles Notwendige vorhanden ist. Eigentlich bin ich krankgeschrieben, doch ein kleiner Besuch im Büro lässt sich nicht aufschieben und wird mir noch heute Nacht Renatos Arbeit offenbaren.

»Nimm das, Rotschopf«, denke ich und grinse zufrieden. »Ich bin wieder im Spiel.«

Heute zahlt es sich aus, dass ich immer wieder Nachtschichten gemacht habe. Der Nachtwächter des Bürokomplexes winkt mir müde zu, als ich meine Karte durch die Vereinzelungsanlage ziehe. Er kontrolliert weder meine Tasche, noch wundert er sich über meine späte Ankunft. Da hier viele Firmen ansässig sind, weiß er nicht, dass ich krankgeschrieben bin. Und da ich unsere internen Anwesenheitsprotokolle manipulieren werde, wird mein Chef auch nicht mitbekommen, dass ich hier gewesen bin.

Es ist 0.23 Uhr. Im Geiste danke ich den Herstellern von Energydrinks für ihre Arbeit, denn ich bin hellwach. Im Büro angekommen, vermeide ich Licht im Gang und suche direkt unseren sterilen Raum auf. Die Einrichtung ist eine Mischung aus Operationsraum und High-Tech-Labor. Grelles Licht, keine Fenster und ein leicht zu reinigender Boden. Kein Papier, keine Kaffeetassen oder Fotorahmen. Man muss sich Überzieher über die Schuhe streifen und einen Schutzanzug tragen.

Diese Maßnahmen haben ihre Berechtigung, weil hier normalerweise beschädigte Datenspeicher ausgelesen werden, was nicht ohne ist. Wenn man eine Festplatte öffnet, kann schon ein Staubkorn die Disk beschädigen, und in einem kleinen Raum sind ein paar hunderttausend Staubkörner in der Luft. Das würde auch die sterile Kleidung nicht verhindern, daher arbeiten hier Tag und Nacht Luftfilter, welche eben diese mikroskopisch kleinen Partikel aufsaugen.

Die mitgebrachte Festplatte ist zwar nicht beschädigt und benötigt daher auch keine sterile Umgebung, aber die Rechner in diesem Raum sind die schnellsten in unserer Firma. Geschwindigkeit ist das Wichtigste beim Hacken. Je schneller ein Computer ist, umso mehr Passwörter kann er in einer Sekunde durchprobieren. Ich starte die Entschlüsselungssoftware um exakt ein Uhr. Um mit Sicherheit keinem Kollegen zu begegnen, muss ich um sieben Uhr raus sein. Sechs Stunden könnten reichen, je nachdem wie kreativ das Passwort ist. Ich stelle den Wecker in meinem Handy auf halb sieben und mache es mir auf der Couch meines Chefs bequem. Ich schlafe erstaunlich schnell ein und habe Mühe, beim Weckersignal wieder richtig wach zu werden, aber als ich kurz vor sieben das Büro verlasse, hat sich meine Laune deutlich gebessert. Das Passwort ist geknackt und ich habe vollen Zugriff auf die Festplatte. Renato ist fleißig gewesen.

KAPITEL 10

Die paar Stunden Schlaf auf Klements Couch haben mir gutgetan. Ich kann mein Bein wieder ohne Medikamente belasten und mein schmerzender Oberkörper protestiert nur noch, wenn ich mich ruckartig drehe. Ich bin auf dem Weg der Besserung, werde mir aber trotzdem noch eine Packung Schmerzmittel verschreiben lassen. Mit ist es einfach besser.

Die Sonne kündigt einen schönen Herbsttag an. Während ich mich an meinen gezuckerten Cornflakes erfreue, öffne ich alle Dateien, die nicht Musik oder heruntergeladene Filme sind. Die Bandbreite reicht von ein paar privaten Fotos über Beschwerdebriefe an die Telekom bis hin zu Unterlagen für alte Artikel. Der neueste Ordner trägt den Namen »Schleuser« und ist voller Fotos und Notizen. Entgegen meiner ersten Hoffnung hat Renato nicht in dem Bauskandal ermittelt, sondern war seit vier Monaten auf der Spur einer Schleuserbande. Ich sichte jedes Dokument und überprüfe alle Namen, finde aber keine Spur zu Siegfried Kranz. Es gibt weder eine Verbindung zu ihm noch zu seiner Firma oder zu dem Baupfusch in der Birkenstraße. Kein Foto zeigt Isaks Visage oder die eines großen, rothaarigen Mannes. Dafür kann es mehrere Erklärungen geben.

Renato hat nicht alles auf dem NAS gespeichert. Unwahrscheinlich, dann hätte das System keinen Sinn gehabt. Außerdem hat er an den Schleuser-Dateien bis kurz vor seinem Tod gearbeitet. Das erkenne ich am Datum der Dateien. Auch hätten die Dateien zum Baupfusch beschädigt sein können. Das ist ebenso unmöglich, weil ich zumindest Fragmente davon gefunden hätte, daher muss Renatos Recherche über die Schleuserbande der Grund seiner Ermordung sein.

Die Dokumente sind sehr chaotisch angeordnet. Anscheinend war Renato in einer Art Brainstorming-Phase. Er hat kaum zusammenhängende Sätze niedergeschrieben, nur Stichworte und Bemerkungen. Um alles noch verwirrender zu machen, hat er manche Worte rot markiert, andere blau oder in einem grellen Gelb. Nach einer Stunde gebe ich es auf, eine Struktur hinter seinen Notizen zu suchen, und wechsele zu den Fotos. Es sind nicht viele, aber die meisten von ihnen zeigen drei Männer vor einer Disco in Köln. Alles Kerle mit üblen Visagen und wahrscheinlich einem Vorstrafenregister, das länger ist als der Dom hoch. Ihre Namen kenne ich nicht, also nenne ich sie vorerst mal Tick, Trick und Track.

Die Disco habe ich schnell gefunden, einer dieser Schuppen am Kölner Ring, in den man nur reinkommt, wenn man die Türsteher kennt, prominent ist oder viel Kohle hat. Mir wird wohl nichts anderes übrig bleiben, als in die Disco zu gehen, was mir einen lauten Seufzer entlockt. Aber es hilft nichts. Kopfschüttelnd greife ich nach meinem Telefon und beginne mit den Planungen.

Sie ahnen es schon, aber ich mag keine Discos. Ich fand sie als Jugendlicher schon scheiße. Man war von der Gnade des Türstehers abhängig, meist ein anabolikaverseuchter Ochse mit dem Intelligenzquotienten einer Tütensuppe, aber der Attitüde eines Nobelpreisträgers. Wenn man diese Hürde genommen hatte, drängte man sich eine halbe Stunde durch schwitzende Körper bis zur Bar. Eine weitere halbe Stunde später hatte man ein viel zu teures Getränk mit viel zu viel Eis in einem kleinen Glas. Während der ganzen Zeit war man hörsturzgefährdet, und selbst wenn man ein nettes Mädchen kennengelernt hatte, war es unmöglich, sich zu unterhalten. Meist ging ich zwei Stunden später wieder nach Hause und fragte mich, warum zum Teufel ich das gemacht hatte. Selbst Hemden bügeln hätte mehr Spaß bereitet.

Die bestellte Stretch-Limousine holt mich um 22.00 Uhr an der verabredeten Stelle ab. Es ist eines von diesen peinlichen Fahrzeugen für Leute mit extremem Geltungsbedürfnis. Für mein Vorhaben genau das Richtige. Der Fahrer zieht seine Mütze und hält mir die Tür auf. Das Innere erinnert mehr an ein Bordell als an ein Auto. In dem langen Fahrgastraum kann man Minigolf spielen. Der Boden ist aus weißem Plüschteppich. An der Decke und an den Wänden sind Glitzersteine angebracht. Der Fernseher über der Bar ist passend auf RTL 2 eingestellt. Darunter stehen ein Eiskübel mit einer Flasche Champagner und eine Kristallkaraffe mit Whisky. Die leise Saxofonmusik aus den Lautsprechern macht das anrüchige Ambiente perfekt. Ich setze mich in meinem schicken neuen Armani-Anzug auf das graue Ledersofa und betrachte meine neuen Budapester, als die Limousine sanft anfährt.

In einem breiten Silberspiegel überprüfe ich meine schwarze Langhaar-Perücke, rücke meine Ray-Ban-Sonnenbrille zurecht und streiche mir über mein Errol-Flynn-Oberlippenbärtchen. Ich sehe wirklich peinlich aus, aber für den heutigen Abend ist es die perfekte Tarnung. Ich ignoriere den Whisky, lehne mich zurück und genieße die Fahrt. Im Geiste gehe ich noch einmal meinen Plan durch. Ich darf mir bei meinem Auftritt keinen Fehler erlauben, sonst löst sich meine letzte Spur auf.

Zwanzig Minuten später halten wir vor der Disco. Normalerweise versuche ich unauffällig zu bleiben, aber heute muss ich den Eindruck eines gelangweilten, verschwenderischen Reichen

118

machen, der nichts mit sich anzufangen weiß. Schon beim Ausstieg gelingt das perfekt. Die Limo macht ordentlich Eindruck. Die Wartenden zücken ihre Handys in Erwartung eines Promis. Ich steige aus, rücke mein Sakko zurecht und winke huldvoll. Natürlich kennt mich niemand, aber ein paar Gaffer machen sicherheitshalber trotzdem ein Foto. Man weiß ja nie.

Ich drücke dem Türsteher einen Hunderter in die Hand. Er nickt mir zu, schiebt die Wartenden zur Seite und lässt mich passieren. So weit funktioniert der Plan.

Der Laden ist voll. Die Musik trifft mich wie ein Hammer. Der Bass ist brutal und ich unterdrücke das Bedürfnis, mir die Ohren zuzuhalten. Ich dränge mich durch die Masse und bin nach zwei Minuten schon schweißüberströmt. Ich kämpfe mich an die Bar vor, lege dreihundert Euro auf den Tisch und bestelle eine Flasche Champagner mit drei Gläsern. Lachend lasse ich den Korken auf die Tanzfläche fliegen. Einen Augenblick später steht eine Blondine neben mir, deren silikonbefülltes Dekolleté es mir schwer macht, ihr ins Gesicht zu sehen, was sie aber nicht zu stören scheint. Eigentlich hasse ich Typen, die sich so aufführen, aber ich muss gestehen, dass es irgendwie Spaß macht. Verkleidungen machen hemmungsloser. Das ist wie beim Karneval.

Ich schäkere noch kurz mit meiner neuen Bekannten, schenke ihr ein Glas Champagner ein und schreibe ihr eine falsche Handy-Nummer auf die Serviette, bevor ich weitergehe. Ich bin wegen der drei T's hier. Zum Glück muss ich nicht lange suchen.

Tick steht vor einer Tür neben den Toiletten, auf der das Schild »Privat« festgeschraubt ist. Er ist von den Dreien am leichtesten zu erkennen, denn seine Nase ist platt gedrückt, als hätte jemand eine Steinfliese auf seinem Gesicht zertrümmert. Der eng anliegende Anzug, der obligatorische Ohrstecker und sein Glatzkopf machen aus ihm den klassischen Klischee-Schläger. Es ist an der Zeit, seine Reaktionsgeschwindigkeit zu testen.

Ich nehme ein leeres Tequila-Glas, gehe an der Schlange vor der Damentoilette vorbei und rempele einen volltrunkenen Kerl an. Ich stolpere zwei Schritte auf Tick zu und lasse das leere Glas auf ihn zufliegen. Er enttäuscht mich nicht und fängt es mit einer Hand.

Ich rappele mich kopfschüttelnd auf. »Entschuldigung«, sage ich empört. »Aber manche kennen ihre Trinkgrenzen nicht.«

Tick grunzt mürrisch und reicht mir das Glas zurück. Ich nehme es dankend an mich und gehe wieder zur Tanzfläche. Dort wickele ich das Glas in ein Taschentuch und stecke es in meinen Anzug. Die ersten Fingerabdrücke habe ich. Bleiben noch zwei.

Es gibt Menschen, die sind einem vom ersten Moment an unsympathisch. Trick ist so eine Gestalt. Er steht vor dem VIP-Bereich, eine gemütliche Couchecke mit polierten Steintischen, in der es wesentlich ruhiger zugeht. Im Gegensatz zu Tick ist er nicht so kräftig, aber er hat das fiese Grinsen eines B-Movie-Killers, der mit Vergnügen quält, foltert und mordet. Er trägt einen dunkelbraunen Nadelstreifen-Anzug, der seine kurzen blonden Haare noch stärker zur Geltung bringt. Seine Haut hat einen unnatürlichen dunklen Teint, der auf zu viel Bräunungscreme hindeutet. Um diese Entgleisung noch zu verstärken, trägt er eine goldene Rolex am Handgelenk.

Ich habe mir unterwegs noch eine leere Champagnerflasche von einem Tisch genommen, damit ich noch verschwenderischer wirke. Ich ziehe die Scheine aus meinem Geldbeutel heraus, klemme mir das Lederetui unter den Arm und gehe auf den VIP-Bereich zu. Obwohl Trick eine Sonnenbrille aufhat, kann ich sehen, wie er mich mustert.

»Was muss ich tun, um hier in Ruhe ein paar Flaschen Schampus trinken zu dürfen?«, frage ich ihn.

Einen Moment kann ich die Abscheu gegenüber Typen wie mir in seinem Gesicht lesen. Dann tritt er zur Seite und nimmt die Kordel von der Absperrung. Als ich vorbeigehe, hebe ich meinen Ellenbogen an und lasse den Geldbeutel zu Boden rutschen.

»Wie ungeschickt.« Ich bücke mich. Und lasse dabei eine Flasche fallen, die den VIP-Bereich entlang rollt. Während ich der Flasche nachgehe, tut Trick mir den Gefallen und hebt meinen Geldbeutel auf. Ich nicke ihm freundlich zu und lasse die Börse in die Jackentasche gleiten. Nummer zwei habe ich auch. Fehlt noch Track.

Der VIP-Bereich ist für meine Suche ideal. Leicht erhöht, kein Gedränge und die Musik etwas leiser. Ich lasse mich auf einem breiten Sessel nieder, stelle meine Flaschen ab und lehne mich lässig zurück. Ich gebe mir alle Mühe, reich, gelangweilt und angetrunken auszusehen. Ich winke der Bedienung zu, bestelle drei Mai Tai und knabbere an den dargebotenen Salzstangen. Als mir alles Spaß zu machen scheint, kotzt eine Dunkelhaarige quer über den Nachbartisch. Ich wende mich angewidert ab, während Trick der Betrunkenen aus der Disco hilft. Er macht das unaufgeregt, ohne Aufmerksamkeit zu erzeugen. Anscheinend hat er solche Situationen oft genug erlebt.

Das Erbrochene stinkt erbärmlich und ich muss mir die Nase zuhalten. Dann kommt die Bedienung mit einem Eimer und wischt die Sauerei mit stoischer Ruhe auf. Ich habe Mitleid mit der Frau. Sie ist ein junges, hübsches Ding, mit einem sportlichen Körperbau und langen blonden Haaren, die aber züchtig hochgesteckt sind. Sie kann jede Bordsteinschwalbe an der Bar ausstechen, eine Frau, die jeden Abend mit acht Visitenkarten in der Tasche nach Hause fährt, die ihr großkotzige Typen wie ich zugesteckt haben. Ich hoffe, dass sie hier nur ihr Studium finanziert und später einmal eine berühmte Herzchirurgin wird. Fünf Minuten später ist der Tisch wieder sauber und der Gestank erträglicher.

Dann kommt Track.

Track scheint der Geschäftsführer der Disco zu sein. Sein Maß-
anzug schmiegt sich an seine schlanke Figur. Ihm fehlen alle
Merkmale eines Klischee-Kriminellen. Sein Haarschnitt ist
adrett und unauffällig. Er trägt keine Sonnenbrille, hat keine
Goldkette am Hals und kaut auch nicht auf einem Zahnstocher.

Er geht die VIP-Gäste souverän ab. Er schüttelt ein paar
Hände, macht Umarmungen und hält mit jedem ein kleines
Schwätzchen, lange genug, dass sich jeder Möchtegern-Promi
auch wichtig fühlen kann. Einer älteren Frau, deren Mimik auf
ein Übermaß an Botox-Nutzung schließen lässt, spendiert er einen
Geburtstagscocktail mit Wunderkerzen und bunten Fähnchen.

Mein Respekt vor Track steigt mit jeder Minute. Hier habe
ich es nicht mit einem dummen Schläger zu tun. Er könnte
mein falsches Spiel durchschauen. Jetzt kommt es auf meine
Tarnung an. Wenn diese eine Lücke hat, könnte es ein schmerz-
licher Abend werden.

»Tim Aumann«, stellt er sich vor, als er an meinen Tisch
tritt, und schüttelt mir die Hand.

»Mathias Legar«, erwidere ich und erhebe mich.

»Ich habe Sie hier noch nie gesehen«, beginnt er freundlich.
»Leben Sie in Köln?«

»Ich stamme eigentlich aus Düren«, lüge ich ihn an, »bin
die meiste Zeit aber beruflich in Cannes.«

Er nickt anerkennend. »Ein schöner Ort zum Arbeiten.«

»Ein Traum. Aber ich sitze nicht nur am Strand, sondern
vermittle Luxusjachten. Dafür ist Südfrankreich der perfekte
Ort. Momentan bin ich nur in Cannes und St. Tropez aktiv,
will aber weiter nach Monaco expandieren.«

»Was führt Sie zurück in die Heimat?«

»Heimweh. Zehn Jahre Südfrankreich genügen mir. Ich
habe meine Angestellten gut eingearbeitet. Jetzt will ich auch
mal was von meinem Vermögen haben. Ich habe mir eine schicke Villa am Rhein gekauft und lasse meine Sachen aus Cannes

kommen. Das mit Monaco regle ich telefonisch und mit ein paar sporadischen Besuchen im Winter. Nur die deutschen Behörden machen mir zu schaffen.«

»Fehlen Ihnen Genehmigungen?«

Ich trete näher und halte verschwörerisch die Hand vor den Mund.

»In Südfrankreich kommt man leicht an Personal, ohne das Arbeitsamt informieren zu müssen. Wenig Geld und keine Gewerkschaft. Wenn dir die Putzfrau nicht gehorcht, wird sie wieder in ihre Heimat zurückgeschickt. Mit einem kleinen Trinkgeld verschafft sie dir … Zerstreuung. Traumhafte Zustände«, seufze ich und rühre in meinem Mai Tai. Ich blicke verstohlen über das Cocktailglas, sehe aber keine Reaktion in Tims Gesicht. Vielleicht hat er nichts mit Menschenhandel zu tun. Möglicherweise ist er nur ein eiskalter Profi. Ich will keinen Verdacht erregen, also wechsele ich das Thema.

»Ich liebe diesen Laden«, sage ich überschwänglich. »Ich habe nächste Woche Geburtstag und würde gerne mit ein paar Freunden hier feiern. Kann ich den VIP-Bereich mieten?«

»Gerne.« Er wird wieder geschäftig. »Geben Sie mir Ihre Nummer. Dann wird sich meine Assistentin mit Ihnen in Verbindung setzen.«

Ich zücke eine Visitenkarte. Schickes Büttenpergament mit Golddruck. Er betrachtet das Papier kurz, dann steckt er es in seine Jacke.

»War mir ein Vergnügen, Herr Legar«, verabschiedet er sich und verschwindet in Richtung Bar. Ich fläze noch ein wenig auf der Couch, dann verlasse ich die Disco und rufe meine Limousine.

Die Saat ist gesetzt. Ich hoffe, sie geht auf.

Vielleicht muss ich meinen Plan kurz erläutern. Warum ich mir die Fingerabdrücke geholt habe, dürfte Ihnen klar sein, aber warum die Geschichte mit dem Personal, werden Sie sich fragen.

Schleuser sind auf zwei Geschäftsfeldern aktiv. Die harmloseste Variante sind die Helfer für illegale Einreise. Dies beinhaltet oft nicht nur das Schmuggeln von Menschen in ihr bevorzugtes Land, sondern auch Urkundenfälschungen. Die nächste Stufe sind die Menschenhändler, welche nicht nur Ausländer nach Deutschland bringen, sondern diese noch ausbeuten, entweder durch Zwangsprostitution oder durch Vermittlung als illegale Hausangestellte. Von Letzteren gibt es über fünfzig Millionen weltweit, auch wenn nicht alle vorher in ein fremdes Land gebracht worden sind.

Helfer für die illegale Einreise gibt es Tausende. Obwohl dies oft unter menschenunwürdigen Bedingungen geschieht, begeben sich die Verzweifelten freiwillig in die Hände von Schleusern. Ein Artikel darüber ist kaum eine Titelstory wert, daher wird sich Renato nicht damit befasst haben. Es bleibt nur der Menschenhandel, bei dem die Opfer entweder gewaltsam oder unter falschen Versprechungen ins Land gelockt werden. Menschenhändler sind noch eine ganze Spur härter als Schleuser. Nicht wenige würden morden, um ihr Geschäft abzusichern. Wie unser Rotschopf.

Da ich in der Disco nicht nach illegalen Prostituierten fragen kann, versuche ich es über die Hausangestellten. Vielen Menschenhändlern ist es egal, was mit ihrer »Ware« passiert, Hauptsache, der Kunde zahlt.

Noch immer sehe ich keinen Bezug zu Kranz und dem Baupfusch, aber vielleicht hat der Firmengründer selbst solche Angestellte, möglicherweise waren diese auch in der Birkenstraße eingesetzt worden und mit schuld an der Katastrophe.

Es gibt zu viel, was ich noch nicht weiß, aber momentan kann ich nichts anderes tun, als zu warten. Bis dahin lasse ich die Fingerabdrücke durch die Datenbank laufen. Das kann eine Weile dauern, aber irgendwann werde ich wissen, wer die Freunde von Tim Aumann sind.

KAPITEL 11

Henrietta hat mich zu ihrem neunten Geburtstag eingeladen. Ich mag die Kleine, aber ich habe meine Probleme mit Kindern. Was redet man mit jemandem, der gerade mal die Grundrechenarten beherrscht, auf rosa gekleidete Feen steht und sich begeistert ein Lied über ein schnappendes Krokodil anhört? Dank Biancas Anwesenheit komme ich ganz gut mit ihr klar, doch zehn Henriettas machen mir Angst. Dennoch kann ich ihrem süßen Lächeln nichts abschlagen, also treffe ich pünktlich zur Feier ein. Bianca hat sich Mühe gegeben. Das Wohnzimmer ist mit rosa Girlanden geschmückt. Luftballons hängen an den Wänden und auf dem Tisch steht eine bunt gefärbte Torte mit neun Kerzen. Es riecht nach Popcorn und gebrannten Mandeln.

Wenn Sie glauben, in einem ausverkauften Fußballstadion ist es laut, dann waren Sie noch nicht auf einem Kindergeburtstag. Ich überlege, ob der Lärm von zehn vor Freude kreischenden Mädchen unter die Genfer Konventionen fällt.

Als ich mich mit meiner Prinzessin-Lillifee-Schmuckdose in der Hand hineinwage, stürmt Henrietta auf mich zu, schließt mich in ihre kleinen Arme und stellt mich stolz ihren Freundinnen vor. Ich lächele verlegen, als mich neun Augenpaare verwundert anstarren. Die Mädchen können in diesem Moment genauso wenig mit mir anfangen wie ich mit ihnen.

Dann ruft Henrietta »Sackhüpfen« und alle Mädchen jauchzen vor Freude. Ich fand das Spiel schon als Kind blöd, lasse mir aber nichts anmerken und mache mit. Leider bedeutet Sackhüpfen für mich, dass ich gegen jedes Kind einzeln antreten muss, weil sonst nicht genug Platz im Wohnzimmer wäre. Auch wenn ich die Mädchen immer gewinnen lasse, tun mir nach fünf Minuten die Beine weh wie nach einem Work-out mit Arnold Schwarzenegger, aber die Freude der Kleinen ist ansteckend, also mache ich tapfer weiter, bis mich alle besiegt haben. Irgendwann gebe ich auf und gehe nassgeschwitzt an den Esstisch, wo ich von Bianca dankbar ein Glas Wasser entgegennehme. Mein Respekt vor alleinerziehenden Müttern ist immens gestiegen.

Als ich Biancas Hand berühre, passiert etwas mit ihr. Sie hat immer ein bezauberndes Lächeln gehabt, aber in diesem Moment ist es intensiver, als hätte mein Spiel mit den Kindern etwas in ihr bewegt. Ihre Augen leuchten und ihre Finger streichen sanft über meine Hand.

Henrietta legt eine CD mit Kinderliedern auf und animiert ihre Freundinnen zum Tanzen, sodass uns inmitten der tobenden Meute nichts anderes übrig bleibt, als mitzumachen. Ich bin ein fürchterlicher Tänzer, also nehme ich Bianca an den Händen und drehe uns im Kreis. Nach der dritten Umdrehung lässt sie sich zurückfallen und lacht ihr warmes, herzliches Lachen, so befreiend, so wunderschön, und ich erlebe einen Moment, von dem ich mir wünsche, dass er ewig andauert. Ich vergesse alles um uns herum, die Kinder, ihr Gekreische, die Musik und lasse mich treiben, ihre Hand in meiner, so warm, so sanft. Wir

126

drehen uns weiter und weiter. Mir kommt es vor, als höben sich unsere Füße vom Boden, als würden wir schweben, frei von jeder Last, nur in diesem Augenblick lebend.

Und die Welt hält den Atem an.

Auf der Heimfahrt beschleicht mich eine ungewohnte Angst. Bianca sieht nur meine Fassade, den freundlichen Informatiker Carl, unbeholfen mit Kindern, aber immer da, wenn man ihn braucht. Sie mag meinen Humor, bewundert meine Allgemein-bildung und ist ebenso begeistert von New Model Army wie ich. Was immer sie von mir wissen wollte, habe ich ihr erzählt, so viel wie keinem Menschen zuvor, und doch kennt sie mich nicht.

Ich bin mir meiner dunklen Seite bewusst, jenes Carls, der seinen Vater getötet und dabei mehr Freude als Scham emp-funden hat. Der Sohn eines prügelnden Alkoholikers, dessen Seele von einer grausamen Kindheit zernarbt ist. Dies ist die Geschichte, die niemand kennt, weder Freunde noch Nachbarn oder Kollegen. Würde ich mich offenbaren, würden sich alle von mir abwenden, vielleicht nicht sofort, aber sie würden mich fürchten, vorsichtiger sein mit dem, was sie sagen, und jeden ihrer Schritte überdenken. Ich kann es ihnen nicht übel neh-men und irgendwann werde ich es akzeptieren, aber ich will nicht, dass Bianca vor mir Angst hat. Der Gedanke ist unerträg-lich. Wie gerne würde ich ihr mein Geheimnis offenbaren, ihr erklären, dass ich nicht grundlos gewalttätig war, dass ich so viel anders als mein Erzeuger bin und eher sterben würde, als ihr jemals ein Leid zu tun. Aber ich habe nun mal gemordet. Und wer fürchtet sich nicht vor einem Mörder? Nicht einmal mein Vater ist einer gewesen.

Es wäre sicherer, wenn sie sich nicht mit mir einließe, denn möglicherweise bin ich nicht so stark, wie ich glaube. Vielleicht ruhen die gleichen Dämonen, die meinen Vater getrieben hatten, in mir, bereit auszubrechen und alles mit ins Verderben zu reißen. Meine rationale Seite sagt, dass ich nie mehr zu ihr zurückgehen sollte, aber mein Herz wehrt sich dagegen. Es sehnt sich nach ihrer Stimme, ihrer sanften Berührung und ihrem alles verzaubernden Lächeln.

Die Zweifel plagen mich bis tief in die Nacht. Sie bringen mich beinahe um den Verstand, und das erste Mal seit meinem neunten Lebensjahr halte ich meine Tränen nicht mehr zurück.

KAPITEL 12

Eine gute Täuschung besteht aus mehr als einer gemieteten Limousine, einem Anzug und einer Visitenkarte. Sollte ich mit meiner Vermutung recht behalten, wird Tim mich überprüfen. Dazu habe ich eine falsche Internetseite programmiert. Nicht sehr aufwendig, aber protzig. Im edlen Zwirn stehe ich vor einer prachtvollen Villa an der Südküste Frankreichs. Dann noch ein paar Schnappschüsse vor einer großen Jacht. Photoshop macht's möglich. Ansonsten sind die Informationen über mich spärlich. Ein kurzer Lebenslauf, aber keine Anschrift und ohne Telefonnummer. Nur eine E-Mail-Adresse. Ich habe mich außerdem in zwei Immobilien-Foren eingetragen und ein paar belanglose Posts gemacht, damit mich Google auch findet. Von der Seite her bin ich sicher. Auf dem Schreibtisch liegt das Handy meines Alter Ego Mathias Legar. Diese Nummer hat nur Tim Aumann, aber ein Anruf ist noch nicht gekommen. Ich rechne auch nicht vor heute Abend damit, also lasse ich mir einen Kaffee aus der Maschine und widme mich den Fingerabdrücken.

Wenn Sie jetzt wieder irgendwelche Tricks erwarten, muss ich Sie enttäuschen. Alles Erforderliche gibt es im Spielzeughandel. Ich habe das »Fingerabdruckset für Geheimagenten« erstanden.

Das enthält Pinsel, Vergrößerungsglas, Pulver sowie Plastikstreifen und Handschuhe.

Ich nehme das Glas und den Geldbeutel heraus, verteile mit einem Pinsel das Pulver darauf und die Fingerabdrücke werden sichtbar. Wenn doch alles so einfach laufen würde. Mit einem durchsichtigen Plastikstreifen pause ich den Fingerabdruck ab und scanne ihn ein.

Kurz darauf bin ich mit dem Account meiner Nachbarin im AFIS. Benutzername: MVoigt. Passwort: Siddhartha. Das Automatisierte Fingerabdruck-Identifizierungssystem hat ein paar Millionen Fingerabdrücke in der Datenbank. Ich probiere es zum ersten Mal aus, aber wenn man den Gerüchten glauben kann, genügt schon ein Teilabdruck, um in ein paar Minuten ein Ergebnis zu bekommen. Wenn Tick und Trick Kriminelle sind, würde ich sie finden.

Es dauert sieben Minuten, bis ich ihre Daten habe.

Tick heißt in Wirklichkeit Rachid Samet. Er ist marokkanischer Herkunft und saß schon im Alter von sechzehn Jahren im Jugendknast. Seine Spezialitäten sind Körperverletzung, Erpressung und Zuhälterei. Auf dem Fahndungsbild sieht er noch fieser aus als in Wirklichkeit.

Tricks richtiger Name ist Goran Boskovic. Ein unbeschriebenes Blatt bis 2004. Dann hat sich der Ukrainer alle Mühe gegeben, seinen Kumpel Rachid noch einzuholen. Saß drei Jahre wegen versuchten Totschlags. Dann kamen noch Hehlerei, illegales Glücksspiel und Drogenbesitz dazu.

Der Spannendste der drei ist Tim Aumann. Ich benötige nicht einmal einen Fingerabdruck, um einen Polizeivermerk zu finden. Er hat eine Anzeige wegen Körperverletzung und saß im Knast wegen Zuhälterei von Zwangsprostituierten. Da ist die Verbindung zum Menschenhandel, aber noch immer habe ich keinen Bezug zu Siegfried Kranz oder dem Baupfusch.

Ich lehne mich auf dem Stuhl zurück und reibe mir müde die Augen. Wo ist die Gemeinsamkeit? Was hat Menschenhandel mit Baupfusch zu tun?

Ich öffne meine Ermittlungswand und stelle mich in Doctor-House-Manier davor. Mein Blick wandert zu Albert Mencke. Er war Siegfried Kranz' Lakai. Leicht bestechlich und skrupellos, aber sicher nicht in Menschenhandel verwickelt. Das ist eine Nummer zu groß. Ihn kann ich aus der Betrachtung herausnehmen.

Der Nächste in der Reihe ist Siegfried Kranz. Als Besitzer einer gut gehenden Baufirma war er zu allen Schandtaten bereit. Er hat die Baubehörde bestochen, Baugrund-Untersuchungen fälschen lassen und seine Bauleiter zum Stillschweigen gezwungen, indem er sie mit Schmiergeld in die Machenschaften mit reingezogen hatte. Ein Einstieg in den Menschenhandel ist ihm zuzutrauen, daher versehe ich ihn mit einem Fragezeichen. Wahrscheinlich war er darin verwickelt, aber ich habe noch keinen Hinweis. Einzig die Verbindung zu Isak bringt ihn ins Spiel, da Isak eine Zeit für Kranz gearbeitet hatte, aber so sehr ich mir mein Gehirn zermartere, ergibt das keinen Sinn. Wenn Isak in den Baupfusch verwickelt war, warum hat er dann nach ein paar Wochen aufgehört und das Zepter an Joseph Uppert weitergegeben? Wenn er zu den Menschenhändlern gehörte, warum hat er dann überhaupt den Bauleiter gespielt?

Isak Ties hatte ich anfänglich für das Opfer von Siegfried gehalten, aber ich hätte mich nicht mehr irren können. Vermutlich war er nicht einmal Bauingenieur gewesen. Wahrscheinlich hat Isak sowohl Kranz wie auch Renato getötet. Renato hat im Menschenhandel-Milieu ermittelt. Seine Ermordung kann ich erklären, aber warum hatte Kranz sterben müssen? War er zu gierig geworden? Möglich. Hatte er aussteigen wollen? Wohl kaum. Dazu ist das Geschäft zu verlockend. Es wirft unglaubliche Rendite ab. War Kranz vielleicht das Meisterhirn hinter alledem und Isak hatte einen Wechsel an der Spitze einleiten wollen, die jetzt der große Unbekannte innehatte?

Isak ist das Bindeglied zwischen dem Baupfusch und dem Menschenhandel, aber er ist tot, und man hat seine Wohnung ausgeräumt. Er war kein kleiner Fisch, sonst hätte man sich nicht die Mühe gemacht, alle Spuren zu verwischen, aber er erwies sich als Sackgasse.

Weiter zum Nächsten. Renato Danesi. Was hat er an dem Abend bei Kranz gemacht? Hat ihm Isak auch eine Falle gestellt? Oder war er die Verbindung zu Kranz gewesen? Ich habe die Unterlagen akribisch durchgeforstet, aber der Name Kranz ist nicht gefallen. Auch Isak ist nirgendwo erwähnt, dennoch musste er einen von ihnen kennen. Warum hätte er sonst dort sein sollen?

Bleibt noch der große unbekannte Rotschopf. Weder Rachid noch Goran oder Tim passen von Statur und Stimme zu ihm. Wer ist der Mann? Ist er der Kopf hinter dem Ganzen oder vielleicht nur der Cleaner, der für die Drecksarbeit zuständig ist? Die einzig sichere Verbindung besteht zu Isak. Doch die kann nicht entscheidend sein, sonst hätte er ihn nicht erschlagen.

Ich versuche das Wenige, was ich von ihm gesehen und gehört habe, zusammenzufassen. Circa einen Meter fünfundneunzig groß, ein kräftiger Typ, wenn auch nicht so bullig wie Rachid oder Goran. Er spricht perfekt Deutsch, allerdings mit leichtem britischen oder amerikanischen Akzent. Er wurde vermutlich nicht in Deutschland geboren, lebt aber schon eine Zeit hier. Er ist ein kaltblütiger und routinierter Mörder, aber kein irrer Killer, sonst hätte er bei meiner Flucht das Magazin seiner Pistole leer geschossen.

Ich gehe zwei Schritte zurück und betrachte meine Notizen. Eine Menge Stichpunkte mit Querverweisen und Fragezeichen. Je länger ich dastehe, umso klarer wird mir, dass ich noch immer zu wenig habe. Der Zusammenhang zwischen dem Baupfusch in der Birkenstraße und dem Menschenhandel bleibt ein Rätsel.

Ich überprüfe noch mal die Daten von Renatos Computer, aber egal, welche Datei ich aufrufe, auch auf den zweiten Blick kommt mir kein Geistesblitz. Ich gehe in den Ordner, in dem ich die Aufnahmen von Rachid, Goran und Tim gefunden habe. Dort befindet sich auch ein Bild, das nicht zu den anderen passt. Es zeigt den oberen Teil eines Gesichts asiatischer Herkunft. Die langen Wimpern und die gezupften Brauen lassen auf eine Frau schließen. Der Blick ist sanft und träumerisch. Im Gegensatz zu den ersten drei Fotos hat es Renato nicht heimlich gemacht. Es wirkt wie eine Porträtaufnahme. Die kleinen Grübchen an den Augen lassen vermuten, dass sie lächelt. Das Foto trägt den Titel »Zhai«, als würde der Name allein schon alles sagen.

Auch wenn die Unbekannte meine Fantasie anregt, fehlt noch ein Puzzlestück, das die losen Enden verbindet. Vielleicht kann mir der echte Martin Schieber helfen, eben jener Fotograf, der mit Renato am Artikel über das Leben von Obdachlosen in Köln zusammengearbeitet hat. Von ihm gibt es wenigstens eine Webseite mit Foto, Telefonnummer und Kontaktadresse. Er wohnt nicht weit von mir entfernt. Auf dem Weg dorthin kann ich mir eine gute Geschichte für meinen Besuch ausdenken.

Martin Schieber scheint ein Multitalent zu sein. Er ist Journalist, Fotograf und Kameramann zugleich. Außerdem hat er eine Jazz-Band, mit der er einmal die Woche in einem kleinen Club in der Nähe des Barbarossaplatzes spielt. Sein Porträt zeigt einen dunkelhaarigen, leicht ergrauten Mittvierziger, der mit verschränkten Armen vor einem Klavier sitzt. Das schwarze Hemd, die etwas zu langen Haare und die John-Lennon-Brille lassen ihn wie einen Mann wirken, der seine Musik wirklich ernst nimmt, ein typischer Jazzer, für den es nur Jazz gibt und der für alle anderen Musik-Stile nur ein müdes Lächeln übrig hat.

Schieber wohnt im Erdgeschoss eines Mehrfamilienhauses. Zwei Männer einer Spedition wuchten gerade einen großen Kühlschrank ins Treppenhaus, sodass ich ohne zu klingeln in den Hof komme. Ich will mir gerade einen Eindruck von dem Gebäude machen, als ich an einem kleinen Wintergarten vorbeilaufe, in dem Schieber seinen Arbeitsplatz eingerichtet hat. Alles ist sehr minimalistisch. Ein Glastisch, ein Bürostuhl und ein Laptop. Daneben noch ein paar Papiere und Fotos. Schieber selbst ist in einen Zeitungsartikel der *Kölnischen Rundschau* versunken. Trotz Brille ist er tief über den Tisch gebeugt. Er verharrt einen Moment, als müsse er über den Inhalt des Artikels nachdenken, dann hebt er den Kopf und sieht direkt zu mir. In diesem Moment hat sich der Plan mit dem Umschauen erledigt. Ich bin entdeckt, also wechsele ich in die Offensive, gehe zum Wintergarten und hebe die Hand zum Gruß, als wäre es ein glücklicher Zufall, dass er mich bemerkt hat. Schieber steht auf und öffnet ein Fenster.

»Kann ich Ihnen helfen?« Seine Augen mustern mich neugierig. Wahrscheinlich versucht er krampfhaft, sich daran zu erinnern, woher wir uns kennen.

»Mein Name ist Carl Maier«, stelle ich mich vor. Bei der Menge an falschen Namen, die ich die letzte Zeit genutzt habe, muss ich aufpassen, nicht durcheinanderzugeraten. Maier ist so stark verbreitet, dass es unmöglich sein wird, etwas über mich zu finden, sollte Schieber Nachforschungen anstellen. »Ich bin ein Freund und Arbeitskollege von Renato Danesi.«

»Ah, Renato.« Sein Gesicht hellt sich auf. »Wie geht es dem alten Schnüffler?« Schieber öffnet eine Art Balkontür und lässt mich in seinen Wintergarten. »In was hat er dieses Mal seine Nase gesteckt?«, fragt er mich, während er einen Stuhl aus der

Küche holt. Als ich Platz genommen habe, lässt er sich wieder auf den Bürostuhl nieder, schlägt die Beine übereinander und lächelt mich an. Ich bin immer wieder überrascht, wie leicht man Zugang zu Menschen bekommt, wenn man einen gemeinsamen Freund hat. Das Treffen mit Schieber beginnt besser als erwartet.

»Das ist der Grund, warum ich bei Ihnen bin«, beginne ich mit sorgenvoller Stimme. »Ich habe Renato schon lange nicht mehr gesehen.«

»Ach, machen Sie sich keinen Kopp.« Er winkt ab. »Wenn Renato in den Untergrund abtaucht, verschwindet er manchmal tagelang. Er lässt dann alles hinter sich, kommt nicht mehr nach Hause, geht nicht mehr ans Telefon und beantwortet auch keine Mails.«

»Aber er ist schon seit letzten Freitag verschwunden.« Tatsächlich ist er vor genau einer Woche ermordet worden, aber seine Leiche ist noch immer nicht identifiziert. »Und er wollte sich am Montag bei mir melden.«

»Ist er noch an dieser Menschenschmuggler-Geschichte dran?«

Ich nicke.

»Renato hat mich vor einer Weile gefragt, ob ich jemand aus dem Milieu kenne, aber ich konnte ihm nicht helfen. Ich habe viele Kontakte, aber mit Schleusern hatte ich noch nicht zu tun.« Schieber lehnt sich interessiert nach vorne. »Wie weit ist er gekommen?«

»Er hat ein paar Männer identifiziert, die zu einem Schmuggler-Ring gehören könnten«, antworte ich wahrheitsgemäß. »Weil er Hilfe bei deren Identifizierung benötigt, hat er mich angerufen.«

»Sind Sie auch Journalist?«

Es wäre gefährlich, diese Frage mit ja zu beantworten, da ich mich nicht mit investigativem Journalismus auskenne. Ein alter Hase wie Schieber würde mit wenig Nachfragen schnell bemerken, dass ich keine Ahnung davon habe, daher habe ich mir etwas anderes bereitgelegt. »Nein.« Ich schüttele den Kopf. »Ich habe … Kontakte zur Polizei, die mir bei der Identifizierung von Straftätern behilflich sind.« Das ist noch nicht einmal gelogen.

»Ein Informant.« Schieber zwinkert mir zu. »Keine Sorge. Ihr Geheimnis ist bei mir sicher.«

»Ich konnte einen der Männer identifizieren«, fahre ich fort. »Er ist ein berüchtigter Geldeintreiber, der wegen Totschlags ein paar Jahre im Gefängnis war. Laut Polizeiakte ist er aufbrausend und wird schnell gewalttätig. Die Zeit hinter Gittern scheint seine Aggressivität noch verstärkt zu haben, und er wurde erst vor zwei Monaten entlassen. Wenn er einen neugierigen Journalisten wie Renato beim Schnüffeln erwischt, könnte es böse für ihn ausgehen.«

»Ich verstehe Ihre Sorge. Wenn Renato sich erst einmal auf eine Sache einlässt, dann verfolgt er sie unnachgiebig.« Schieber wird ernst. »Ich habe mit ihm an zwei Artikeln gearbeitet. Einerseits ist Renato ein genialer Ermittler, der jeden Privatdetektiv neidisch werden lassen könnte, andererseits kennt er keine Grenzen.« Schieber reibt sich nachdenklich die Hände. »Er lässt nicht locker, bevor ein Fall nicht bis zum Letzten aufgeklärt ist. Er hasst offene Fragen und will jeden Hintermann überführt sehen. Renato kann es nicht ertragen, wenn jemand ungeschoren davonkommt, also gräbt er so lange, bis auch das letzte Geheimnis offenbart ist.« Er deutet auf die Zeitung auf dem Tisch. »Ich kann mich noch an den Artikel über die Obdachlosen von Köln erinnern«, fährt er fort. »Eigentlich wollten wir nur von dem Leben auf der Straße berichten, wie es ist, kein Zuhause zu haben, ausgestoßen von der Gesellschaft. Wir hatten schon einige bewegende Erzählungen von Obdachlosen aufgeschrieben, die jedem Leser die Tränen in die

Augen getrieben hätten, aber dann hat uns einer der Männer von einem Unternehmer erzählt, der Obdachlose als Träger am Hafen engagiert. Zwölf Stunden am Tag für drei Euro die Stunde. Keinen Arbeitsschutz, keine Sozialversicherung und keine Pausen. Das hat Renatos Ehrgeiz angestachelt. Ich habe ihn gebeten, erst den Artikel abzuschließen, bevor er sich dem nächsten Projekt widmet, aber wenn er sich etwas in den Kopf gesetzt hat, dann ist er wie ein Bluthund bei der Jagd. Noch am gleichen Tag hat er sich als Obdachloser verkleidet und so lange unter der Brücke gewohnt, bis er einen Job als Träger ergattern konnte.« Schieber schüttelt den Kopf. »Er war eine Woche nicht zu erreichen, und wir verpassten den Abgabe-Termin für den Artikel, aber das war ihm egal. Er war kurz vorm Ziel und machte sich daran, die Zustände am Hafen zu dokumentieren. Es ging nicht lange gut. Eines Abends haben ihn ein paar Arbeiter beim Schnüffeln erwischt und ihm eine ordentliche Abreibung verpasst. Ein Handwerker hat ihn ohnmächtig und blutend an einer Bushaltestelle gefunden, aber kaum aus dem Krankenhaus entlassen, kam er zu mir gewankt. Er hatte eine ausgerenkte Schulter, ein gebrochenes Nasenbein und ein blaues Auge, aber er grinste über das ganze Gesicht, als hätte er im Lotto gewonnen, und erzählte mir von seinem Coup.« Schieber lacht kurz. »Einen Monat nach der Veröffentlichung unseres Artikels über die Obdachlosen in Köln veröffentlichte Renato eine Reportage über den Ausbeuter am Hafen. Es wurde eine große Sache. Die Behörden schalteten sich ein, und von den Zuständen wurde sogar im Fernsehen berichtet. Renato war noch wochenlang abhängig von Schmerzmitteln, aber trotz der Prügel ging er am Ende als Sieger aus dem Ring.« Schieber reibt sich wieder die Hände. »Aber der Unternehmer war kein kriminelles Schwergewicht. Menschenschmuggler sind eine andere Liga. Sollte ihn da einer beim Schnüffeln erwischt haben, wird er nicht so glimpflich davonkommen.«

Wieder zu Hause lege ich mich auf mein Sofa und rekapituliere das Gespräch mit Schieber. Er hat meine Befürchtungen bestätigt. Renato muss in ein Wespennest gestochen haben. Jetzt gilt es, die Beteiligten richtig einzuordnen.

Goran und Rachid sind die klassischen Schläger, Männer ohne Skrupel, die jeden aus dem Weg räumen, der ihnen im Weg steht. Nützlich, aber ersetzbar. Tim ist mindestens eine Stufe über ihnen. Klug, beredsam und unauffällig. Der Mann für die Geschäfte. Niemand, der sich gerne die Hände schmutzig macht.

Ich habe noch keine Vorstellung, wie Isak in diese Gruppe passt, aber er scheint entbehrlich gewesen zu sein, sonst hätte ihn der Rothaarige nicht so leichtfertig getötet. Den kaltblütigen Mörder kann ich noch nicht einordnen. Er ist der große Unbekannte im Spiel. Sicher kein Bauer, aber ist er der König? Oder nur ein weiterer Zuträger zu einem Mann, der noch nicht in Erscheinung getreten ist? Noch immer bin ich der Lösung des Puzzles kaum nähergekommen, doch als mein Zweit-Handy klingelt, genehmige ich mir ein Lächeln. Jetzt wird es interessant. Das Display zeigt keine Nummer an. Wenig überraschend.

»Mathias Legar.«

»Tim Aumann«, meldet sich mein Bekannter aus der Disco.

»Guten Tag, Herr Aumann. Nett, dass Sie sich melden. Geht es um meine Geburtstagsfeier?«, frage ich, hoffe aber, dass dies nicht das Thema unseres Gesprächs sein wird.

»Darum brauchen Sie sich keine Sorgen machen. Ich kann Ihnen aber bei einem anderen Problem helfen.«

Ich unterdrücke einen Freudenschrei und balle die Faust. »Sie meinen die Suche nach Hauspersonal?«

»Nichts, was man am Telefon besprechen sollte.«

»Mir sind persönliche Treffen auch lieber.«

»Sie müssen verstehen, Herr Legar, das Thema erfordert Stillschweigen. Wir können kein Risiko eingehen.«

»Schlagen Sie einen Ort vor.«

»Kennen Sie sich am Niehler Hafen aus?«

»Wenn dort keine Luxusjachten anlegen, nicht.«

Er gibt ein mürrisches Brummen von sich. Übersetzt heißt es wohl, »war mir eigentlich klar, dass ein Schnösel wie du den Niehler Hafen nicht kennt«.

»Stellen Sie Ihr Auto am Westkai Ecke Niehler Damm ab. Der Westkai macht dort eine Rechtskurve. Gehen Sie auf das Gelände, laufen Sie zum Ufer, bis Sie die zweite Container-Reihe passiert haben. Etwa hundert Meter rechts davon steht ein Verladekran. Seien Sie bitte um 22.00 Uhr dort.«

»Mach ich.«

»Und, Herr Legar …«

»Ja?«

»Bitte kommen Sie mit einem unauffälligen Auto.« Dann legt er auf.

Ich lehne mich zufrieden auf meinem Stuhl zurück. Auch wenn ich wieder die kratzige Perücke aufsetzen muss, werde ich heute Abend einen großen Schritt vorankommen. Vor allem bin ich gespannt, wer ihn begleitet. Vielleicht kommen nur Rachid und Goran mit. Möglicherweise lerne ich aber den Kopf dahinter kennen. Sollte es sich wieder um eine Falle handeln, werde ich mich nicht erneut übertölpeln lassen. Ich hole meinen Laptop und alle meine Minikameras aus dem Schrank.

Es ist 14.47 Uhr. Ich habe gute sieben Stunden Zeit, um mich vorzubereiten und die Gegend zu erkunden.

Den Herbst mag ich nicht. Die Kombination aus starkem Wind und Regen verwandelt mich alljährlich zu einem trägen Fernsehjunkie, der nur im Notfall das Haus verlässt. Egal wie ich mich bei einem solchen Wetter anziehe, der Nieselregen findet immer einen Weg auf meine Haut. Außerdem fangen die Tage zu spät an und enden zu früh. Heute ist einer dieser Herbsttage, an denen mich selbst Schopenhauers Werk über metaphysischen Pessimismus noch aufmuntern könnte. Ich unterdrücke das Bedürfnis, mir einen Tee zu kochen und ein Buch zu lesen. Stattdessen ziehe ich eine graue Arbeitshose an und schlüpfe in einen grellen orangen Anorak mit Leuchtstreifen, wie ihn die Arbeiter der Stadt tragen. Der blaue Schutzhelm und ein hochgeschlossener Rollkragenpullover machen die Verkleidung perfekt. Perücke, Bart, Anzug und die Protzutensilien packe ich in den Kofferraum. Während der Fahrt werfe ich mir präventiv eine Schmerztablette ein, auch wenn die Wunde an meinem Bein kaum noch zu spüren ist. Ich will auf alles vorbereitet sein.

Das Kölner U-Bahn-System ist gut und spart eine Menge Ärger, aber heute brauche ich mein Auto. Ich fahre einen dunkelgrünen Golf, Baujahr 2008, Kilometerstand achtzigtausend. Bis auf eine überdurchschnittliche Sound-Anlage habe ich mir keine Extravaganzen gegönnt, nicht einmal ein Navi. Ich drehe meine Heizung auf und beeile mich, zum Hafen zu kommen, bevor der Berufsverkehr einsetzt. Normalerweise lege ich immer eine CD ein, aber mein Gehirn versucht noch immer, eine Querverbindung zwischen den Männern zu finden, deshalb erlaube ich mir keine Ablenkung. Glücklicherweise lässt der Regen nach, auch wenn die grauen Wolken alle Anzeichen für eine Fortsetzung in sich tragen. Einzig der Wind weht unvermindert.

Dreißig Minuten später bin ich am Ziel. Tim hat den Ort gut beschrieben. Ich stelle das Auto einen kurzen Fußmarsch vom Niehler Damm entfernt ab und nehme ein Klemmbrett mit gefakten Frachtpapieren aus meiner Tasche, falls mich jemand anhalten will.

Ich hätte den Hafen mit geschlossenen Augen finden können. Es riecht nach Altöl, gemischt mit dem beißenden Gestank von chemischem Reinigungsmittel auf brackigem Wasser und einem Hauch toter Fisch. Alles ist offen zugänglich. Der Containerkran belädt ein Schiff mit den großen metallenen Boxen, die von zwei Arbeitern am Boden kontrolliert werden. Hier und da fährt noch ein Hubfahrzeug oder ein Gabelstapler. Unter dem Dach einer Hütte stehen zwei Raucher, die über das letzte Spiel des FC diskutieren. Ich habe mehr Trubel erwartet.

Als würde ich dazugehören, gehe ich den Damm entlang, präge mir mögliche Verstecke und Fluchtrouten ein, gebe die Sache aber nach zweihundert Metern auf. Man könnte sich überall verbergen. Die Straße liegt direkt neben den Containern und der verwachsene Grünstreifen bietet einem Bataillon Fremdenlegionäre Tarnung. Linker Hand sind ein paar Schienen am Rheinufer entlang verlegt. Die Beleuchtung ist spärlich. Es wird schon düster, aber bei der Wolkendecke würde man heute Nacht keine zehn Meter weit sehen können. Ich weiß nicht, was ich von der Sache halten soll. Die vielen Fluchtmöglichkeiten sind positiv. Im Notfall könnte ich sogar in den Rhein springen, aber andererseits ist es unmöglich, das Gebiet zu überwachen. Zehn Kameras werden nicht reichen, um alle Wege zum Treffpunkt einzusehen. Welche zu installieren ist Zeitverschwendung. Wenn ich um 22.00 Uhr dort ankommen werde, können mich zwei oder zweihundert Männer erwarten, mit dem Auto, zu Fuß, selbst mit einem Boot. Keine Zeugen und niemand hört dich schreien.

Ich fluche kurz. Ich bin alleine gegen eine mir unbekannte Menge Männer, an einem Ort, an dem ich die Spielregeln nicht festlegen kann. Ich spiele kurz mit dem Gedanken, mir eine schusssichere Weste zu kaufen, die mir gegen Rachid und Goran aber nicht lange helfen würde. Gegen einen Schuss in den Kopf auch nicht.

Ich muss darauf setzen, dass meine Tarnung gut genug war und Tim mit mir Geschäfte machen will, ansonsten wird es ein kurzes Treffen werden. Nach einem weiteren Rundgang kehre ich zu meinem Auto zurück, ziehe meinen Anorak aus und lege mich auf den Rücksitz. Wenigstens ausgeruht will ich sein. Ich stelle den Wecker auf 21.00 Uhr, damit ich nicht als Letzter ankomme.

Wenn ich einen Schutzengel habe, dann werde ich ihn heute Nacht brauchen.

Ich habe kaum geschlafen, als der Handy-Wecker klingelt. Die ganze Zeit habe ich in Gedanken jede mögliche Situation durchgespielt, bin aber selten mit heiler Haut davongekommen. Ich schlüpfe aus meinem Anorak und werfe mich in Schale. Ich trage den gleichen Anzug mit frisch polierten Budapestern wie in der Disco. Einzig die Kontaktlinsen sind neu. Falls Tim und seine Männer auch gerne mit Pfefferspray um sich sprühen, werden mich die Linsen vor dem Schlimmsten bewahren. Ich habe zwei Klappmesser dabei. Eins in meinem Schuh, das andere im Schritt. Keine Orte, an denen ich sie schnell ziehen kann, aber die Aufrechterhaltung meiner Tarnung hat oberste Priorität. Ich steige aus dem Auto und nehme einen Umweg zum Hafen.

Ich bin fünf Minuten zu früh, aber als ich am Verladekran ankomme, warten Tim und Goran schon auf mich. Der Ukrainer wirkt gelangweilt, als mache er das nicht zum ersten Mal. Er lehnt gemächlich an der Krantreppe und raucht. Tim kommt mir einen Schritt entgegen und schüttelt meine Hand. Auch er macht den Eindruck, als seien wir auf eine Partie Schach verabredet. Ich versuche, jede Regung zu lesen, aber die beiden wirken in keiner Weise aggressiv. Ich werte es als gutes Zeichen, dass sie mich nicht nach Waffen durchsuchen.

»Wir müssen noch auf jemand warten«, beginnt Tim das Gespräch. »Er wird in wenigen Minuten hier sein.«

»Auf wen?«

»Ich bin nur der Vermittler«, weicht er meiner Frage aus. »Das eigentliche Geschäft schließt jemand anderes ab.«

»Das ist wie in einem James-Bond-Film«, versuche ich zu flachsen, aber niemand lacht. Goran schnippt seine Zigarette ins Wasser, und Tim quält sich ein höfliches Lächeln ab. Dann greift er sich kaum merklich an sein Ohr und nickt leicht. Er ist verkabelt. Wegen seiner etwas längeren Haare hatte ich den Empfänger nicht sehen können. Das sind Profis aus der Oberliga.

Tim winkt Goran zu. Der bullige Mann gibt seine entspannte Haltung auf und geht zur Mitte der Straße. Wie auf ein Stichwort kommt ein schwarzer Mercedes mit verdunkelten Scheiben angefahren. Er hält direkt neben dem Ukrainer, der die hintere Tür des Autos öffnet und einen Schritt zurücktritt. Es ist so weit. Der Big Boss ist gekommen.

Ich bin von seiner Erscheinung beeindruckt. Er ist einen Kopf größer als ich und hat breite Schultern, nicht der Schläger-Typ wie Goran, eher der feingliedrige, leichtfüßige Boxer. Er hat rotes, leicht ergrautes Haar. Seine schmalen Augen bekommen durch die dünnen Brauen etwas Schlangenartiges, das mich schaudern lässt. Während der zehn Schritte vom Auto auf mich zu blinzelt er kein einziges Mal. Einen Meter vor mir bleibt er stehen. Es kostet mich meine ganze Kraft, seinen Blick lässig zu erwidern. Ich bin ein gelangweilter Neureicher, der eine Putzkraft sucht, sage ich mir in Gedanken. Die Rolle muss ich beibehalten.

Er dreht seinen Kopf zu Tim. »Darf ich vorstellen?«, beginnt Aumann. »Owen Dobes. Der Mann, der Ihr Problem lösen kann.«

Der sagt nur »Hallo«, aber dieses Wort ist wie ein Peitschenhieb. Der britische Akzent ist unverkennbar. Seine Gestalt passt, seine Haare auch. Ich habe den Rotschopf aus Kranz' Haus wiedergefunden.

»Sind Sie der Mann, der mir bei meiner … Suche helfen kann?«, beginne ich das Gespräch unverbindlich. Ich nuschele, in der Hoffnung, meine Stimme verstellen zu können. Ich achte auf jede seiner Bewegungen und suche Anzeichen für ein Wiedererkennen, aber Owen behält seinen starren Gesichtsausdruck bei. Ich unterdrücke den brennenden Wunsch, nach meinem Messer zu greifen. Ich darf keinen Fehler machen. Gegen drei habe ich keine Chance. Wenn mir Tim den reichen Schnösel abgenommen hat, dann wird das auch bei Owen funktionieren.

»Können Sie konkreter werden?«

Ich zucke kurz zusammen, als sich Goran eine Zigarette anzündet, aber Tims Schläger bleibt unverändert gelangweilt.

»Ich suche eine Haushälterin, die in meiner Villa putzt und aufräumt. Und das möglichst den ganzen Tag, wenn es sein muss auch nachts und vor allem am Wochenende. Der Arbeitslohn sollte möglichst gering bleiben. Außerdem möchte ich keinen Ärger mit Gewerkschaften, dem Arbeitsamt oder anderen Behörden. Auch wäre es mir recht, wenn die Urlaubsansprüche gering wären.«

»Sie wollen eine Illegale?«, fragt Owen direkt.

»Mir gefällt das Wort nicht«, erwidere ich. »Ich möchte eine Frau, welche die Chance nutzt, in einem zivilisierten Land mehr Geld zu verdienen, als ihr ganzes verschissenes Dorf zu Hause hat. Dafür lebt sie in einer schicken Gegend mit Wasser und Strom, ohne Ratten und anderes Ungeziefer.«

»Das ist alles?«

Ich wundere mich über Owens Ruhe. Entweder hat er ständig mit Drecksäcken wie mir zu tun, oder er ist der skrupellose Bastard, den ich erwartet habe. Ich setze noch einen oben drauf.

144

»Hübsch wäre nicht schlecht, damit sie mich bei Laune halten kann. Am besten so um die zwanzig. Nicht zu jung. Die sind mir zu unerfahren.«

»Was wären Sie bereit zu zahlen?«

»Ich kenne die Preise hier in Deutschland nicht, aber in Südfrankreich bekam ich für fünfundzwanzigtausend eine nette Afrikanerin.«

Owen verzieht kurz die Mundwinkel. Das scheint ihm zu wenig zu sein. Nach Renatos Recherche sind fünfundzwanzigtausend auch wirklich niedrig gegriffen, aber der Preis richtet sich nach den Wünschen des Kunden. Je älter und verbrauchter eine Frau ist, umso billiger ist sie zu haben. Eine gerade erst volljährige Putzkraft, wie ich sie will, ist vergleichsweise teuer.

»Fangen wir mal mit hunderttausend an«, sagt Owen.

»Euro?«, frage ich entsetzt. »Oder dänische Kronen?«

»Ich bin kein Discounter. Gute Ware hat ihren Preis. Dafür ist die Ware schon vorbereitet. Sie macht keinen Ärger, egal, was sie von ihr wollen. Wenn doch, rufen Sie mich an und zwei Stunden später ist die Sache wieder geregelt.«

»Sie sind ein harter Verhandlungspartner«, sage ich anerkennend. »Aber dafür will ich die Ware vorher sehen. Nicht dass Sie mir eine dreiundsiebzigjährige Voodoo-Priesterin andrehen, die mir im Schlaf die Kehle durchschneidet.«

»In Ordnung«, sagt Owen.

»Dann sind wir uns einig.« Ich strecke ihm die Hand hin.

Er sieht auf meine Finger, als überlege er, ob sie gefährlich sind. Dann hebt er den Kopf und grinst. »Nur noch eine Frage.«

Es klickt und ein Pistolenlauf wird mir an den Kopf gehalten. Meine Augen drehen sich zu Tim Aumann, der in das Lächeln seines Chefs einsteigt.

»Was willst du wirklich, Carl?«

145

Kapitel 13

Die Worte, die mir in diesem Moment durch den Kopf gehen, sind äußerst unfein. Mit Tims Pistole am Kopf, Owen vor mir und Goran in meinem Rücken, sind meine Optionen eingeschränkt. Kämpfen kann ich nicht. Abhauen auch nicht, also versuche ich, wenigstens die Tarnung aufrechtzuerhalten.

»Mein Name ist nicht Carl«, antworte ich, als ich die Hände hochnehme. »Und was ich will, habe ich gerade erklärt.«

»Carl, Carl, Carl.« Owen schüttelt den Kopf. »Glaubst du wirklich, du kannst in meinen Laden reinmarschieren, nach einer illegalen Putzkraft fragen und ich liefere sie dir frei Haus?«

»Wie funktioniert das sonst?«

»Sobald jemand eine Bemerkung darüber fallen lässt, hänge ich einen meiner Jungs dran. Ehemalige Stasi-Ermittler. Alte Schule. Haben es schwer, einen gut bezahlten Job zu finden, weil ihre Talente nicht mehr gebraucht werden. Die waren hinter dir, vom Moment an, als du die Disco verlassen hast. War eine gute Taktik, einen Limousinen-Service zu bestellen, der dich drei Straßen weiter absetzt. Danach durch den Garten einer Siedlung zu spazieren und währenddessen die Verkleidung abzulegen. Funktioniert gegen irgendwelche Hinterhof-Kriminellen, aber nicht bei Profis. Meine Jungs haben dich bis zu deiner Wohnung verfolgt, und auf dem Weg dorthin haben sie eine spannende Entdeckung gemacht. Du belastest dein linkes Bein weniger als dein rechtes und da ist mir eine Begegnung mit einem Idioten eingefallen, den Isak eingeschleppt hatte. Hat sich beim Sprung aus einem Fenster verletzt, und der Typ hatte die gleiche Statur wie du. Lustig, oder?«

Zum Lachen ist mir nicht zumute.

»Also, noch mal die Frage. Was willst du?«

»Ich bin kein Bulle.«

»Das weiß ich auch. Aber du bist auch nicht Mathias Legar, der Heimkehrer aus Südfrankreich.«

»Ich war ein Freund von Renato«, wechsele ich die Taktik.

»Komisch, dass er dich nie erwähnt hat.«

»Er konnte dichthalten.«

»Da täuschst du dich, Carl. Ich kenne Methoden, die jeden singen lassen. Nach einer Stunde hatte ich alle seine Kontakte und Freunde. Er hätte mir sogar den Stammbaum seiner Familie aufgezeichnet, wenn ich gewollt hätte. Ein Carl Harmer war nicht dabei.«

Owen winkt Tim nach vorne. Dieser hat in der Zwischenzeit einen Schalldämpfer auf seine Waffe geschraubt.

»Ich habe nicht den ganzen Abend Zeit«, fährt Owen fort. »Ich gebe dir noch einmal die Chance, mir die Wahrheit zu sagen. Lügst du mich an oder gefällt mir die Antwort nicht, verpasse ich dir eine Kugel. Zuerst in die Füße. Dann die Hände und schließlich die Knie. Tut alles höllisch weh, bringt dich aber nicht um.«

Tim richtet die Pistole auf mein Bein. Owen ist unbewaffnet, aber viel zu erfahren, um sich von mir überrumpeln zu lassen. Irgendwo hinter mir ist noch Rachid und hat wahrscheinlich auch eine Knarre auf mich gerichtet. Bis zur nächsten Deckung sind es gut zehn Schritte. Ausweglos.

»Ich untersuche den Baupfusch in der Birkenstraße 42«, versuche ich es mit der Wahrheit.

Owen zieht die Augenbrauen hoch. Das ist wohl die maximale Regung, zu der er fähig ist. Er verschränkt die Arme vor der Brust.

»Das ist interessant«, sagt er. »So bist du auf Isak gekommen.« Er reibt sich nachdenklich das Kinn. »Aber wie kommst du zu Tim und der Disco. Hat Isak wieder zu viel gequatscht?«

»Renatos Computer.«

»Ich dachte, meine Jungs haben in der Wohnung alles mitgenommen und vernichtet. Da waren auch sein Handy und sein Laptop.«

»Wohl nicht gründlich genug.« Ich genehmige mir ein Lächeln.

Owen sieht an mir vorbei zu Goran. Ich kann das betretene Gesicht des Schlägers regelrecht spüren. Auch wenn der Rotschopf ein skrupelloses Tier ist, weiß er genau, wie er mit seinen Männern umzugehen hat. Wenn ein kurzer Blick genügt, einen Ochsen wie Goran einzuschüchtern, dann sagt das etwas über seine Macht aus.

»Und weiter«, wendet er sich wieder mir zu.

»So habe ich rausgefunden, dass Sie in der Sache mit drinstecken.«

Er geht einen Schritt zurück und betrachtet mich wie einen kuriosen Fund. Das Schweigen zieht sich so lange hin, dass selbst Tim unruhig wird. Dann kehrt Owens Haifischgrinsen zurück. »Du hast keine Ahnung«, sagt er mit Genugtuung.

»Auch wenn Sie Isak, Kranz und Renato ermordet haben, irgendjemand wird plaudern«, werfe ich ihm entgegen.

»Wer?«, fragt Owen. »Die meisten Beteiligten sind tot. Für meine Jungs lege ich die Hand ins Feuer. Also bleibt nur noch ein Zeuge, und der wird gleich mit einer Kugel im Kopf aus einer nicht registrierten Waffe im Rhein landen.«

Er nickt zu Tim, der die Pistole wieder an meinen Kopf hebt.

»War nett, Sie kennengelernt zu haben, Carl.«

Dann ertönt ein Schuss.

Tim krümmt sich zusammen und lässt die Waffe fallen. Eine Kugel hat ihn in die Schulter getroffen. Noch bevor ich reagieren kann, rollt sich Owen zur Seite. Ich werfe mich zu Boden und kann im Augenwinkel erkennen, wie Goran zu einem Container rennt. Zwei Schüsse spritzen neben ihm auf.

Owen steht auf und sprintet geduckt zum Wagen, der mit gleißenden Scheinwerfern auf ihn zugefahren kommt.

Ein weiterer Schuss ertönt, der Goran nur um eine Handbreit verfehlt und in einen Container einschlägt.

Ich fluche laut. Ich kann mich nicht dran gewöhnen, beschossen zu werden. Für den Augenblick bin ich wie gelähmt.

Das Auto hält neben Owen, der die Tür aufreißt und auf den Rücksitz springt. Mit offener Tür und quietschenden Reifen fährt der Wagen los. Ein weiterer Schuss lässt die Heckscheibe zerspringen, was den Fahrer zu einer wilden Zick-Zack-Fahrt verleitet. Der Wagen hat aber ordentlich PS unter der Haube. Sekunden später ist er außer Sicht.

Tim liegt verletzt am Boden. Er presst die Hand auf seine Schulter, aus der noch immer Blut sickert. Sein Gesicht ist im Schmerz verzogen, aber er dreht sich auf die Seite und greift nach seiner Pistole.

Selbst mit einer Hand kann er mich aus der kurzen Entfernung noch erschießen, also krieche ich zu den Containern, springe auf und renne zwischen zwei stählernen Behältern durch.

Ich gehe näher ans Rheinufer, um im Notfall abtauchen zu können. Im Herbst ist das Wasser höllisch kalt, aber es ist immer noch besser, als erschossen zu werden.

Ich versuche zu Atem zu kommen und verfluche meine Lage. Immer wenn ich denke, dass ich alle Spieler kenne, kommt ein neuer dazu. Wer immer der Schütze ist, er ist nicht auf meiner Liste. Ganz offensichtlich hat er etwas gegen Owen und seine Männer. Tim hat den ersten Schuss abbekommen, Goran ist knapp dem zweiten entkommen und auch bei Owen hat nicht viel gefehlt. Obwohl ich eine gefühlte Ewigkeit ohne Deckung auf dem Boden gelegen habe, bin ich nicht beschossen worden. Ganz im Gegenteil. Der Schütze hat mir sogar das Leben gerettet.

Vielleicht ist es nur Glück gewesen, aber wer immer hier rumballert, gehört nicht zur Polizei, Kripo oder irgendeinem Sondereinsatzkommando, sonst wäre der Zugriff anders gelaufen. Also ist er wahrscheinlich auch in die Sache verwickelt, entweder in den Baupfusch oder in den Menschenhandel.

Jetzt habe ich zwei Optionen. Ich versuche, heil aus der Schießerei zu kommen, packe meine Sachen und verschwinde aus Köln, oder ich versuche, zum Schützen zu kommen. Der Nachteil an dem Plan ist, dass alle außer mir mit Pistolen bewaffnet sind und ich nur ein läppisches Klappmesser habe.

Ein weiterer Schuss schlägt in der Nähe des Krans ein und lässt mich zusammenzucken, obwohl ich gut zwanzig Meter entfernt bin.

Ein vernünftiger Mensch würde möglichst schnell von hier abhauen oder in den Rhein springen, sich mit der Strömung treiben lassen und am Ende des Hafens wieder hochklettern. Gut genug schwimmen kann ich dafür. Aber ich muss wissen, wer der Schütze ist. Vielleicht ein Verbündeter, vielleicht nur ein anderer Wahnsinniger, der Owens Geschäft übernehmen will.

Die Schüsse sind aus Richtung der Straße gekommen, nicht weit vom Verwaltungsgebäude. Ich halte mich dicht an den Container und laufe parallel zur Straße darauf zu. Die großen Blechbüchsen sind eine gute Deckung. Ich luge durch eine Lücke hindurch auf die Straße, als vonseiten des Baukrans die Hölle losbricht.

Zuerst denke ich, dass Tim und Goran das Feuer erwidern, aber dann explodiert der erste Scheinwerfer in meiner Nähe, dann ein weiterer und schließlich das große Licht auf dem Baukran. Der Lärm ist ohrenbetäubend. Halb Köln muss die Schießerei mitbekommen, aber noch mischen sich keine Sirenen in den Lärm.

Es klirrt noch einmal, dann ist es still. Goran und Tim haben gute Arbeit geleistet. Alle Scheinwerfer und Lampen vom Kran bis zum Verwaltungsgebäude sind aus. Mondlicht lässt die Bewölkung nicht zu, also muss sich der Schütze etwas Neues einfallen lassen, wenn er kein Nachtsichtgerät bei sich hat.

Jetzt wird es spannend. Entweder machen sich alle Beteiligten aus dem Staub. Dann wäre die Sache erledigt. Oder einer von ihnen will es zu Ende bringen, dann werden sie sich aufeinander zu bewegen.

Goran beendet mein Grübeln, als er geduckt die Straße entlangläuft. Er hat seine Pistole vor sich gestreckt und bleibt in der Nähe der Container. Sein Blick ist zum Verwaltungsgebäude gerichtet, sodass er mich nicht bemerkt. Ich warte zwei Sekunden, bevor ich ihm folge.

Wir sind fast am Verwaltungsgebäude, als Goran plötzlich laut schreit. Ich gehe aus meiner Deckung und sehe ihn am Boden knien. Ein Messer steckt in seinem Arm. Irgendeine dunkle Gestalt hat ihn von hinten angefallen und hält den Schläger im Würgegriff. Doch Goran erhebt sich, packt mit seinem gesunden Arm den Gegner und rammt ihm seinen Hinterkopf ins Gesicht. Die Gestalt taumelt zurück und gibt den Mann frei. Goran dreht sich um und versetzt dem Angreifer einen harten Tritt ins Gesicht. Der Getroffene sinkt bewusstlos zu Boden.

»Verfluchte Scheiße«, brüllt Goran, als er sich das Messer aus dem Arm zieht. Er ist ein wirklich kräftiger Kerl, aber selbst er schwankt vor Schmerz. Nach drei Atemzügen hat er sich wieder gefangen. Er ignoriert seine blutende Wunde, hebt das Messer und geht auf seinen Angreifer zu.

»Ich werde dir dein Herz rausschneiden und die Fische damit füttern«, presst er schmerzverzerrt zwischen den Zähnen hervor.

Ich habe nicht den geringsten Zweifel, dass Goran genau das vorhat. Wenn ich wissen will, wer der Unbekannte ist, muss ich jetzt handeln. Tot wird er mir nicht viel sagen können.

Der Schläger dreht mir den Rücken zu. Ich nehme mein Messer zur Hand und schleiche mich an. Er ist ganz in der Vorfreude auf sein nächstes Opfer versunken, also habe ich leichtes Spiel. Einen Stich ins Herz will ich nicht riskieren, weil Goran wahrscheinlich eine kugelsichere Weste trägt, also ramme ich ihm das Messer von hinten durch den Hals, drehe es um und bringe mich mit zwei schnellen Schritten vor der Blutfontäne in Sicherheit.

Er rutscht keuchend zu Boden, presst sich die Hand auf den Hals, aber das Blut schießt durch seine Finger. Ich habe die Schlagader perfekt getroffen. Nichts kann ihn noch retten. Die dunkle Lache wird mit jedem Herzschlag größer. Dann sinkt er vornüber und rührt sich nicht mehr.

Ich wische das Messer an Gorans Kleidung ab und gehe zu dem unbekannten Angreifer. Er hat eine dunkle Wollmaske auf, trägt schwarze Jeans und eine leichte Baumwolljacke. Eine Pistole steckt in einem Halfter.

Ich höre die ersten Sirenen und sehe das flackernde Blaulicht der Polizei auf der nahen Brücke. In spätestens einer Minute muss ich weg sein, also bleibt keine Zeit für Vorsicht.

Ich knie mich nieder und hoffe, dass die Ohnmacht nicht nur gespielt ist. Sicherheitshalber behalte ich mein Messer in der Hand. Dann ziehe ich die Maske herunter und sehe in das Gesicht einer jungen Asiatin.

Vor mir liegt Zhai, Renatos Freundin.

An diesem Abend bin ich für meine Bundeswehr-Grundausbildung dankbar, denn ohne den Gamstragegriff wäre ich nicht weit gekommen. Zhai ist dünn und schmal gebaut, aber eine Ohnmächtige aufzuheben ist nicht leicht, wobei die herannahenden Sirenen und das Blaulicht mir als Motivation dienen. Ich drehe sie auf den Rücken, fasse sie unter den Achseln und ziehe sie zu mir hoch. Dann hieve ich sie auf meine Schulter, hake meinen Arm unter ihr rechtes Bein und halte mit der Hand an ihrem Jackenärmel die Balance, während ich zur Straße haste.

Die nächsten Sekunden werden entscheidend sein. Schaffe ich es zum Grünstreifen, bevor die Polizei beim Hafen ist, habe ich eine Chance zu entkommen. Vielleicht hätte ich alleine noch als unbeteiligter Spaziergänger durchgehen können, aber mit einer ohnmächtigen Frau auf der Schulter würden mir die Ausreden ausgehen.

Die Sirenen schmerzen in meinen Ohren und werden mit jedem Atemzug lauter. Die Autos kommen von allen Richtungen. Ich kann in dieser Kakofonie kein einzelnes Fahrzeug heraushören. Die Signallichter tauchen den Abend in ein bizarres Blau. Ich ignoriere den Schmerz in meiner Schulter und beschleunige meinen Schritt. Wenn ich stolpere, ist es vorbei. Ich werde Zhai kein zweites Mal mehr aufheben können.

Ich sehe die Scheinwerfer der Polizeifahrzeuge. Von rechts, von links, hinter mir. Ich vermeine sogar das Rattern des Polizeihubschraubers zu hören.

Ich bin fast über die Straße, als ich auf dem nassen Pflaster ausrutsche. Zhai gleitet zur Seite weg. Ich kann sie nicht mehr halten, also verlagere ich mein Gewicht nach vorne und wanke auf den Grünstreifen zu. Ich schaffe noch zwei Schritte, als sich mein Absatz an dem Bordstein verhakt. Ich schlage unsanft auf den Gehweg, während Zhai in hohem Bogen ins Gebüsch fliegt.

Im Lärm eines herannahenden Autos robbe ich den letzten Meter ins Grün, presse mich flach auf den Boden und hoffe, dass die Polizisten ihre Aufmerksamkeit auf den Hafen richten.

Das Auto fährt vorbei. Wenige Augenblicke später leuchtet die Hafeneinfahrt wie ein Kinderkarussell. Ich krieche zu Zhai und taste sie ab. Sie ist noch immer ohnmächtig, aber der Sturz scheint ihr nichts ausgemacht zu haben. Ich kann den Puls noch fühlen, sehe keine blutende Wunde und es ragt nirgendwo ein Knochen heraus. Äußerlich scheint sie unversehrt.

Ich bleibe still liegen, die Augen zum Hafen gerichtet, und beobachte, wie die Zufahrt mit drei Fahrzeugen abgesperrt wird. Zwei Wagen fahren an den Containern entlang und leuchten die Gegend mit Suchscheinwerfern ab. Oben an der Straße stellt sich ein weiteres Fahrzeug quer und leitet den Verkehr um. Ich liege dazwischen, geschützt von einem parkenden Auto und der mondlosen Nacht. Die Schürfwunden an meinen Händen brennen, und ich bin immer noch außer Atem. Am liebsten würde ich hier liegen bleiben, aber es wird nicht mehr lange dauern, bis die Polizisten auf Gorans Leiche oder auf den verletzten Tim Aumann treffen werden. Dann werden sie jeden Stein umdrehen.

Plötzlich wird es hektischer. Männer schreien sich Anweisungen zu. Die Fahrzeuge im Hafen machen kehrt und alle Polizisten rennen mit der Hand am Halfter zum Verwaltungsgebäude. Wahrscheinlich haben sie Goran gefunden.

Das ist meine Chance. Ich lehne mich an den Baum und ziehe Zhai wieder hoch. Auf irgendeine magische Art hat sie in den letzten Minuten zehn Kilo zugenommen, denn ich habe Probleme, sie auf meine Schulter zu hieven. Arme und Beine sind nicht da, wo sie sein sollen, aber Zeit für einen zweiten Versuch habe ich nicht. Meine Schulter schmerzt, und ich fühle mich ausgelaugt wie nach einem Marathon, aber trotz meiner Last schaffe ich es, die Straße zu überqueren, weiter weg vom Hafen. Die Lampen am Gehweg erscheinen mir heute ungewöhnlich grell. Ich rechne jeden Augenblick damit, von einem Polizisten entdeckt zu werden, aber ich komme ungesehen auf die andere Seite. In einem der nahen Häuser wird ein Licht angemacht. Irgendwo ertönt eine weitere Sirene und ein Reifen quietscht, aber ich gelange zu einer schmalen Seitenstraße. Am Ende des Wegs ist eine kleine Wiese mit einer Parkbank, kaum größer als ein Vorgarten. So muss sich ein Verdurstender fühlen, wenn er eine Oase erblickt. Ich wanke die letzten Schritte zur Bank, lege Zhai darauf ab und setze mich keuchend daneben. Ich drapiere sie wie eine Schlafende, mit dem Gesicht nach hinten. Ein zufällig vorbeikommender Spaziergänger würde sie für eine Obdachlose halten.

Von hier kann man das Blaulicht noch sehen, aber die hundert Meter bis zum Rhein müssen reichen. Viel Zeit zum Ausruhen bleibt nicht. Nachdem sie den Hafen durchkämmt haben, werden die Beamten mit der Umgebung weitermachen. Später werden sie die Bewohner befragen, und dann sollte ich nicht mehr hier sein.

Ich stehe zittrig auf und sehe ein letztes Mal zu Zhai. Hoffentlich wird sie die nächsten Minuten nicht aufwachen, denn zum Auto tragen kann ich sie nicht. Ich muss alleine los, meinen Golf holen und sie einladen. Die Straße entlang kann ich entkommen, ohne in die Nähe des Hafens zu müssen.

Ich will loslaufen, als Zhai leise stöhnt. Ich verfluche den Gott des schlechten Timings und stelle mich neben sie. Sie hat noch immer die Augen geschlossen und murmelt etwas in einer fremden Sprache.

Ich überlege, ob ich hier warten soll, bis Zhai aufwacht, als sich das Blaulicht am Hafen bewegt. Die Polizisten schwärmen aus. Jetzt habe ich die Wahl zwischen zwei Übeln. Hier sitzen bleiben und warten bis Zhai aufwacht. Dann wird mich eine

Streife erwischen. Oder ich renne zum Auto, bevor die Polizei hier ist. Dann könnte meine neue Freundin aufwachen und davonlaufen, worauf ich sie nie mehr wiedersehen würde.

Das flackernde Blaulicht nimmt mir die Qual der Wahl. Ich beiße die Zähne zusammen, jogge los und hoffe, dass der Gott des schlechten Timings mich nicht ein zweites Mal heimsuchen wird.

Als ich Zhai auf den Beifahrersitz lege, mache ich mir Sorgen. Sie ist schon lange ohnmächtig. Wenn ich sie ins Krankenhaus bringe, muss ich eine Menge Fragen beantworten, und man würde sie stationär aufnehmen. Dann wäre es schwierig, wieder an sie ranzukommen. Als meine Schwester kann ich sie wohl kaum ausgeben.

Ich brauche einen Ort, an dem ich sie untersuchen kann, und muss darauf hoffen, dass ihre Verletzung nicht zu schwer ist. Während ich durch die Kölner Nacht fahre, wäge ich meine Optionen ab. Nach Hause kann ich nicht. Dobes lässt sicherlich das Haus von seinen Stasi-Schergen überwachen. Hotel, Herberge oder Pension entfallen auch, denn ich würde die ohnmächtige Zhai niemals ungesehen in ein Zimmer bekommen. Bleibt nur noch mein Büro. Der Haupteingang wird von der Kamera einer Sicherheitsfirma überwacht. Der Hinterausgang hat zu viele Stufen, aber es gibt noch eine weitere Möglichkeit. Ich wende an der nächsten Kreuzung und mache mich auf den Weg in die Firma.

Zhai liegt noch immer wie tot auf dem Beifahrersitz. Bis ich auf dem Parkplatz bin, habe ich vier Mal ihren Puls überprüft, aber ihr Herz schlägt regelmäßig. Ich stelle mich auf den Platz meines Chefs, steige aus und schlendere mit meiner Karte ins Büro. Ich versuche, möglichst müde und gelangweilt auszusehen, als ich den Eingang mit der Kamera passiere. Der Sicherheitsmann macht wohl gerade seine Runde, denn sein Platz ist leer.

Im Büro angekommen, gehe ich zum Lager. Wir haben vor ein paar Tagen neue Metallregale geliefert bekommen. Altpapier ist erst übermorgen, also liegen in der Ecke noch die großen Verpackungskartons. Ich öffne ein Fenster, werfe einen Karton auf den Parkplatz und nehme mir den großen Handkarren, mit denen wir die Computer der Kunden vom Büro zum Lieferwagen fahren.

Wieder zurück am Auto, sehe ich mich nochmals um. Die Umgebung ist wie ausgestorben. Ich hebe Zhai aus dem Beifahrersitz und lege sie behutsam auf den Karren. Dann ziehe ich den Karton über sie und rücke die Ecken zurecht. Wenn ich jetzt an der Überwachungskamera vorbeilaufe, sieht es aus, als würde ich einen Schrank ins Büro bringen. Ich hoffe, dass mein Gast die nächsten zwei Minuten nicht aufwacht, zumindest, bis ich im Büro bin.

Sie tut mir den Gefallen nicht.

Ich habe gerade den Eingangsbereich betreten, als sich der Karton zu regen beginnt. Erst langsam, begleitet von einem Stöhnen, dann wesentlich energischer, was mich zu einem schnelleren Schritt verleitet. Ich habe den Sichtwinkel der Kamera verlassen, als der Karton in hohem Bogen wegfliegt. Der Sicherheitsmann ist noch immer nicht zurück.

Zhai rollt sich vom Wagen und kommt auf die Füße. Sie schwankt und stützt sich an der Wand ab. Ihr Gesichtsausdruck ist eine Mischung aus Panik und Unsicherheit.

Dann bemerkt sie mich und der umherhuschende Blick verschwindet. Ihre Augen sind zusammengepresst, als wäge sie ihre Chancen für einen Kampf ab. Sie greift nach ihrer Pistole, die glücklicherweise in meinem Auto liegt.

»Bitte.« Ich hebe die Hände. »Ich will Ihnen nichts tun.«

Sie weicht einen Schritt zurück, aber die Tür hinter ihr ist abgeschlossen. Um hineinzukommen, benötigt sie meine Schlüsselkarte.

»Lassen Sie mich das erklären.«

Sie sagt etwas auf Chinesisch. Keine Ahnung, was es bedeutet, aber die Worte klingen sehr unfein.

»Ich spreche Ihre Sprache nicht.«

»Was wollen Sie?«, fragt sie mit einem Akzent, der mich an die alten Charlie-Chan-Filme erinnert. »Wo sind wir?«

Ihre Betonung ist ungenau, aber die Worte stimmen. Sie muss schon ein paar Jahre in Deutschland sein oder sie ist ein Sprachtalent.

»Wir sind noch immer in Köln«, erkläre ich. »In einem Bürokomplex.«

»Was machen wir hier?«

»Ich musste uns in Sicherheit bringen, und das ist der beste Ort, der mir spontan eingefallen ist.«

»Sie sind der Mann, der mit dem Engländer geredet hat, mit diesem Tier, diesem Menschenhändler.«

»Ja, aber nicht aus diesem Grund.«

»Glaube ich nicht.«

»Sollten Sie aber.«

Zhai spuckt auf den Boden. Dann dreht sie sich um und versucht, durch die hintere Tür zu entkommen. Der Knauf lässt sich aber ohne Schlüsselkarte nicht bewegen. Sie rüttelt noch einen Augenblick daran, dann gibt sie der Tür einen frustrierten Tritt und dreht sich wieder zu mir um. Ich stehe noch immer mit erhobenen Händen vor dem Karren.

»Sie sind ein Freund von Owen Dobes«, wirft sie mir vor. »Ich hätte zuerst Sie erschießen sollen.«

Ich seufze. »Nein, ich bin kein Freund von diesem Drecksack. Ich bin ein Freund von Renato.«

Dieser Name zeigt Wirkung. Der Ausdruck des Hasses und des Misstrauens auf ihrem Gesicht bekommt Risse.

»Woher kennen Sie Renato?«

»Das ist kompliziert, aber er hat mich auf Dobes' Spur gebracht.«

»Wo ist er?«, fragt sie leise. Die Unsicherheit in der Stimme zeigt mir, dass sie das Schicksal von Renato schon ahnt.

»Tot«, sage ich. Es hilft nichts, das Unvermeidliche hinauszuzögern.

Ihr Gesicht bleibt eine Zeit unbewegt. Dann ballt sie die Fäuste und berührt mit den Knöcheln ihre Stirn. Sie flüstert leise, ein sich wiederholender Reim, wie ein Gebet. Schließlich hebt sie den Kopf und sieht mir in die Augen.

»Wer hat ihn ermordet?«

Sie hat ihre Feindseligkeit mir gegenüber aufgegeben. Der Hass ist Entschlossenheit gewichen.

»Das ist eine lange Geschichte.« Ich hebe meine Schlüsselkarte. »Lassen Sie uns in das Büro gehen. Dann erkläre ich Ihnen alles. Es war eine anstrengende Nacht, und ich würde mich gerne ausruhen.«

Sie nickt und geht einen Schritt zur Seite, damit ich an den Kartenleser komme. Ich schiebe den Wagen samt Karton hinein. Drinnen setzen wir uns in den Besprechungsraum meines Chefs und ich erzähle ihr alles, was sie wissen will.

Sie weint lange um ihren toten Freund Renato. Als ihre Tränen getrocknet sind, beginnt sie mit ihrer Geschichte.

Kapitel 14

»Ich komme aus einem kleinen Dorf südlich von Wuhan. Wir hatten dort kaum fließendes Wasser und immer wieder fiel der Strom aus, aber es war ein Ort der Schönheit, mit einer Geschichte, die Jahrhunderte zurückreicht. So wuchs ich auf, inmitten der grünen Felder, ein glückliches Kind, fern des Grauens, das die großen Städte mit sich brachten.« Sie seufzt und trinkt einen Schluck Wasser, als falle ihr die Erinnerung an die Zeit schwer.

»Als ich fünf Jahre alt war, kamen Männer in unser Dorf. Ihre dunklen Limousinen wurden von Militär-Jeeps begleitet, als wären wir Unruhestifter, denen man nicht trauen konnte. Als sie aus ihren Fahrzeugen stiegen, mit ihren schwarzen Anzügen und dem typischen arroganten Gesichtsausdruck, den die Parteimitglieder zur Schau stellten, verstand ich, dass sie nichts Gutes im Schilde führen konnten.

Sie stellten sich auf den Platz und verkündeten, dass dieses Dorf im Weg sei, dass man eine neue Straße nach Changsha bauen müsse, zum Wohl des chinesischen Volkes. Wir würden entschädigt werden, versprachen uns die Männer. Dann übergaben sie meinem Vater einen Stapel Papiere und verließen uns wieder.

Mein Vater war der Bürgermeister unseres Dorfes. Er wehrte sich gegen den Straßenbau, sprach mit den Parteivertretern, fuhr sogar nach Wuhan, aber alle seine Bemühungen waren vergebens.

Als die Bagger kamen, ging er mit seinen Freunden den Fahrzeugen entgegen und legte sich auf die Straße. Keine Stunde später waren die Männer vom Militär zurück und prügelten auf ihn ein, bis er bewusstlos war. Dann schleiften sie ihn zu einem der Wagen, warfen ihn in den Kofferraum und fuhren weg.«

Zhai schließt die Hände um das Glas, als wolle sie sich daran festhalten. »Das war das letzte Mal, dass ich meinen Vater gesehen habe. Niemand weiß, was mit ihm passiert ist. Er verschwand an diesem Frühlingstag. Es sollte nicht mein einziger Verlust bleiben. Vier Tage später hatte ich auch kein Zuhause mehr, es war zerstört von Baumaschinen, ausgelöscht, als hätte es nie existiert.«

Sie schweigt eine Zeit lang, senkt den Kopf zu Boden und schließt die Augen. Ich habe das Bedürfnis, ihr Trost zu spenden, aber was immer ich sage oder tue, es wird ihr Leid nicht mildern. Es gibt Wunden, die sich niemals schließen und auch Jahre später noch genauso schmerzen wie am ersten Tag. Ich weiß das.

»Natürlich erhielten wir nie eine Entschädigung, also mussten wir mit wenigen Habseligkeiten unsere Heimat verlassen. Meine Mutter hatte keinen Beruf gelernt und musste sich als Wanderarbeiterin verkaufen, damit wir wenigstens etwas zu essen hatten. Sie arbeitete Tag und Nacht, während mein Bruder und ich in stinkigen Zimmern auf sie warten mussten. Niemand kümmerte sich um uns, und wir gingen nicht in die Schule.« Sie hebt den Kopf und sieht mir in die Augen. »Das Leben als Wanderarbeiter ist schrecklich. Man schläft im Freien, manchmal in Fabrikhallen oder engen Zimmern mit lauter Fremden, die sich ein Bett teilen. Man bekommt wenig zu essen und Leute spucken einen an, wenn man um Geld bettelt. Ich hätte alles getan, um aus dieser Hölle zu entkommen, daher nahm ich das Angebot eines Rekrutierers an, der Männer und Frauen für die Armee suchte. Er versprach mir alles, nach dem ich mich gesehnt hatte, ein Dach über dem Kopf, regelmäßig zu essen und einen angesehenen Beruf.« Sie trinkt einen Schluck Wasser. »Das erste Jahr war hart. Viele Kameradinnen gaben erschöpft auf, aber die Ausbildung war nichts im Vergleich zu einem Leben als Wanderarbeiter, und als ich meinen ersten Dienstgrad erhielt, war ich jemand. Die Menschen respektierten mich. Manche hatten sogar Angst vor mir, und ich würde lügen, würde ich behaupten, dass ich es nicht genossen habe, ihre untertänige Haltung, das Zur-Seite-Weichen, wenn ich ihren Weg kreuzte, das kriecherische Grüßen. Das alles spornte mich an, ich trainierte härter als die anderen, gehorchte blind allen Befehlen und hätte mein Leben für mein Volk gegeben, hätte man mich darum gebeten. So wurde die Leitung der Volksarmee auf mich aufmerksam. Ich wurde nach Schanghai eingeladen, vielen Tests unterzogen und schließlich als tauglich eingestuft. Ein Jahr später war ich Mitarbeiterin im Ministerium für Staatssicherheit. Ich bekam einen Posten im Ersten Büro, der Hauptabteilung Inland.«

Ihre Hand zittert und ihre Augen huschen durch das Zimmer, als habe sie Angst, dass jemand anderes das Gespräch mit anhört.

»Das Leben war wieder lebenswert. Ich hatte eine Wohnung fern der Kasernen, erhielt eine gute Bezahlung und führte ein schönes Leben. Mein Einfluss wuchs. Ich konnte meine Familie zu mir holen, beschaffte meiner Mutter eine Stelle als Näherin. Die Zeit der Ausbeutung war vorbei, denn bei meiner Position wagte es der Firmenbesitzer nicht, auch nur ein böses Wort gegen sie zu richten. Mein Bruder bekam eine Schulbildung. Es war ein gutes Jahr, bis zu diesem Tag, als ich zu einem Dorf gerufen wurde, hundert Kilometer von Schanghai entfernt, versteckt in einem kleinen Tal.«

Sie stellt das Glas auf den Tisch und erhebt sich. Zhai dreht den Kopf zum Fenster, als schäme sie sich, mir in die Augen zu sehen.

»Wir fuhren in einem großen schwarzen Fahrzeug, eskortiert von Militär-Jeeps, denn uns erwarteten Aufständische, Feinde der Volksrepublik, welche die Arbeiten an einem Staudamm behindert hatten. Sie hatten Widerstand geleistet, Baumaterial verbrannt und Fahrzeuge zerstört. Als wir in dem Dorf ankamen, waren die Anführer schon gefasst und die restlichen Bewohner auf dem Marktplatz zusammengetrieben worden. Man hatte sie geprügelt, sie lagen auf dem Boden, ihre Blicke waren gebrochen und ängstlich, aber ein winziger Funke Trotz war verblieben. Ich ging zu dem Anführer, ohrfeigte ihn, nannte ihn Verbrecher, Terrorist und Volksverräter. Tränen schossen ihm in die Augen, und er hielt den Kopf gesenkt. Dann erklärten sie mir, dass sie keinen anderen Ausweg gewusst hatten. Sie hätten ihr Dorf räumen müssen und woanders hinziehen sollen. Die versprochene Entschädigung war ihnen vorenthalten worden. Die hatten die korrupten Beamten in Schanghai eingesteckt. Sie hatten kein Geld und konnten nirgends hin.«

Sie spricht kein Wort. Ihr Blick ist in die Ferne gerichtet, als könne sie am Ende des dunklen Horizontes ihre Heimat sehen.

»Da verstand ich: Dort auf dem Dorfplatz, umgeben von zitternden, ängstlichen Menschen, in die Uniform der Staatssicherheit gekleidet, war ich zum Mörder meines Vaters geworden.«

Sie setzt sich wieder.

»Ich ging wie betäubt zum Auto zurück, wurde Zeuge, wie die Männer abtransportiert wurden, mit der Gewissheit, dass auch sie ihre Familien nie mehr wiedersehen würden. Ich war dreiundzwanzig Jahre alt und hatte die kalten Nächte auf den

Straßen hinter mir gelassen. Ich hätte stolz sein können und doch ekelte ich mich vor meinem Spiegelbild. Ich spielte meine Rolle noch ein paar Wochen weiter, aber heimlich verkaufte ich bereits meine bescheidenen Besitztümer und sparte so viel Geld wie möglich. Dann brachte ich meine Mutter und meinen Bruder in Sicherheit, weit weg von Schanghai, in ein Dorf, das keiner Autobahn und keinem Staudamm zum Opfer fallen würde. Dank meines Einflusses beschaffte ich mir ein Touristen-Visum für Deutschland, schwärmte meinen Kameraden vor, dass ich schon immer das Schloss Neuschwanstein sehen wollte, und packte meine Koffer, um nie mehr zurückzukehren. Ein Jahr lang verwischte ich meine Spuren und entzog mich den Behörden, bis ich schließlich in Köln Gleichgesinnte traf, Illegale, die ebenfalls aus unserer Heimat geflohen waren, in der Hoffnung auf ein besseres Leben.«

Die Nacht neigt sich langsam dem Ende zu. Ich müsste müde sein, aber ihre Geschichte hält mich in ihrem Bann. Ich brauche einen Moment, bis ich verstehe, dass sie ihre Erzählung beendet hat.

»Warum haben Sie sich aus Ihrer Deckung gewagt?«, frage ich schließlich. »Was hat Sie dazu bewogen, eine Waffe zu kaufen und Jagd auf einen Menschenschmuggler zu machen?«

»Mein Bruder.«

»Ihr Bruder?«, frage ich überrascht. »Den Sie vor Ihrer Abreise in Sicherheit gebracht haben?«

»Meine Mutter starb vor zwei Jahren. Mein Bruder war allein und wollte nach Deutschland einreisen.«

»Warum ist er nicht einfach mit einem Touristen-Visum ins Flugzeug gestiegen.«

Zhai seufzt. »Er ist wie mein Vater geworden. Fleißig, ehrlich, mit einem unerschütterlichen Glauben an Gerechtigkeit.«

»Chen hat sich in China mit der Staatsmacht angelegt«, schließe ich.

»In Deutschland nennt man sie Dissidenten«, fährt sie fort. »Er war kein wichtiger Widerständler, niemand, den man im Ausland wahrnahm, aber er war auffällig genug, dass er unter Beobachtung stand. Er hätte niemals eine Ausreisegenehmigung erhalten.«

»Also haben Sie ihn mit einer Schleuserbande außer Landes bringen lassen.«

Zhai nickt.

»Und warum haben Sie versucht, Dobes zu erschießen?«

»Das ist eine ebenso lange Geschichte.« Sie deutet auf die Büro-Kaffeemaschine. »Ohne Koffein stehe ich das nicht durch.«

Ich schalte die Maschine an und klaue einem Kollegen zwei Schokoriegel. Es ist Samstagmorgen. Außer meinem Chef wird niemand ins Büro kommen. Da Klement ein Langschläfer ist, haben wir noch ein paar Stunden Zeit. Wir trinken schweigend unseren Kaffee. Dann erzählt sie von ihrem Bruder.

»Es ist ein Jahr her, dass ich die letzte Nachricht von Chen erhalten habe«, beginnt Zhai. »Es war nur eine kurze SMS, in der er mir berichtete, dass er China bald verlassen werde. Dann nichts mehr.«

»Ich nehme an, Chen wollte China mit der Hilfe eines Schleusers verlassen.«

Zhai nickt. »Ein Bekannter von mir kam so nach Deutschland. Er hatte noch einen Kontakt in Wuhan, an den ich mich daraufhin wandte. Nachdem ich achttausend Euro überwiesen habe, hat er Chen auf seine Liste geschrieben.«

»Und der Schleuser war Dobes?«, frage ich.

Zhai schüttelt den Kopf. »Ich habe das System noch nicht vollständig durchschaut«, beginnt sie. »Die Schleuser in China fälschen Frachtpapiere und sorgen dafür, dass die Flüchtlinge auf ein Schiff kommen. Dann übergeben sie alles Weitere an Partner in Europa. Einer dieser Partner scheint Dobes zu sein.«

»Warum haben Sie dann auf ihn geschossen?«

»Ich wollte seine Bodyguards ausschalten und dann Dobes befragen, aber meine Schießkünste sind nicht mehr so gut wie zu meiner Militärzeit.«

»Wie sind Sie auf ihn gekommen?«

»Monatelange Suche«, seufzt Zhai. »In diesem Zusammenhang habe ich auch Renato getroffen. Anfänglich wollte er einen Bericht über illegale Migranten in Deutschland schreiben, aber dann hat er mir bei der Suche nach meinem Bruder geholfen. Wir haben viele geflüchtete Chinesen quer durch Deutschland befragt, bis wir angefangen haben, das System zu verstehen. Dabei haben wir Beschreibungen der Beteiligten bekommen, von denen zwei Männer besonders auffällig waren.«

»Goran und Tim.«

Sie nickt. »Dobes trat kein einziges Mal in Erscheinung, aber wir konnten den Suchradius immer mehr einengen, bis wir zum Kölner Hafen kamen. Ich habe so lange die Anlagen beobachtet, bis sich einer von ihnen dort gezeigt hat. Mit ihren Anzügen und ihren verdunkelten Wagen war es leicht, sie von den Hafenarbeitern zu unterscheiden. Ich bin ihnen gefolgt und habe sie zwei Wochen beschattet, bis sich Dobes dort gezeigt hat. Mir war sofort klar, dass ich den Anführer der Bande gefunden hatte.«

»War Ihr Plan nicht ein wenig … radikal?«, frage ich. »Die Bodyguards erschießen und Owen befragen?«

»Renato hat mir auch davon abgeraten, aber ich sah keine andere Möglichkeit. Ich wusste nicht, was mit meinem Bruder war. Vielleicht war er irgendwo gefangen. Geduld war noch nie meine Stärke.«

»Warum haben Sie Dobes nicht zu Hause besucht?«

»Eine Zeit lang habe ich versucht, ihm zu seinem Unterschlupf zu folgen, aber immer, wenn sein Mercedes auf die Autobahn gefahren ist, habe ich ihn mit meinem alten Opel verloren. Wo immer er gewohnt hat, es war außerhalb von Köln, also habe ich mich an seine Schläger gehängt und auf eine Gelegenheit gewartet.« Sie schüttelt den Kopf. »Ein halbes Jahr habe ich auf diesen Moment hingearbeitet und jetzt stehe ich mit leeren Händen da.«

Ich nippe an meinem Kaffee. »Ich verstehe es noch immer nicht«, murmele ich. »Mir ist klar, warum Renato von Dobes umgebracht wurde, aber was hat Siegfried Kranz damit zu tun?«

»Menschenschmuggel ist ein lukratives Geschäft.«

»Das ist mir zu einfach«, sage ich.

»Ich habe in den letzten Monaten mit Renato viele Informationen über Dobes und den Menschenschmuggler-Ring gesammelt. Vielleicht sollten wir uns austauschen.«

»Ich arbeite gerne allein«, antworte ich.

»Ebenso wie ich«, sagt Zhai. »Aber nach dem Vorfall am Hafen sind mir die Ideen ausgegangen, wie ich noch an Dobes herankommen kann. Sie werden auch nicht mehr in seine Nähe kommen. Wir müssen uns etwas Neues einfallen lassen, und ich glaube, dass wir zu zweit eine bessere Chance haben.«

Ich gebe es nicht gerne zu, aber sie hat recht. Auch wenn wir unterschiedliche Ziele verfolgen, müssen wir beide an Owen herankommen. Vielleicht kann ich mit Zhais Hilfe verstehen, was Renato mit Kranz zu tun hat.

»In Ordnung.« Ich stehe auf. »Aber ich muss erst noch mal nach Hause.«

»Hat Dobes nicht Ihre wahre Identität aufgedeckt?«

»Doch, aber ich hoffe, dass er sich noch zurückhält. In fünf Minuten habe ich alles, was ich benötige.«

Zhai schreibt mir eine Telefonnummer auf einen Zettel. »Wenn Sie soweit sind, rufen Sie mich an. Dann versuchen wir es zusammen.«

Auf meinem Weg zurück gehen mir viele Szenarien durch den Kopf. Vielleicht hat Dobes seine Schläger vor der Tür postiert, vielleicht sogar im Gebäude. Ich bin auf einiges vorbereitet. Ich habe mir meine Mütze tief ins Gesicht gezogen, habe das Auto eine Querstraße weiter abgestellt, bin über die Gärten der angrenzenden Gebäude zum Haus gekommen und habe eine kleine Mauer übersprungen. An der Grundstücksgrenze will ich mich vorsichtig nach vorne schleichen, aber statt einer ruhigen Samstagsfrüh-Idylle, bei der die meisten meiner Nachbarn noch schlafen, empfängt mich das völlige Chaos. Ein Krankenwagen fährt mit lauter Sirene davon, Blaulicht erhellt den trüben Morgen und Polizisten bewachen die Tür. Mein erster Reflex ist Flucht, weil ich vermute, dass sie mir auf die Spur gekommen sind, aber dann bemerke ich Gabriella. Sie hat eine Decke um die Schultern und sitzt mit blutverschmierter Hose auf dem Gehsteig. Ludmilla kniet mit verweinten Augen neben ihr und hält ihre Hand. Was immer passiert ist, es war nichts Gutes, doch es konnte nichts mit mir zu tun haben.

Dank Marlas Zugang zur Kripo bin ich über die Ermittlungen informiert. Nicht einmal mein Name ist gefallen, niemand weiß, dass ich Albert getötet habe und vor dem Brand in Kranz' Haus gewesen bin. Ich drücke mich an einem gelben Absperrband vorbei, über den Gehweg, als mich Gabriella sieht.

»Carl«, ruft sie und erhebt sich. Sie lässt die Decke zu Boden gleiten, kommt zu mir gelaufen und nimmt mich in den Arm.

»Was ist passiert?«

»Marla«, weint sie.

»Was ist mit ihr?«

»Jemand hat sie niedergestochen. Wir wissen nicht, ob sie überlebt.«

»Wie konnte das passieren?«, frage ich. »Das ist eine sichere Gegend.«

»Nicht vor der Tür«, erklärt Gabriella, »sondern im Haus.«

»Unmöglich«, stottere ich. »Niemand von uns würde Marla etwas tun.«

»Ich habe Schreie und einen Schuss gehört«, sagt Gabriella. »Erst war ich wie gelähmt, aber als ich mich vor die Tür gewagt habe, habe ich sie gefunden. Sie lag stöhnend auf dem Gang und hat ihre Hand auf die Wunde gepresst. Überall war Blut.« Sie schüttelt den Kopf. »So viel Blut.«

»Wer hat sie angegriffen?«

»Ich habe niemanden bemerkt, aber Ludmilla hat vom Fenster einen Mann wegrennen sehen. Er war groß und kräftig, aber sie kannte ihn nicht. Ein anderer wurde erschossen. Beide stammen nicht aus dem Haus oder aus der Nachbarschaft.«

Dann trifft mich die Erkenntnis wie ein Hieb. Mein Magen krampft sich zusammen, und ich habe Mühe, nicht zu erbrechen. »Wo hast du Marla gefunden?«, frage ich, aber ich fürchte, die Antwort schon zu kennen.

»Im Flur vor deiner Wohnung.«

Normalerweise habe ich mich gut unter Kontrolle, aber ich spüre etwas in mir hochkochen, eine dunkle, gefährliche Wut, die mich aller Vorsicht beraubt, einen Drang auf alles zu schlagen, was mir im Weg steht. Ich will meine Pistole nehmen und jeden erschießen, der etwas mit Dobes zu tun haben könnte.

Es waren seine Männer. Wahrscheinlich hatten sie versucht, in meine Wohnung einzubrechen, und Marla hatte sie dabei beobachtet. Polizistin, die sie war, hatte sie offensichtlich nicht auf Verstärkung gewartet und versucht, die Sache selbst zu regeln.

In diesem Moment könnte ich mir unzählige Entschuldigungen zurechtlegen, dass ich mir größtmögliche Mühe mit meiner Tarnung gegeben habe, dass Marla die Einbrecher nicht hätte alleine stellen müssen, aber am Ende bleibt die Erkenntnis, dass es meine Schuld ist. Ich bin schuld, dass Dobes' Männer eingebrochen sind, und ich bin schuld, dass sie Marla angegriffen haben.

Natürlich nutze ich meine Nachbarin aus und verschaffe mir dank ihrer Position illegal Zutritt zum Kripo-Server. Das kann sie den Job kosten, vielleicht sogar strafrechtliche Konsequenzen nach sich ziehen, aber ich habe nie gewollt, dass sie wegen mir stirbt. Während ich noch über meine Rache nachdenke, kommt ein Kripo-Beamter zu mir.

»Mein Name ist Mario Scheller.« Er zeigt mir seine Marke. »Ich bearbeite den Fall.« Ich schüttele ihm die Hand. Er ist ein Stück kleiner als ich, mit schwarzem, schütterem Haar, hat einen kleinen Bauchansatz und trägt einen verwaschenen Kittel über seinem Hemd. Er ist in Marlas Alter und in seinem Gesicht kann ich die gleiche Überarbeitung lesen, die auch meine Nachbarin mit sich trägt. Vielleicht ist es auch der Frust, den der Beruf mit sich bringt, vielleicht ist er auch nur ein verzweifelter Single. Auf jeden Fall sollte er weniger rauchen, denn seine Finger sind schon gelblich und der Geruch von kaltem Rauch umgibt ihn derart penetrant, dass es mir schwerfällt, nicht einen Schritt zurückzuweichen. »Sind Sie Carl Harmer?«, fragt er mich.

Ich nicke.

»Wir haben Frau Voigt vor Ihrer Wohnung gefunden, daher vermuten wir, dass die Einbrecher zu Ihnen wollten. Haben Sie eine Ahnung, warum?«

»Nein«, lüge ich. »Ich habe kaum wertvolle Elektrogeräte und horte auch kein Geld. Bei mir gibt es nicht mehr zu holen als bei meinen Nachbarn.«

Er betrachtet mich mit einem eigenartigen Blick. Eine Art Musterung gepaart mit Unglaube, als wollte er mir sagen: »Interessant, was Sie sagen, aber ich glaube Ihnen erst mal nicht.« Ich habe keine Ahnung, was Scheller damit bezwecken will, aber es schüchtert mich weder ein, noch macht es mich nervös.

»Es muss nicht immer Geld sein«, erklärt er. »Vielleicht haben Sie ein altes Erbstück, ein Gemälde oder irgendetwas von ideellem Wert.«

»Von ideellem Wert?«

»Letztes Jahr hatten wir eine Messerstecherei in einem Männerheim, bei dem es um ein Autogramm von Hennes Weisweiler ging. Am Ende mussten die beiden notoperiert werden. Ein Stück Papier, das außerhalb von Köln nichts bedeutet, aber mancher FC-Fan würde dafür seine Mutter verkaufen.«

Ich schüttle den Kopf.

»Darf ich fragen, was Sie von Beruf sind?«

»Ich bin bei einer kleinen IT-Firma angestellt. Wir retten verlorene Daten für Geschäftskunden, aber ich verwalte keine Geheimnisse, falls Ihre Frage darauf abzielt. Außerdem bringe ich keine Arbeit mit nach Hause.«

Wieder dieser komische Blick, ergänzt mit einem Nicken. »Wo waren Sie heute Nacht?«

»Ich habe im Büro Überstunden geschoben.« Erst jetzt wird mir klar, wie schwach mein Alibi ist. Gott sei Dank gibt es irgendwo eine Aufzeichnung von meiner Ankunft, die ich im Notfall heranziehen kann.

Scheller holt sein Handy vor und zeigt mir eine Aufnahme. Es handelt sich um einen jungen Mann mit rötlichen Haaren und Sommersprossen. Er hat die Augen geschlossen und den Mund leicht geöffnet. Sein Kopf ist zur Seite gesackt. »Kennen Sie diesen Mann?«

Ich betrachte das Bild genau und versuche, mich an jede Gestalt in der Disco zu erinnern. »Nein«, antworte ich wahrheitsgemäß. »Ist das einer der Einbrecher?«

Scheller ignoriert meine Frage, macht sich eine Notiz und klopft dann mit dem Stift auf den Block. »Danke für Ihre Zeit, Herr Harmer. Fürs Erste genügen mir die Informationen, aber ich werde Ihnen und Ihren Nachbarn eine ausführliche Befragung nicht ersparen können, da wir nicht wissen, ob und wann Frau Voigt wieder ansprechbar sein wird.«

»Kein Problem. Ich helfe, wo ich kann.«

Er gibt mir eine Karte. »Tut mir leid, dass ich Ihnen das Wochenende verderbe, aber könnten Sie heute gegen vierzehn Uhr auf die Wache kommen?«

»Wenn es hilft, die Täter zu fassen.«

Scheller nickt mir kurz zu und geht dann zu einem Polizisten, mit dem er ein Gespräch anfängt. Ich sehe auf meine Uhr. 7.32 Uhr. Ich habe sechs Stunden Zeit, um bei mir aufzuräumen und jegliche Spur zu den anderen Fällen zu verwischen. Dann werde ich brav meine Aussage auf der Wache machen, bevor ich mich wieder um Dobes kümmere.

Bei unserer nächsten Begegnung wird er nicht so gut wegkommen.

KAPITEL 15

Schmerzen haben etwas Befreiendes. Sie erinnern mich daran, dass ich noch lebe, dass ich noch Gefühle habe, kanalisieren meine Wut und steigern meine Entschlossenheit.

Ich bin in meinem kleinen Kellerraum, habe den schweren Box-Sack aufgehängt und prügele ohne Handschuhe darauf ein, bis meine Knöchel bluten. Während sich mein Körper erhitzt und Schweiß mein T-Shirt tränkt, kühlt sich mein Verstand ab. Er wird berechnend, empfindungslos und logisch. Das ist es, was Profiler am meisten fürchten, die kalte Seite eines Mörders, die Bereitschaft, sein Ziel zu verfolgen, egal wie viele Leben es kostet.

In Gedanken gehe ich meine Optionen durch. Mein Ziel bleibt unverändert Owen Dobes. Meine Enttarnung und Zhais Eingreifen haben meine Chancen, an ihn ranzukommen, auf null reduziert. Dazu kommt der Angriff auf Marla, der mich dazu zwingt, meine Wohnung als sichere Basis aufzugeben. Meine Pinnwand im Schrank ist abgebaut, der größte Teil meiner Unterlagen geschreddert. Es ist nur eine Frage der Zeit, bis Dobes' Männer mir einen weiteren Besuch abstatten. Nicht heute, dazu ist noch zu viel Polizei unterwegs, aber vielleicht morgen oder übermorgen.

Weiterhin kann ich es nicht riskieren, ins Büro zu gehen. Dobes weiß, wer mein Arbeitgeber ist, also muss ich eine Krankmeldung fälschen und sie mit einem erklärenden Anschreiben meinem Chef übersenden. Darin beschreibe ich ihm, dass mich eine Grippe ans Bett fesselt. Ich hoffe, dass Klement zu beschäftigt ist, um mich zu Hause zu besuchen. Ich erwähne noch eine mögliche Kur an der Nordsee und verschaffe mir auf diese Weise vier Wochen bezahlten Urlaub.

Auch wenn ich die Pinnwand abgebaut habe, lasse ich alle wichtigen Informationen auf meinem NAS gespeichert, aber ich habe das Versteck verbessert. Ein findiger Polizist würde den Zweck der Geräte schnell erkennen, also habe ich das NAS mit ein paar Ziegeln eingemauert und die Kabel unter Putz gelegt. Einzig das Gitter zur Kühlung hätte mich verraten können, aber das habe ich hinter zwei Kästen Mineralwasser und einem Sack Kartoffeln verborgen. Wenn der Putz trocken ist, wird niemand mein Netzwerk finden, weder die Polizei noch Dobes' tumbe Schläger.

Ich beende meinen Boxkampf, lasse den Sack hängen und mache mich auf den Weg nach oben. Die Sperrung des Tatorts ist aufgehoben und das Blut weggewischt, und doch sträuben sich meine Nackenhaare, als ich an dem Ort vorbeigehe, an dem Marla niedergestochen wurde. Es ist wie eine Aura des Bösen, des Unreinen, etwas, das einen schaudern lässt. Kein Platz, an dem man verweilen möchte.

In zwei Stunden habe ich einen Termin auf der Wache. Bis dahin muss ich meine Sachen gepackt haben. Nach dem Gespräch kann ich nicht mehr nach Hause zurückkehren, zumindest solange Dobes noch unter den Lebenden weilt.

Aber ich gedenke das zu ändern.

Es kostet mich viel Überwindung, auf die Polizeiwache zu gehen. Trotz meines Boxkampfs im Keller ist noch immer Wut in mir, kochender Zorn, wie eine kleine Stimme in meinem Kopf, die mich dazu verleiten will, etwas Dummes zu tun, mich vor die Wache zu stellen, den Beamten den Mittelfinger zu zeigen und mich davonzumachen, aber meine Disziplin ist stärker. Dieses Mal. Dennoch weiß ich nicht, wie lange ich noch den unschuldigen IT-Spezialisten spielen kann, Marlas ahnungslosen Nachbarn, der nicht versteht, was passiert ist. Dass Marla noch immer auf der Intensivstation liegt, macht meine Stimmung nicht besser.

Ich lasse alles über mich ergehen, beantworte Fragen, die mir heute früh schon gestellt worden sind, und stelle mich dumm bezüglich des Motivs der Täter. Eine Zeit lang ringe ich mit mir, ob ich der Polizei vielleicht doch ein paar Hinweise geben soll. Vielleicht werden sie fündig oder entdecken eine Spur von Dobes, aber mir ist klar, dass die kleinste Spur zu mir auch mein Ende sein kann. Noch bin ich nicht fertig, also spiele ich weiter den Ahnungslosen.

Zwei Stunden später rufe ich auf dem Weg zur U-Bahn bei Zhai an. Ich hoffe, sie hat eine bequeme Couch.

Chorweiler ist nicht mein Lieblingsstadtteil. Nicht alles ist schlecht, aber es gibt ein paar Straßen, in denen man abends nicht spazieren gehen will. Es überrascht mich nicht, dass Zhai in genau solch einer Gegend wohnt. Der Häuserblock ist heruntergekommen, die rissigen Wände sind mit Graffiti verunstaltet, die meisten Fenster mit dickem Stoff abgehängt und manche sogar zugenagelt. Keine Klingelschilder mit Namen, kein Licht am schäbigen Eingang, an dem sich alte, durchgeweichte Werbezeitschriften stapeln. Die Bewohner halten die Köpfe gesenkt, als interessiere sich jeder nur für sein eigenes Schicksal oder habe Angst davor, sich bei jemand anders einzumischen.

Zhais Wohnung besteht aus zwei kleinen Zimmern, kahle Räume mit altem Laminat ausgelegt und Wänden, von denen der Putz abbröckelt. Die Wasserleitungen verlaufen unter der Decke, die Stromkabel sind über dem Putz festgemacht. Die Wohnung ist sauber und wirkt aufgeräumt, soweit das bei den Umständen möglich ist, und doch haftet ihr ein Grundgestank an, eine Mischung aus Schimmel, altem Zigarettenrauch und ranzigem Fett.

Die Inneneinrichtung ist die einer rastlosen Frau, die nicht wirklich angekommen ist und ihre Bleibe nicht als Zuhause empfindet. Ein kleiner Schrank enthält alle ihre Kleider und ein Röhrenfernseher steht auf einer Kiste, der Bildschirm verstaubt, als wäre er nie in Gebrauch. Nirgends stapeln sich Bücher, CDs oder DVDs. Keine Blumen stehen in einer Vase, keine Bilder hängen an der Wand. Es gibt keine gemütliche Couch mit einer dicken Baumwolldecke oder einen Sessel, in dem man versinken kann. Zhai hat nicht einmal ein Bett, nur eine dünne Matratze auf dem kahlen Boden. Wenigstens hat sie eine alte Luftmatratze im Schrank, die mir in der ersten Nacht als Unterlage dient.

So verzweifelt ihre Einrichtung und ihr Leben zu sein scheinen, so sehr passt es zu mir. Hätte ich mein Mobiliar nach meiner inneren Gefühlswelt ausrichten müssen, so würde es nicht anders aussehen. Wieder einmal wird mir bewusst, wie viel Fassade ich in meinem Leben aufgebaut habe, nur um meine Umwelt davon zu überzeugen, dass ich normal bin.

Die erste Stunde ist schwierig. Zhai ist freundlich, aber ich kann ihr Misstrauen spüren, als bereue sie es, mich aufgenommen zu haben. Schließlich geht sie zum Kühlschrank, holt etwas Hühnerfleisch heraus und beginnt, es mit einem asiatischen Kochmesser klein zu schneiden.

»Ich hoffe, du bist kein Vegetarier«, sagt sie, während sie Sojasoße in eine Schüssel gießt.

»Nur in Notfällen«, versuche ich es mit einem Scherz, der aber keine Reaktion bei ihr auslöst. Sie schneidet Gemüse, setzt

Reis auf und holt eine Pfanne aus einem alten Regal. Ich würde gerne mit ihr reden und sie besser kennenlernen, aber ich weiß nicht, wie ich es anstellen soll. Schließlich bricht sie die Stille.

»Glaubst du, dass wir es schaffen können?«, fragt sie, ohne mit dem Kochen aufzuhören. »Uns gegen Dobes zu stellen, eine Unterweltgröße in Köln, mit einer kleinen Privatarmee? Wir beide, ein IT-Spezialist und eine illegale Immigrantin aus China.«

Ich überlege lange, bis ich antworte. »Ja«, sage ich schließlich. »Denn wir haben nichts anderes.« Sie wirft das Fleisch in die Pfanne, wo es zischend anbrät. »Das mag sich traurig anhören, aber uns treibt eine unbändige Leidenschaft, die durch nichts abgelenkt wird. Es ist das Erste, woran wir denken, wenn wir aufwachen, wir gehen damit ins Bett und wahrscheinlich träumen wir davon«, fahre ich fort. »Für Dobes sind wir eine Lästigkeit, unangenehm, vielleicht auch gefährlich, aber nichts, auf das er seine ausschließliche Aufmerksamkeit lenkt. Noch ein paar Tage, dann wird er von anderen Dingen eingeholt, vielleicht hat er Probleme mit einer Lieferung, möglicherweise kommt ihm die Polizei auf die Schliche oder der Umsatz in der Disco bricht ein.« Ich zucke die Achseln. »Ich habe in den letzten Monaten viel gelernt und ich werde weiter lernen, bis ich Dobes aufgespürt habe, und so skrupellos er auch sein mag, hat er Schwächen, er macht Fehler, und diese Fehler werden wir nutzen.« Zhai gibt die Sojasoße in die Pfanne. Ein aromatischer Duft steigt auf, was mein Magen mit einem zufriedenen Knurren quittiert. Während sich das Fleisch mit der Flüssigkeit vermischt, dreht sie sich zu mir um. Sie betrachtet mich, als wäge sie ab, wie viel ich ihr nutzen kann.

»Ich bin kein einfacher Mensch. Ich schließe nur schwer Freundschaften, und beim Militär wurde mir eingeimpft, meinen Mitmenschen mit Misstrauen zu begegnen, den Dolch zu sehen, der hinter dir lauert, immer bereit zu sein, ihn abzuwehren und selbst zuzustoßen.«

177

»Ich bin nicht besser«, sage ich. »Ich weiß nicht, ob ich überhaupt einen Freund auf dieser Welt habe, aber wir haben einen gemeinsamen Feind – und dieser eint uns, ebenso wie die Bereitschaft, bis zum Letzten zu gehen.«

»Und wenn wir dabei sterben?«

»Dann soll es so sein«, erwidere ich. »Aufgeben ist keine Option. Ich kann mir nicht vorstellen, ein solches Leben zu führen. Der Gedanke an den Tod ist verlockender.«

Sie nickt kurz. Zhai dreht sich um und streckt mir ihre Hand hin. »Sei willkommen in meinem Heim, Carl.« Das erste Mal zeigt sie ein Lächeln. Nur kurz, aber nicht minder schön. »Lebe, als wäre es auch deines.«

»Danke für deine Gastfreundschaft, Zhai«, antworte ich und nehme ihre Hand. Ich verneige mich kurz.

Mit einem Nicken dreht sie sich wieder zu der Pfanne um und macht das Essen fertig. Kurz darauf sitzen wir am Tisch. Während ich mich am besten Kung-Pao meines Lebens erfreue, erklärt sie mir, wie man richtig mit Stäbchen isst.

Es ist der Beginn eines wunderbaren Abends. Wir erzählen bis spät in die Nacht, nicht von Dobes, nicht vom Baupfusch oder dem Menschenschmuggel, sondern von ganz alltäglichen Dingen, wie zwei Kameraden, die sich lange nicht mehr gesehen haben und die verlorene Zeit aufholen wollen.

Es ist zwei Uhr, als ich einschlafe, an diesem elenden Platz, und doch ist es ein geruhsamer Schlaf, ohne Albträume, denn ich habe eine Seelenverwandte gefunden, vielleicht sogar eine Freundin, die etwas Hoffnung in mein Leben bringt.

Das Schlagen einer Tür im Gang beendet meinen Schlaf. Ich brauche einen Moment, bis ich mir meiner neuen Umwelt bewusst werde. Dann wälze ich mich von der Luftmatratze, gehe zum Waschbecken und trinke einen Schluck Wasser. Zhai ist nicht in der Wohnung, also starte ich meinen Laptop für den

Zugang zum Kripo-Server und logge mich mit der aus Marlas Wohnung geklauten Secure-ID-Card ein. Ich hoffe, keinem Administrator fällt auf, dass Marla eigentlich auf der Intensivstation liegt, aber ich muss das Risiko eingehen. Während ich an einem trockenen Stück Vollkornbrot kaue, überfliege ich die neusten Einträge.

Der Tote ist noch nicht identifiziert worden, aber die Kripo hat den Bericht zur Schießerei im Hafen fertiggestellt. Ich lese jedes Wort des Dokuments durch, auf der Suche nach irgendeinem Hinweis auf Zhai, mich oder Owen Dobes.

Anhand der Blutspuren und der Patronenhülsen konnten die Tatortermittler den Hergang des Geschehens gut rekonstruieren. Auch zogen sie die richtigen Schlüsse aus den Reifenabdrücken, aber da die DNA des angeschossenen Tim nicht in der Datenbank ist, können sie keinen der Beteiligten identifizieren. Der schwarze Mercedes mit verdunkelten Scheiben war von einem Zeugen gesehen worden, aber der hatte sich weder an den Fahrer noch an das Nummernschild erinnern können. Natürlich gibt es keine Kameraaufnahmen von der Schießerei. Ein paar Untersuchungen laufen noch und die Zeugenbefragung ist erweitert worden, aber am Ende wird das Ganze unter dem Stichwort »Bandenkrieg« zusammengefasst werden.

Einerseits bin ich froh, dass wir davongekommen sind, trotzdem hätte ich mir eine Spur zu unserem rothaarigen Freund gewünscht. Das Kennzeichen des Autos wäre ein Anfang gewesen, aber Dobes bleibt verschwunden.

Ich muss weiter warten und hoffen.

Es sind lange, zähe Tage. Jeden Morgen stehe ich früh auf, gehe an den Computer und logge mich mit Marlas Account in die Kripo-Datenbank ein. Erst da wird mir klar, wie langsam die Mühlen der Polizei mahlen, wie viel Arbeit es ist, alle Bewohner zu befragen, die Beweise zu sammeln und Spuren auszuwerten. Ich sauge jede Neuigkeit in mich auf und doch bringt es mich keinen Schritt weiter. Die Kripo hält an ihrer Theorie des misslungenen Einbruchs fest. Es ärgert mich, dass sich keiner fragt, warum Einbrecher Waffen bei sich tragen, aber vielleicht ist das in der heutigen Zeit keine Überraschung mehr.

Nach zwei Tagen wird der Erschossene endlich identifiziert. Es ist ein gewisser Jürgen Graf. Nach seinem Strafregister zu schließen, ist er der Polizei gut bekannt. Körperverletzung, Widerstand gegen die Staatsgewalt und mehrere Drogendelikte. Hat wegen der Mitgliedschaft in einer kriminellen Vereinigung und Waffenbesitz zwei Jahre im Gefängnis verbracht, aber es findet sich kein Eintrag zu Einbruch oder Hehlerei. Wenn man ein findiger Ermittlungsbeamter ist, kann man vielleicht darauf kommen, dass Einbrechen nicht der Hauptzweck des Besuchs gewesen sein könnte, aber ich finde nicht eine Bemerkung dazu. Als letzter Aufenthaltsort von Jürgen Graf ist »unbekannt« vermerkt. Über den zweiten, geflüchteten Angreifer gibt es keine Hinweise.

In dieser Nacht haben wir das erste Mal Sex, nicht der romantische, leidenschaftliche Sex, den man als frisch verliebtes Paar hat, sondern Befriedigung eines Bedürfnisses, eines animalischen Triebs. Wir sitzen wie jeden Abend zusammen, kurz bevor ich mich auf den Weg zur Disco mache, um nach Owens Männern Ausschau zu halten, als es uns überkommt. Ein paar Sekunden später haben wir die Kleider ausgezogen und fallen übereinander her. Zhai ist wild und zügellos, wie ein vernachlässigtes Tier, dessen Begierde alles andere überlagert. Auch ich verspüre nur den Drang, mich zu paaren, schnell, ohne Rücksicht auf die Wünsche des anderen. Wir küssen uns nicht, wir streicheln uns nicht, keine meiner Bewegungen ist zärtlich. Es ist mir egal, ob ich ihr Schmerzen bereite, und wenn es ihr wehtut, dann scheint sie es zu akzeptieren.

Der Sex dauert nur kurz und doch ist er eine Erlösung, als wäre etwas von uns abgefallen. Während ich versuche, wieder zu Atem zu kommen, schließt Zhai die Augen und weint, nur ein paar Tränen, die es mir erlauben, ihre Schwäche zu sehen, die wenige Verzweiflung, der sie genehmigt, sich ihren Weg nach draußen zu bahnen.

Als ihre Tränen versiegt sind, bleibt sie noch einen Augenblick neben mir liegen, zur Decke starrend, in Gedanken versunken. Dann geht sie in das kleine, dunkle Bad und schließt die Tür. Währenddessen ziehe ich meine Kleidung an, verlasse die Wohnung ohne ein Wort und nehme meinen Platz vor der Disco ein.

Am dritten Tag wird Marla von der Intensivstation in ein normales Zimmer verlegt. Ich habe täglich im Krankenhaus angerufen, mich als Verwandten ausgegeben und mich nach ihr erkundigt. Natürlich erhält man keine Details über das Telefon, aber wenigstens wurde mir die Verlegung mitgeteilt.

Ich ringe lange mit mir, ob ich sie besuchen soll, ist dies doch mit so vielen Risiken verbunden. Natürlich weiß Owen Dobes von dem misslungenen Einbruchversuch, aber ich rechne nicht damit, dass er Marlas Zimmer beobachten lässt, dazu sind dort zu viele Polizisten. Ich habe nur Angst, dass meine Nachbarn mich sehen können. Offiziell bin ich in Urlaub. Außerdem habe ich eine tief sitzende Angst, dass Marla mich durchschauen könnte, dass sie versteht, dass ihre Angreifer keine normalen Einbrecher waren.

Aber als ich mir den Blutfleck vor meiner Wohnung wieder ins Gedächtnis rufe, verschwinden meine Bedenken. Ich bin schuld an ihrem Zustand, als hätte ich ihr selbst das Messer in ihren Körper gerammt. Marla ist Opfer meines Rachefeldzuges geworden, und so viele Tote es in den letzten Tagen auch gegeben hat, sie sollte nicht dazugehören.

Es ist kurz vor achtzehn Uhr, als ich eine Pause der Empfangsdame nutze, um ungesehen in die Vorhalle des Krankenhauses zu kommen. Ich gehe, so schnell es mir möglich ist, zum Treppenhaus und haste die Stufen in den dritten Stock hinauf. Marla liegt in Zimmer 302, wie ich bei meinem Anruf bereits erfahren habe. Glücklicherweise ist die Nachtschwester nirgends zu sehen, steht doch der Schichtwechsel kurz bevor, sodass ich im halbdunklen Gang ungesehen in Marlas Zimmer komme.

Ich kenne Marla nur übermüdet, überarbeitet und gestresst, daher hat sie noch nie einen gesunden Eindruck gemacht, aber die Frau in dem Bett ist schlimmer dran. Ihre Gesichtszüge wirken alt und eingefallen. Ihr rechtes Auge ist zugeschwollen und ihre Haare liegen strähnig auf dem Kissen. Eine durchsichtige Lösung fließt aus einem Beutel durch einen Plastikschlauch über eine Kanüle in ihren rechten Arm.

Trotz ihres ungesunden Lebensstils ist Marla eine starke Frau, was die Einbrecher zu spüren bekommen haben, aber all das ist verschwunden. Sie wirkt schwach und zerbrechlich in ihrem Nachthemd, wie ein Neugeborenes, dessen Überleben von der Gnade anderer abhängig ist.

Ich setze mich neben ihr Bett auf einen Holzstuhl und lasse meinen Blick durch den Raum schweifen, der nur von ein paar Bodenlichtern beleuchtet ist. Am Fensterbrett und auf einem Tisch am Fußende stehen Blumen. Protzige Sträuße wechseln sich mit kleinen Gebinden und selbstgepflückten Margeriten ab. Daneben ein Teddybär, ein Stapel Genesungskarten und ein Korb mit Pralinen. Ich habe ihr eine Schachtel belgische Schokolade gekauft, eine ihrer Lieblingssorten. Es fühlt sich schäbig an, als ich diese auf den Nachttisch neben dem Bett lege.

Ich bin schon mit einem schlechten Gewissen ins Krankenhaus gekommen, aber Marlas Anblick hat es noch schlimmer gemacht. Ich bin froh, dass ihr Schlaf mir eine weitere Lügengeschichte erspart. Nach fünf Minuten wird es mir zu viel. Ich nehme ihre zarten Finger in meine Hand und drücke sie kurz. Ich hätte alles getan, den Einbruch ungeschehen zu machen, aber es ist zu spät. Mir bleibt nur, ihr das Versprechen hierzulassen, die Verantwortlichen zur Rechenschaft zu ziehen.

Mit Rache kenne ich mich aus.

Manchmal sind sie wahr. Die ganzen verdammten Lebensweisheiten, die man an jeder Ecke liest, die sich wie ein unaufhaltsamer Virus durch das Internet verbreiten, Sätze wie »Träume nicht dein Leben, sondern lebe deinen Traum«. Ich halte das alles für einen Haufen Mist und doch passt einer dieser Sprüche auf mich: »Die Bedeutung mancher Dinge wird einem erst klar, wenn man sie verloren hat.«

Ich vermisse mein altes Leben, mein kleines Büro, die Gespräche mit meinen Kollegen an der Kaffeemaschine. Selbst meinen hyperaktiven Chef. Ich sehne mich nach einem ungestörten Abend auf meiner Couch, mit einem Buch, einem Bundesliga-Spiel oder einer guten CD. Es ist schön, einen Ort zu haben, an den man zurückkehren kann, einen Platz, den man Zuhause nennen kann und der diesen Namen auch verdient. Dass der Verlust seines Zuhauses schlimm ist, kann jeder nachvollziehen, aber es sind auch die kleinen Dinge, die auf den ersten Blick lächerlich erscheinen und doch so wichtig sind.

Ich vermisse den Schokoladenpudding aus meinem Kühlschrank, den großen Duschkopf mit den extra starken Strahlen und den breiten Bildschirm meines Fernsehers, aber am meisten fehlen mir die Menschen um mich herum. Seit dem Unglück habe ich mich zurückgezogen, nur eine Fassade aufrechterhalten und doch denke ich bedauernd an die Barabende, die ich verpassen werde. Nichts davon wird mich von meinen Plänen abbringen, aber nach dem Besuch im Krankenhaus ist die Sehnsucht zurückgekommen, der Wunsch nach einem normalen

Leben, von dem ich mich mit jedem Tag weiter zu entfernen scheine.

Ich sehne mich nach etwas Ruhe, nach einem Moment, in dem ich die Last des Lebens abstreifen kann, also lege ich mich auf meine Matratze in dieser dunklen, kalten Wohnung und bediene mich meines Freundes Morphium, der mich auch dieses Mal nicht enttäuscht. Ich gleite schnell in den Schlaf und meine Anspannung löst sich, meine Gedanken wandern weg, und immer, wenn ich träume, sehe ich ihr Gesicht, ihre sanften Züge, umspielt von ihren dunklen Haaren, und ihr Lächeln, so wunderschön, so unwiderstehlich.

Ich habe das Zimmer längst verlassen, bin wieder bei ihr zu Hause, inmitten der vor Freude kreischenden Kinder, und nehme ihre Hand, das erste Mal. Ich spüre jeden Zentimeter ihrer Haut, die Wärme, die Sanftheit und streiche vorsichtig über ihre Finger. Sie lässt es geschehen, scheint es zu mögen, denn ihr Lächeln bleibt unverändert. Und dann gebe ich ihr ein Versprechen, in meinem Herzen, sie immer zu lieben und zu beschützen, was immer passieren mag, egal, was es mich kosten wird.

Dann sinke ich tiefer hinab in den Schlaf und vergessen ist das Hier und Jetzt.

Es ist noch immer ungewohnt für mich, meine Gedanken mit jemandem zu teilen, war ich doch die letzten Monate auf mich alleine gestellt. Meine Planung hat sich in meinem Kopf abgespielt, manchmal habe ich mit mir selbst gesprochen, aber nie habe ich mich jemandem offenbart. Die letzten Tage mit Zhai haben tatsächlich Vertrauen aufkommen lassen, weniger weil sie so offen zu mir gewesen ist, sondern weil wir im gleichen Schicksal gefangen sind.

Ich kann nicht mehr zurück in meine Wohnung und darf keine Spuren hinterlassen. Meine Situation ist wie die ihre, heimatlos, ohne Wurzeln, immer mit der Angst, gefasst zu werden, mit der Aussicht auf ein noch schlimmeres Schicksal.

Ihr Antrieb sind Renato und ihr Bruder, meiner die Toten aus der Birkenstraße. So unterschiedlich diese Motivationen sind, laufen ihre Geschichten doch in die gleiche Richtung.

Ich sitze auf einem Hocker in ihrer kleinen Wohnung. Durch die viel zu dünnen Wände schallt der Streit eines Ehepaars, nur ab und zu überlagert vom Verkehrslärm der Straße. Zhai hat sich auf einer alten Gymnastikmatte niedergelassen, den Rücken durchgestreckt und die Beine überkreuzt. In ihren Händen hält sie einen Becher mit dampfendem Tee.

»Ich habe tagelang die Disco überwacht«, beginne ich. »Von der Öffnung bis zum nächsten Morgen, als die Putzfrau das Gebäude verlassen hat, und habe keine Spur von unseren Verdächtigen gefunden. Seit der Schießerei sind weder Rachid noch Tim oder Dobes gekommen.« Ich schüttele den Kopf. »Dass sich der angeschossene Tim nicht zeigen wird, damit habe ich gerechnet. Mir war auch klar, dass Dobes abgetaucht ist, Goran ist tot, aber Rachid war nicht am Hafen. Über ihn hatte ich gehofft, an die anderen heranzukommen.«

»Sie wollen kein Risiko eingehen«, sagt Zhai. »Der Plan, dich zu töten, ging schief, und sie wissen noch immer nicht, wer auf sie geschossen hat. Da du sie in der Disco aufgespürt hast, wird das der letzte Ort sein, an dem sie sich aufhalten.«

»Ich habe die Datenbank der Polizei nach ihren Adressen durchforstet. Alle angegebenen Wohnorte von Rachid, Goran und Tim sind falsch. Wir haben nichts.«

Zhai trinkt einen Schluck Tee und starrt auf meine Notizen. »Ich habe alle Punkte aufgesucht, bei denen ich Dobes gesehen habe. Ebenfalls ohne Erfolg. Er ist verschwunden.«

»Dann müssen wir einen Schritt zurück«, sage ich.

»An den Abend von Renatos Tod?«

Ich nicke. Ich habe ihr alles erzählt. Dass ich gehofft habe, über Isak den Bauskandal aufzudecken, und wie ich in die Falle getappt bin.

»Von dreien der vier Spieler kennen wir die Motivation. Dobes ist der Kopf der Menschenschmuggler, Isak war sein Lakai und Renato musste sterben, weil er ihnen zu nahe gekommen ist.«

»Dann bleibt noch Kranz«, sagt Zhai. »Wieso glaubst du, dass er uns weiterbringen kann?«

»Weil ich die Verbindung zwischen Kranz und dem Menschenschmuggler Dobes nicht verstehe.«

»Da kann es viele geben«, bemerkt sie. »Kranz kann Dobes' Geschäfte finanziert haben, vielleicht war Dobes an Immobilien von Kranz beteiligt oder Kranz hat von Dobes illegale Arbeiter bekommen.« Sie zuckt die Achseln. »Suche dir etwas heraus.«

»Mein Instinkt sagt mir, dass da mehr war.«

»Instinkt ist zu wenig. Wie kommst du darauf?«

»Es geht um die Art, wie Dobes den Mord an Kranz inszeniert hat.«

»So wie du es beschrieben hast, wollte er sich gleich mehrerer Probleme entledigen. Das Haus über den Leichen zusammenbrechen zu lassen und es mit einem Flammeninferno zu tarnen, ist klug.«

»Aber warum hat er Kranz ermordet?«

»Gier, ein schief gelaufenes Geschäft ...« Sie trinkt einen Schluck Tee. »Es gibt hundert Gründe, warum ein skrupelloser Mann einen anderen ermordet.«

»Grundsätzlich hast du recht«, erkläre ich ihr, »aber weder Renato noch Kranz noch Isak waren dumm.« Ich hebe einen Finger. »Zuerst musste er alle drei zu sich locken. Wenn einer von ihnen Verdacht geschöpft hätte, wäre er nicht gekommen.« Ich strecke einen weiteren Finger. »Außerdem war der Ort sehr speziell gewählt. Ich glaube nicht, dass Kranz damit einverstanden gewesen wäre, dass Dobes sein Haus abfackelt. Das war gut geplant, an Kranz vorbei. Und drittens«, ich hebe meinen Mittelfinger, »ist er ein enormes Risiko eingegangen. Er musste Renato dorthin locken, den Hausherrn ermorden, hoffen, dass Isak mich überwältigt, ihn töten und dann auch mich beseitigen. Anstatt uns einen nach dem anderen zu erledigen, wollte er vier auf einen Streich.«

»Warum?«

»Um die Wahrheit zu verschleiern. Hätte er uns einzeln getötet, wäre vielleicht einem übereifrigen Beamten etwas aufgefallen, irgendein Zusammenhang, der ihn auf eine Spur gebracht hätte. Die Idee mit dem Hausbrand und dem Erschlagen funktioniert höchstens ein Mal. Bei mehreren solchen Unfällen wäre selbst der dümmste Ermittler misstrauisch geworden.«

»Vielleicht ist Dobes nur ein mordlustiger Irrer, der Spaß am Töten hat«, sagt Zhai.

»Unwahrscheinlich«, erwidere ich. »Irre ist er auf jeden Fall, aber er ist auch klug und beherrscht. Der Massenmord hatte einen Grund.«

»Welchen?«

»Unser rothaariger Freund wollte etwas vertuschen. Dafür hat er alle eliminiert, die damit zu tun hatten. Und wenn wir wissen, was das ist, kriegen wir ihn.«

»Was schlägst du vor?«, fragt Zhai.

»Wir haben nur wenige Ansatzpunkte«, erkläre ich. »Isak ist quasi ausgelöscht, Renatos Dateien haben wir drei Mal gesichtet, ohne weitergekommen zu sein, bei Dobes und seiner Bande sind wir ebenfalls in einer Sackgasse, also bleibt nur noch Kranz.«

»Der aber tot ist.«

»Dann müssen wir die Überlebenden befragen.«

»Seine Kinder und seine Frau?«

»Kranz ist seit sechs Jahren geschieden und hat keine Kinder.«

»Wer hat seine Firma übernommen?«

»Sein Neffe, Thomas Gerlinger. Dessen Mutter ist die Schwester von Siegfried Kranz.«

»Er kann uns helfen?«

»Glaube ich kaum«, erkläre ich. »Er hat vor gut einem Jahr erst sein Jura-Studium beendet und war so was wie der Junior-Partner der Rechtsabteilung. Er arbeitet vermutlich noch nicht lange genug bei Kranz Bau, um in die krummen Geschäfte eingebunden zu sein.«

»Vielleicht Kranz' Sekretärin?«

»Kein schlechter Gedanke, aber diesbezüglich habe ich mich umgehört. Kranz hatte alle zwei Jahre eine neue Assistentin, extrem gut aussehende junge Dinger, denen er sicher keine Geschäftsgeheimnisse anvertraut hat. Die Mädchen hat er nach anderen Kriterien ausgewählt.«

»Bleiben noch Freunde und Geschäftspartner«, sagt Zhai. »Dürfte schwer werden, jetzt noch welche zu finden.«

»Sein Anwalt, Bernhard Miersch«, erkläre ich.

»Ich dachte, Kranz Bau hat eine Rechtsabteilung?«

»Hat sie, aber als die Firma und Kranz persönlich vor Gericht standen, hat er einen externen Anwalt hinzugezogen, der die Verteidigung übernommen hat.«

»Ungewöhnlich«, sagt Zhai.

»In der Tat«, stimme ich zu. »Daher habe ich im Internet herumgeforscht und herausgefunden, dass sie in der gleichen schlagenden Verbindung waren. Sie sind immer wieder zusammen auf Fotos bei Veranstaltungen der Baubranche und kennen sich schon über zwanzig Jahre.«

»Ein langjähriger Vertrauter.«

Ich nicke. »Wenn jemand in Kranz' schmutzige Geheimnisse eingeweiht war, dann er.«

Zhai stellt ihren Tee ab und steht auf. »Wir sollten ihm einen Besuch abstatten.«

Ich lächle. Ein Partner ist doch nicht so schlecht.

Kapitel 16

Den Morgen verbringen wir ausschließlich mit der Sondierung der Gegend um Bernhard Mierschs Kanzlei. Mein Auto kann ich nicht benutzen, und Zhai hatte den Opel nur von einem Nachbarn geliehen, also müssen wir uns mit anderen Mitteln behelfen. Zu unserem Glück befindet sich die Kanzlei in einem Haus nahe des Chlodwigplatzes, einer stark frequentierten Gegend mit Kneipen, Restaurants und Geschäften. Ich erstelle eine Liste mit Öffnungszeiten und möglichen Verstecken, von denen aus man den Eingang des Hauses gut beobachten kann.

Gegen dreizehn Uhr schlüpfe ich in meine Verkleidung als Paketbote, in der Hand einen gut verpackten Möbelkatalog und in der Tasche acht Aufkleber mit der Anschrift eines jeden Bewohners, je nachdem, wer mich einlässt.

Ich habe Glück, dass gleich beim ersten Klingeln geöffnet wird. Das Haus ist ein klassischer Altbau. Ein abgelaufener Steinboden mit einem kaum noch zu erkennenden Mosaik. Die Steintreppe nach oben ist breit und wird von einem Metallgeländer mit Holzverzierung begrenzt. Auf der anderen Seite führt ein Hinterausgang in einen Hof, in dem ich eine große Mülltonne erkennen kann. Das Haus ist kein Wohnort für die Kölner High Society, aber auch nicht schlecht. Während ich nach oben gehe, halte ich mein iPhone unter dem Paket verdeckt in der Hand. Ich mache Aufnahmen von jedem Klingelschild, um später zuordnen zu können, wer wo wohnt. Die Kanzlei liegt im ersten Stock. Die robuste Metalltür und das Schloss unterhalb des Gucklochs machen mir klar, dass ein Versuch, von dieser Seite einzubrechen, keinen Erfolg hätte.

Ich gehe die Treppe bis zum fünften Stock hoch, gebe den Möbelkatalog einer älteren Dame, aus deren Wohnung der Duft frisch gekochter Marmelade dringt, und fahre mit dem Fahrstuhl wieder nach unten. Der erste Teil der Überwachung ist erledigt. Dann kommt Zhai ins Spiel.

Ich habe das Formular für ein Einschreiben gefälscht und im Bahnhofskiosk eine juristische Fachzeitschrift gekauft. Diese stecke ich in einen Umschlag, versehe ihn mit dem Absender des Verlags und der Anschrift der Kanzlei. Eine blaue Arbeitsjacke genügt, dass Zhai als Angestellte eines Botendienstes durchgehen kann. Die Haare unter einer Mütze verborgen, eine Brille und ein falscher Zahneinsatz müssen als Tarnung ausreichen, auch wenn ich nicht glaube, dass Miersch oder Dobes von der Asiatin wissen. Ich statte sie mit einer guten Kamera samt Mikrofon aus und setze mich mit meinem Laptop in ein nahes Café, das glücklicherweise über WLAN verfügt. So kann ich jeden Schritt verfolgen.

Die Übergabe verläuft reibungslos. Zhai wird in das Haus eingelassen und nach einem zweiten Klingeln vor der Kanzlei auch in die Räume. Eine junge Frau an der Anmeldung bittet sie, kurz zu warten, weil sie noch ein Telefongespräch abschließen muss. Das gibt Zhai genug Gelegenheit, die Kanzlei von ihrem Standpunkt aus zu sondieren.

Ich habe mehr erwartet. Die Einrichtung ist rustikal, mit großen Eichentischen, Bücherregalen an der Wand und ein paar surrealistischen Bildern dazwischen, die ich Dalí zuordne. Die Mitarbeiter sind ihrem Beruf entsprechend gut gekleidet, aber ich sehe keine protzigen Uhren oder andere zur Schau gestellten Statussymbole. Nichts deutet darauf hin, dass hier skrupellose Wirtschaftsbosse wie Siegfried Kranz vertreten werden. Der abschließbare Querbalken an der Tür ist von neuester Machart, die Fenster sind aus Sicherheitsglas und von außen durch Gitter geschützt. Bei dem kurzen Schwenk kann ich noch einen Bewegungsmelder erkennen.

Für einen Augenblick huscht Bernhard Miersch durchs Bild. Er trägt einen beeindruckenden Bauch vor sich her, hat ein schwabbeliges Kinn und leidet unter Haarausfall, aber seine Erscheinung ist seriös. Würde ich seinen Hintergrund nicht kennen, würde ich mich bedenkenlos von ihm vertreten lassen. Nach fünf Minuten hat Zhai den Brief abgegeben und ist auf dem Weg nach draußen. Wir treffen uns in einer kleinen Kneipe zwei Ecken weiter und besprechen unsere Taktik.

»Ich weiß nicht, ob du alles sehen konntest«, beginnt Zhai, »aber die Kanzlei machte einen normalen Eindruck auf mich.«

»Ich gebe zu, dass ich mit mehr Klischees gerechnet habe, aber im Nachhinein ergibt es Sinn. Kranz hätte sich keinen Anwalt besorgt, dem die Bereitschaft, krumme Geschäfte zu machen, schon von Weitem anzusehen wäre. Das macht es umso schwerer, weil wir es nicht mit einem geldgierigen Idioten zu tun haben.«

»Kommen wir in die Kanzlei rein?«, fragt Zhai.

»Mit meinen Mitteln nicht«, erkläre ich ihr. »Nur wenn wir uns von einem Mitarbeiter einen Schlüssel besorgen.«

Zhai nippt an ihrem Tee. »Vielleicht sollten wir die Überwachung auf Mierschs Privatwohnung verlegen. Wissen wir, wo er wohnt?«

Ich nicke. »In Rodenkirchen.« Ein Zugang zur Kripo-Datenbank ist praktisch.

»Dann lass uns dorthin fahren und warten, bis er zu Hause ist. Vielleicht kommen wir so an seine Schlüssel.«

Ich klappe den Laptop zu. »Hoffen wir, dass sein Haus schlechter gesichert ist.«

Es gibt schlimmere Orte als Köln-Rodenkirchen, denke ich, als wir durch das Gründerzeit-Villenviertel fahren. Ausgedehnte Parklandschaften, ein Golfclub und ein idyllischer Spazierweg entlang des Rheinbogens. Nicht weit davon liegt Mierschs Haus, nicht ganz so prunkvoll wie Kranz' Anwesen, aber jenseits von dem, was ich mir leisten könnte. Das Haus steht im Kontrast zu den nahen Villen, modern, scharf geschnitten mit viel Verglasung an den Seiten. An der Garage vorbei kommt man in den Garten, in dessen Mitte ein majestätischer Kastanienbaum steht. Der Zaun ist eher zur Zierde und der Bewegungsmelder am Eingang schreckt mich nicht ab.

Da es in Vierteln wie diesen keine Kneipen oder Geschäfte gibt, habe ich einen schicken E-Klasse Mercedes gemietet, dessen Marke zu der Gegend passt. Zu unserem Glück steht das Haus schräg gegenüber von Miersch zum Verkauf. Somit können wir in der dortigen Auffahrt parken, ohne dass aufmerksame Nachbarn Argwohn schöpfen. Es ist ein regnerischer, trüber Tag, was die Anzahl der Spaziergänger auf null reduziert. Ich stelle mich in der einbrechenden Dunkelheit mit Blick auf die Straße, auf der Miersch mit seinem Auto kommen muss. Da ich Marke und Kennzeichen des Anwalts habe, werden wir seine Ankunft nicht verfehlen.

»Wie wollen wir vorgehen?«, fragt Zhai.

»Zuerst schauen wir, wo Miersch sein Auto abstellt, ob er durch die Garage ins Haus gelangt und wann er das Licht ausmacht. Irgendwann heute Nacht, wenn das Viertel zur Ruhe gekommen ist, schleiche ich um das Haus und schaue mir die Sicherheitsmaßnahmen an. Wenn es eine Schwachstelle gibt, finde ich eine.«

»Wie lange wird die Planung dauern?«

»Ein paar Tage«, sage ich. »Bei einem Einbruch hat man nicht mehr als eine Chance. Misslingt der Versuch, ist die Zielperson gewarnt, und man kommt nicht mehr an sie ran.«

Zhai nickt, aber irgendwas an ihrem Gesichtsausdruck sagt mir, dass ihr mein Plan missfällt. Bevor ich zu einer weiteren Erklärung ansetzen kann, kommt Mierschs BMW um die Ecke. Ich lasse mich in den Sitz sinken, dass er mich nicht sehen kann, und warte fünf Sekunden. Dann ist sein Auto in der Einfahrt und das Garagentor öffnet sich langsam. Ich habe meine Kamera parat, um ein paar Fotos der offenen Garage zu schießen, als Zhai die Tür aufreißt und schnellen Schrittes über die Straße läuft. Obwohl ich ihr eine Skimaske gekauft habe, ist es ihr egal, ob Miersch ihr Gesicht sehen kann.

Einen Moment lang bin ich wie gelähmt, dann gehe ich hinterher. Zhai ist zu weit weg, als dass ich sie noch einholen kann. Ich maskiere mich und lasse den Blick über die Straße kreisen. Niemand auf dem Gehweg, kein Auto in Sicht. Das Haus des Anwalts ist unbeleuchtet. Mit viel Glück sind wir ungestört.

Zhai springt über eine kleine Hecke und betritt genau in dem Moment die Garage, als Miersch aus dem Auto steigt. Noch bevor der Anwalt etwas sagen kann, verpasst sie ihm eine harte Gerade in den Solarplexus. Miersch krümmt sich stöhnend zusammen. Zhai legt ihre Hände um seinen Kopf, zieht ihn zu sich und rammt ihr Knie in seine Leber. Der Anwalt sinkt keuchend zu Boden.

Wäre ich nicht von ihrer plötzlichen Attacke überwältigt gewesen, hätte ich bewundernd genickt. Zhai hat einen mehr als doppelt so schweren Mann mit zwei schmerzhaften Treffern außer Gefecht gesetzt. Bevor ich sie fragen kann, was dieser Alleingang soll, hat sie Miersch auf den Rücken gedreht, ihr Messer gezogen und sich über ihn gelehnt. Die glänzende Klinge vor seinem Gesicht hat eine ähnliche Wirkung wie meine Pistole.

»Ein Schrei und ich steche dir die Augen aus.« Er nickt stumm. Seine rechte Hand hält sich die schmerzende Leber.

»Kennst du Owen Dobes?«

Miersch schüttelt den Kopf.

Mit einer fließenden Bewegung legt Zhai dem Mann die Hand auf den Mund und rammt ihm das Messer in den Arm. Nicht tief, aber es wird trotzdem schmerzhaft sein.

Miersch schreit, aber Zhais Finger dämpfen das Geräusch. Ich gehe zur Einfahrt und schließe das Tor. Wenn uns jemand sieht, sind wir geliefert.

»Versuchen wir es noch einmal«, sagt die Asiatin und zieht die Klinge wieder heraus. »Owen Dobes war ein Geschäftspartner von Siegfried Kranz. Brite, groß gewachsen. Auffällig rote Haare.« Sie nimmt die Hand vom Mund.

»Ich wusste nicht, dass er Owen Dobes heißt«, sagt Miersch weinerlich. »Siegfried hat mich nur einmal zu einer Besprechung mitgenommen. Er hat ihn mir nicht vorgestellt, er wollte mich nur wegen möglicher rechtlicher Fragen dabei haben. Ich weiß nicht, was sie besprochen haben. Ich musste eine Stunde vor der Tür warten, während mich sein Assistent nicht aus den Augen gelassen hat.«

»Wie sah der Assistent aus?«, frage ich. Mein klopfendes Herz hat sich ein wenig beruhigt.

»Groß, schlank, mit dunklen Haaren. Gekleidet wie ein Business-Mann. Er hatte eine Pistole unter der Jacke.«

Ich ergänze ein paar Details, bis ich mir sicher sein kann, dass er Tim Aumann meint.

»Um was ging es bei der Besprechung?«

»Ich weiß es nicht«, erklärt er mit zitternder Stimme. »Sie verhandelten nicht über einen Bauauftrag.«

»Wieso?«

»Ich habe Siegfried bei allen Bauprojekten beraten. Was immer er plante, hat er zuvor mit mir besprochen. Nach dem

Gespräch war er eigenartig wortkarg. Auf Nachfragen hat er schroff reagiert. Ich hatte den Eindruck, als hätte Siegfried regelrecht Angst vor dem Mann.«

»Wo war dieses Treffen?«

»In einem Mehrfamilienhaus in Ossendorf. Wirkte von außen wie eine Bruchbude, aber war innen gut eingerichtet.«

»Wo genau?«, setze ich nach. »Straße? Hausnummer?«

»Daran kann ich mich nicht mehr erinnern, aber wenn Sie mir einen Stadtplan geben, zeige ich es Ihnen.«

»Das machen wir später«, entscheidet Zhai. »Zuerst fahren wir in die Kanzlei und du gibst uns alles, was du von Siegfried Kranz hast. Akten, Notizen, Fotos.«

Er nickt. Als er aufsteht, sehe ich, dass er sich eingenässt hat. »Das könnte aber eine Weile dauern.«

»Wir haben die ganze Nacht Zeit«, sage ich und genehmige mir ein Lächeln.

Ich gebe zu, dass mir vor Schreck beinahe das Herz stehen geblieben ist, als Zhai den Anwalt verprügelt hat. Ich hasse spontane, ungeplante Einsätze, aber das Ergebnis kann sich sehen lassen. Nachdem wir vier Stunden später die Kanzlei verlassen, haben wir zwei USB-Sticks voller Daten und drei Kartons mit Akten aus der Zeit vor der Digitalisierung in unserem Besitz. Zhai zeigt dem Anwalt beim Hinausgehen nochmals ihr Messer und beschreibt ihm ausführlich, welche Körperteile sie ihm abschneiden wird, sollte er zur Polizei gehen. Miersch nickt untertänig und verspricht, nichts zu sagen. Mit dem Tod von Siegfried Kranz wird er die Unterlagen sowieso nicht mehr benötigen.

Wir entschließen uns, den Mietwagen zu nutzen, und fahren noch in der Nacht zu der Adresse in Ossendorf, bei der Miersch Owen das erste Mal begegnet ist. Es ist kurz nach ein Uhr, als wir an dem Mehrfamilienhaus ankommen. Wie der Anwalt es beschrieben hat, ist das Haus wenig einladend. Der

Bordstein ist verdreckt, die Straßenlampe kaputt und Putz blättert von der Wand ab, aber als ich mir das Gebäude genauer ansehe, wird es interessant. Das Erdgeschoss scheint nicht bewohnt zu sein. Es stehen keine Namen an den Klingelschildern. Viele Fenster sind zugenagelt oder abgehängt, aber schon ein Stockwerk höher ist das Haus saniert. Moderne Fenster mit Rollladenkasten und weißen Vorhängen. Das Glas der Eingangstür ist zersplittert, aber dahinter ist eine zweite Schicht aus äußerst stabilem Sicherheitsglas. Das Schloss ist topmodern.

»Wir müssen über deinen Alleingang bei Mierschs Haus reden«, beginne ich das Gespräch.

»Da gibt es nichts zu reden«, antwortet Zhai, ohne den Blick von dem Eingang zu nehmen. »Wir haben alles bekommen.«

»Das Risiko war zu groß«, widerspreche ich.

»Was weißt du von solchen Sachen?« Sie wirft mir einen kurzen Seitenblick zu. »Ein talentierter Computer-Freak mit Kampfsporterfahrung. Ich habe vier Jahre intensiv Krav Maga trainiert, kann mit jeder Schusswaffe umgehen und wurde in Foltertechniken unterrichtet, die dir den Schlaf rauben würden.«

»Und trotzdem habe ich dir bei unserer ersten Begegnung den Hintern gerettet.«

»Dobes' Schläger hatte nur Glück«, verteidigt sie sich.

»Und wenn ein Nachbar gerade seinen Hund ausgeführt hätte, während du Miersch verprügelt hast, oder wenn der Anwalt eine Waffe in seiner Tasche gehabt hätte?«

»Du beleidigst mich, wenn du glaubst, dass ich diese Möglichkeiten nicht in Betracht gezogen hätte.« Ihr Unmut ist deutlich zu hören. »Ich hatte die Straße die ganze Zeit im Blick, außerdem habe ich mich Miersch im toten Winkel seines Autos genähert. Als er mich gesehen hat, war es schon zu spät.«

»Es geht hier nicht um dich oder dein Ego, das ich eventuell beleidigt habe, sondern um Menschen, die ihr Leben verloren. Unschuldige Menschen, die etwas Besseres verdient hätten.«

»Wie mein Bruder«, fährt sie auf. »Dessen einziges Verbrechen es war, seine Meinung zu äußern. Dafür musste er aus seiner Heimat fliehen, eingepfercht in einen stickigen Container, von dem er nicht wusste, ob er ihn jemals lebend verlassen würde.«

»Dann weißt du, dass wir uns keine Fehler erlauben dürfen.«

»Der Angriff auf Miersch war kein Fehler«, erklärt sie mir. »Nur weil du tagelange Vorbereitung benötigst, bis du einen Mann verhörst, muss das nicht die beste Methode sein.« Sie dreht sich zu mir um. »Du sitzt an deinem Computer, planst jeden Schritt, den wir gehen sollen, und versuchst, selbst das kleinste Problem zu berücksichtigen.«

»Diese Planung hat uns hierher gebracht.« Ich deute auf das Haus. »Vielleicht zum Unterschlupf von Dobes.«

»Das ist nicht sein Unterschlupf«, widerspricht Zhai. »Ich bin seinem Auto gefolgt und habe ihn immer wieder außerhalb von Köln auf der Autobahn verloren. Weiterhin wäre sein protziger Wagen viel zu auffällig für diese Gegend. Solche Fehler macht er nicht.«

»Was ist es dann? Sein Fitness-Studio?«

»Sein privates Bordell, sein Waffenlager, aber vielleicht ist es auch der Ort, an dem er seine menschliche Ware versteckt.«

Ich gebe es nicht gerne zu, aber Zhai hat recht. Ein Typ wie Dobes hat irgendwo eine schicke Villa, mit einem großen Garten und einem hohen Zaun, bewacht von schießwütigen Sicherheitsleuten. Das Gebäude ist eine Zweigstelle, ein Ort, an dem er seine Geschäfte tätigen kann, ohne sein Zuhause preisgeben zu müssen.

»Wie kommen wir hinein?«

»Mit keiner von deinen Methoden«, sagt Zhai. »Sie werden keinen Paketboten hineinlassen oder irgendeine andere Person, die nicht hierher gehört.«

»Wie dann?«

»Dazu weiß ich noch nicht genug.« Sie öffnet die Tür und steigt aus dem Auto. »Ich werde mich umsehen. Ich bin zurück, bevor die Sonne aufgeht. Nimm das Auto und fahre zurück. Durchforste die Akten. Das ist deine Stärke.«

»Und wenn du in Schwierigkeiten gerätst?«

»Dann kannst du nichts mehr für mich tun.« Sie läuft über die Straße und verschwindet im Dunkel der Nacht.

Auf der Heimfahrt habe ich kein gutes Gefühl. Einerseits weil ich Zhai nicht gern an diesem Haus alleine lasse. Sollte sie einem von Dobes' Männern in die Arme laufen, wäre sie tot. Selbst mit hundert Jahren Kampfsporterfahrung ist man nicht schneller als eine Kugel. Außerdem fühle ich mich zurückgesetzt. Vielleicht ist es einfach verletzte Eitelkeit. Als ich in Zhais Wohnung ankomme, obsiegt die Neugier. Ich räume das Auto aus, brühe mir einen Kaffee auf und nehme mir den ersten Karton mit Akten vor.

Es dauert nicht lange, bis ich mich in den Schriftsätzen der Kanzlei verloren habe. Die Einheit für Wirtschaftsverbrechen hätte ihre Seele geopfert, um an die Aufzeichnungen zu kommen. Es ist unglaublich, mit welchen Machenschaften Kranz immer wieder davongekommen ist, aber ich zügele meine Neugier, weil es irrelevant ist, welche krummen Geschäfte Siegfried Kranz vor oder nach dem Einsturz in der Birkenstraße gemacht hat. Alle diese Akten überfliege ich nur nach Querverweisen zu Owen Dobes oder dem Einsturz. Dann lege ich sie zur Seite.

Erstaunlicherweise ist der Stapel Akten zur Birkenstraße kaum größer als andere Projekte. Natürlich steht darin nicht explizit, dass Owen Dobes involviert war, aber ich kann zwischen den Zeilen lesen. Gerade als ich die Hinweise zusammenfassen will, kommt Zhai in die Wohnung.

»Du siehst aus, als hättest du eine neue Spur gefunden«, beginnt sie. Sie macht das Licht aus. Draußen ist es schon hell. Ich habe sechs Stunden die Akten gelesen.

»Wie kommst du darauf?«

»Du kritzelst hektisch auf den Block, läufst unruhig umher und grinst, als hättest du einen Schatz gehoben.«

»Ich bin auf etwas Interessantes gestoßen.« Ich lege den Block zur Seite. »Ich weiß nicht, ob es uns weiterhilft, aber es bestätigt eine Theorie, die ich schon länger habe.« Ich bin so von meiner Entdeckung fasziniert, dass ich vergesse, Zhai zu fragen, was sie herausgefunden hat.

»Dann fang mal an.« Sie geht zum Herd und setzt Wasser für einen Tee auf.

»Ich habe alle Akten überflogen und auf Einträge geachtet, die auf Dobes hinweisen. Da Miersch unseren rothaarigen Freund weder kannte, noch seinen Namen wusste, habe ich nicht danach gesucht, sondern mich eher auf typische Verhaltensmuster konzentriert.«

»Verstehe ich nicht«, sagt Zhai.

»Ich fange eine Stufe früher an«, erkläre ich. »Miersch war sehr pedantisch. Die Unterlagen sind nicht nur eine Sammlung von Prozessakten, sondern geben eine Übersicht über jede Hilfe, die er für Kranz geleistet hat. Unser Anwalt hat jedes Telefonat und jedes Gespräch festgehalten.«

»Wie kann man davon auf Verhaltensmuster schließen?«

»Die Anschuldigungen, denen sich Kranz gegenübergesehen hat, stehen in einem Missverhältnis zu den tatsächlich geführten Prozessen«, fahre ich fort. »Von zehn Anklagen ist maximal eine vor Gericht gelandet.«

»Wieso so wenig?«

»Das liegt einerseits an mangelnden Beweisen.« Ich deute auf eine Akte. »Zum Beispiel kam im Jahr 2001 ein Konkurrent von Kranz in sein Büro und beschuldigte ihn, einen Beamten bestochen zu haben. Die Anzeige wurde abgelehnt, weil es nicht den geringsten Beweis dafür gab. Das zieht sich durch die Aufzeichnungen wie ein roter Faden. Es gab nicht ein Bauprojekt, das ohne Hilfe von Miersch abgeschlossen werden konnte.«

»Wahrscheinlich war jeder geäußerte Verdacht richtig«, bemerkt Zhai.

»Denke ich auch, aber Kranz war durchtrieben und Miersch ein cleverer Anwalt. Die Vergehen, deren Kranz beschuldigt und für die er schließlich auch verurteilt worden ist, waren Kleinkram im Vergleich zur Größe der Bauprojekte und den damit verbundenen Gewinnen.«

»Überrascht mich nicht.«

»Jetzt kommt das Spannende«, fahre ich fort. »Alle Bauprojekte liefen nach dem gleichen Schema. Schon bei der Ausschreibung gab es Unregelmäßigkeiten, beschwerten sich Konkurrenten oder suchten den gerichtlichen Vergleich. Am Ende wurden die Projekte abgeschlossen, mal mit mehr, mal mit weniger Aufwand. Es wurden Kompromisse gemacht, manche Einträge deuten darauf hin, dass auch Schmiergelder geflossen sind, aber ein Bauvorhaben hebt sich diesbezüglich von den anderen ab.«

»Das Mehrfamilienhaus, das eingestürzt ist.«

Ich nicke. »Am Anfang gab es die üblichen Scherereien, die aber erstaunlich schnell aus der Welt geschafft wurden. Es wurden insgesamt drei Klagen eingereicht. Zwei davon wurden eingestellt, weil der Ankläger nur Tage später seine Meinung geändert hat. Ein Dritter ist bei der Anhörung nicht erschienen. Dann war monatelang Ruhe. Es folgte noch eine Anzeige wegen Ruhestörung, aufgrund von Arbeiten in der Nacht. Sonst nichts mehr. Monatelang kein Stress, bis zur Einweihung.«

»Ungewöhnlich.« Zhai gießt das Wasser in eine Kanne und gibt grüne Teeblätter hinzu. »Was ist deine Vermutung?«

»Die Jungs aus der Baubranche sind nicht zimperlich. Es wird geschmiert und getrickst. Kranz ist ein skrupelloser Bastard, aber ich glaube nicht, dass er Leute eingeschüchtert hat. Da war jemand involviert, der eine Liga härter ist.«

»Owen Dobes«, sagt Zhai.

»Würde passen«, bestätige ich.

»War das der Beginn der Zusammenarbeit zwischen ihm und Kranz?«

»Das habe ich mich auch gefragt, daher bin ich die Bauprojekte danach durchgegangen, aber schon nach ein paar Seiten begann die alte Leier. Beschuldigungen, Anzeigen, Anhörungen und Bauverzögerungen wegen Gerichtsverfahren.«

»Also war Dobes nur an diesem einen Projekt beteiligt.«

Ich nicke wieder.

»Was war daran besonders? War es sehr lukrativ oder prestigeträchtig?«

»Aus dem Grund habe ich alle Bauvorhaben miteinander verglichen und interessanterweise war das Mehrfamilienhaus in der Birkenstraße ein eher kleines Projekt. Zwei Bürohochhäuser hatten ein um das Zehnfache größeres Volumen.«

»Das ergibt keinen Sinn«, sagt Zhai und füllt sich Tee in eine Tasse. »Warum beteiligt sich ein Menschenhändler wie Dobes an einem einfachen Bauprojekt?«

»Die Beteiligung könnte man erklären, aber es ist unlogisch, dass er es nur einmal macht und dann auch noch bei einem unbedeutenden Mehrfamilienhaus.«

»Er hat es nicht aus Geldgründen gemacht«, stellt Zhai fest.

»Denke ich auch«, stimme ich ihr zu. »Denn Dobes hat Kranz nicht nur während des Baus den Rücken freigehalten, sondern auch während der Untersuchung zum Einsturz.« Ich beende mein Umherlaufen und setze mich auf einen Hocker. »Was weißt du von dem Unglück?«

»Nur das, was du mir erzählt hast. Dass der Einsturz sieben Menschenleben gefordert hat, dass der Bau erhebliche Mängel aufgewiesen hat, und dass das Verfahren eingestellt wurde.«

»Mit Beginn der Gerichtsverhandlung sah alles danach aus, dass sich Kranz für das Unglück verantworten müsste, aber nach ein paar Wochen kam es zu einer dramatischen Wendung«, erkläre ich. »Joseph Uppert, der damalige Bauleiter und Mitbeschuldigter, beging Selbstmord. In einem Abschiedsbrief nahm er die alleinige Schuld auf sich. Neben diesem Schreiben finden sich Unterlagen von Manipulationen beim Bau, vor allem am Fundament, die schließlich zu dem Einsturz geführt haben könnten.«

»Und du glaubst nicht an einen Selbstmord?«

»Niemals«, sage ich. »Der Einsturz hat Uppert sichtlich mitgenommen. Er wirkte niedergeschlagen und schien kaum schlafen zu können. Wenn man wollte, hätte man das als Anzeichen für einen bevorstehenden Selbstmord werten können, aber ich erkenne darin eher Scham und Schuldgefühle. Uppert war ein vorbildlicher Zeuge, der mit dem Gericht zusammengearbeitet hat, obwohl seine Zukunft auf dem Spiel stand. Er wollte sich nicht zum Sündenbock machen lassen.«

»Also hat Dobes ihn getötet und es wie Selbstmord aussehen lassen?«

»Davon bin ich überzeugt.« Ich nehme eine kleine Akte zur Hand. »Das ist der Autopsie-Bericht. Ich habe keine Ahnung, wie Miersch an den gekommen ist, aber dieser stützt die Selbstmord-Theorie.«

»Was lässt dich zweifeln?«

»Die kleinen Unstimmigkeiten, wenn man das ganze Puzzle zusammenfügt«, fange ich an. »Seine Bereitschaft, mit dem Gericht zusammenzuarbeiten, habe ich schon erwähnt. Zwei Tage nach seinem Tod hätte er die Staatsanwaltschaft über das eingestürzte Gelände führen sollen.«

Zhai reicht mir einen Tee.

»Weiterhin war Uppert ein leidenschaftlicher Jäger. Laut Polizeibericht bewahrte er seine Waffen in einem gesicherten Schrank zu Hause auf. Er wurde an der Decke hängend gefunden. Strangulation ist eine schmerzhafte und langsame Art zu sterben, ganz im Gegensatz zu einem Schuss in den Kopf. Schließlich besaß er Antidepressiva, aber laut dem Autopsie-Bericht war er nüchtern und nichts deutete auf den Konsum von Medikamenten oder Drogen hin.«

»Also wurde die Mord-Theorie nicht verfolgt.«

»Es gab keine Anzeichen für einen Einbruch und keine Zeugen, die etwas gesehen hatten«, erkläre ich. »Aber Uppert lebte in einem freistehenden Einfamilienhaus, umgeben von großen Hecken und mit äußerst dürftigen Sicherheitsvorkehrungen. Für einen Profi wäre es ein Leichtes gewesen, dort einzubrechen, ihn zu erwürgen, aufzuhängen und ungesehen wieder zu verschwinden.« Ich trinke einen Schluck Tee. »Dobes war in das Projekt in der Birkenstraße involviert. Wir wissen nicht, warum, können aber ausschließen, dass es aus Geldgründen war, dafür hatte Kranz lukrativere Bauvorhaben im Angebot. Weiterhin war es nicht der Beginn einer Freundschaft, denn Dobes hat sich nach dem Bauprojekt wieder zurückgezogen. An dem Haus in der Birkenstraße war irgendetwas außergewöhnlich, ich habe aber nicht die geringste Ahnung, was.« Ich stehe wieder auf. »Ich war mehrfach dort zu Gast. Schicke Wohnungen, mit Blick auf den Rhein und zentral gelegen. Kein cooles Penthouse oder irgendwelcher andere Hipster-Mist. Einheiten zwischen 63 und 130 Quadratmetern. Keine Tiefgarage, dafür in U-Bahn-Nähe.« Ich schüttele den Kopf. »Ein Mehrfamilienhaus wie tausend andere in Köln.«

»Wir müssen herausfinden, was daran so besonders war.«

»Kranz ist tot und Miersch hat keine Ahnung. Der Einzige, der uns noch die Wahrheit sagen kann, ist Dobes.«

»Das trifft sich gut«, sagt Zhai. »Ich habe eine Idee, wie wir an ihn herankommen können.«

KAPITEL 17

»Das Haus hat vier Stockwerke.« Zhai zeichnet ein Rechteck auf ein Stück Papier. »Das Erdgeschoss scheint nicht bewohnt zu sein. Die meisten Fenster sind zugemauert oder mit Brettern zugenagelt. Die wenigen Scheiben sind mit Eisengittern gesichert und dahinter mit roten Tüchern abgehängt. Keine Möglichkeit durchzusehen.«

»Wie eng stehen die Bretter zusammen?«, frage ich.

»Mal übereinander, mal mit Lücken. Das Herausbrechen würde zu viel Lärm machen.«

»Ich will nichts herausbrechen«, erkläre ich. »Ich könnte ein schmales Objektiv in die Lücke schieben und Fotos schießen. Dann wüssten wir, was dahinter ist.«

»Ich habe nicht den geringsten Lichtschein im Erdgeschoss entdecken können. Wahrscheinlich ist dieser Bereich so dicht abgeriegelt, dass nichts durchdringt.« Zhai zeichnet zwei Türen auf den Plan. »Es gibt einen Vorder- und einen Hintereingang. Ich habe mich auf Letzteren konzentriert, aber während der ganzen Stunden niemand hinein- oder herausgehen sehen.« Sie tippt mit dem Stift auf das Papier. »Die Tür ist massiv und das Schloss ist topmodern. Auf diesem Weg kommen wir nicht hinein.«

»Dann müssen wir einen Bewohner abpassen und ihm die Schlüssel stehlen«, schlage ich vor.

»Das war auch mein Gedanke, aber im Eingangsbereich gibt es eine Kamera. Nicht außen, das würde zu viel Aufmerksamkeit auf sich ziehen, sondern hinter der Tür, daher müssen wir davon ausgehen, dass der Zugang bewacht wird. Wahrscheinlich geht bei jedem unbekannten Gesicht sofort der Alarm los.«

»Wenn wir nicht hineinkommen, müssen wir das Haus beobachten und hoffen, dass Dobes vorbeikommt.«

»Das kann Wochen dauern, aber ich habe vielleicht eine Möglichkeit gefunden, wie wir uns auf anderem Weg Zugang verschaffen.« Sie deutet auf die Rückseite des Hauses. »Ich habe fast die ganze Zeit auf der gegenüberliegenden Straßenseite neben einem Container gesessen. Erstens habe ich bemerkt, dass die Bewohner nachtaktiv zu sein scheinen. In vielen Wohnungen brannte Licht, und ich habe Personen an den Fenstern vorbeigehen sehen. Dabei ist mir ein Raucher aufgefallen, der drei Mal das Fenster nach hinten aufgemacht hat und in aller Ruhe seine Zigarette geraucht hat. Auf dem Fensterbrett stand sogar ein Aschenbecher. Der Mann war schon älter, hatte die Visage eines Schlägers und lehnte sich lustlos auf das Sims. Zwei Mal legte er die Zigarette in den Aschenbecher, ging zurück in die Wohnung und kam eine Minute später erst mit einem Bier, beim nächsten Mal mit etwas zu essen zurück.«

»Essen und rauchen?« Ich schüttele mich vor Ekel.

»Ich habe ihn auch nicht mit jemandem drinnen reden hören, daher gehe ich davon aus, dass er allein lebt.«

»Wie willst du da hochkommen? Nach oben klettern?«

»Mit einer Leiter«, sagt Zhai.

Ich runzele die Stirn.

»Das Fenstersims steht etwas über die Hauswand hinweg. Somit kann unser Raucher nicht sehen, wenn wir etwas unter ihm verstecken. Es ist alles eine Frage des Timings«, führt sie aus. »Wenn sich der Mann in die Küche begibt, musst du die

Leiter an das Fenstersims lehnen, und ich komme von der anderen Seite gelaufen. Ich bin in fünf Sekunden drin, schalte den Raucher aus, während du nachkommst. Wir ziehen die Leiter in die Wohnung und niemand merkt etwas.«

Ich muss zugeben, dass mir der Plan gefällt. Trotzdem suche ich nach Schwachstellen. »Was ist, wenn einer der Bewohner die Leiter entdeckt oder beim Hochklettern jemand aus der Hintertür kommt?«

»Die U-Bahn-Station liegt an der Straße vor dem Haus. Ebenso die Geschäfte und die Parkplätze. Hinter dem Haus ist es ruhig. Während der ganzen Nacht sind eine Handvoll Autos und noch weniger Spaziergänger vorbeigekommen. Keiner der Bewohner ist vorne raus und nach hinten gelaufen. Außerdem dauert die ganze Aktion dreißig Sekunden. Das wäre ein sehr großer Zufall.« Sie zuckt die Achseln. »Sollte das trotzdem passieren, warten wir bis zur nächsten Zigarette.«

»Dreißig Sekunden sind optimistisch«, sage ich. »Man muss die Leiter ausziehen, auf die richtige Länge ausrichten und dann aufstellen.«

»Dank des abgeblätterten Putzes an der Wand kann man die Ziegelsteine sehen. Ich habe einen gemessen und die Höhe zum Fenstersims hochgerechnet. Es sind genau vier Meter. Wenn die Leiter zwei Meter von der Wand entfernt aufgestellt wird, lässt sich die Länge exakt berechnen.«

»4,47 Meter«, sage ich.

Sie nickt anerkennend.

»Satz des Pythagoras«, erkläre ich.

»Eine passend ausgezogene Aluminiumleiter kann schnell aufgestellt werden«, fährt Zhai fort. »Du musst sie nur festhalten, während ich hochsteige.«

»Und wie willst du den Mann ausschalten?«, frage ich. »Miersch war kein Kämpfer. Mit ihm hattest du leichtes Spiel, aber ein erfahrener Schläger lässt sich nicht so leicht überrumpeln.«

»Ich habe noch ein paar kleine Helferlein.« Zhai zieht einen Schlagring aus der Tasche. »Zusammen mit einem Elektroschocker dauert das nicht länger als bei Miersch.«

Ich trinke einen Schluck Tee und denke über den Plan nach. Es kann eine Menge schiefgehen, aber wenn wir es unbemerkt in die Wohnung schaffen, haben wir die perfekte Basis, um das Haus zu erkunden. Von dieser Richtung wird uns niemand erwarten.

»Na gut.« Ich sehe auf die Uhr. »In einer Stunde macht der Baumarkt auf. Da wird es die eine oder andere Leiter geben.«

Die Auswahl an Leitern im Baumarkt ist beeindruckend. Ich entscheide mich für ein einfaches Modell zum Ausziehen. Stabil, leicht und aus Aluminium. Da ich mich nicht als Spießer outen will, runde ich auf und säge sie auf 4,5 Meter zurück. Ich spraye die Sprossen und Seitenteile mit brauner Farbe ein, damit sie auf dem Boden nicht auffallen. Ich warte, bis die Farbe trocken geworden ist und gehe in den Hinterhof, wo ich das Aufheben und Hinstellen ein paar Mal vor dem Fenster einer verlassenen Wohnung übe. Schließlich verbessere ich die Stopper am Boden, um ein Wegrutschen zu vermeiden, und lasse Zhai die Sprossen hochsteigen, um zu testen, ob sie dieser Belastung standhalten. Nach zehn Minuten entlasse ich meine sichtlich genervte Komplizin und schraube noch etwas an den Sprossen herum, um bösen Überraschungen vorzubeugen.

Dann verberge ich die Leiter im Keller und lege mich ins Bett. Ich stelle den Wecker auf fünfzehn Uhr. Ich will vor unserem Ausflug noch etwas schlafen, da ich meine Konzentration schwinden spüre. Doch zuvor logge ich mich in den Server der Kripo ein. Vielleicht haben die offiziellen Stellen etwas Neues herausgefunden.

Dankenswerterweise hat die Kripo Marlas Befragung auf Video aufgenommen und auf den internen Server gestellt. Fünf Tage nach dem Angriff sieht meine Nachbarin wieder besser aus. Sie trägt ein dunkles Kostüm, hat ihre Haare ordentlich hochgesteckt und gibt sich Mühe, aufrecht auf dem Stuhl zu sitzen. Mehr Make-up auf dem noch geschwollenen Auge hätte ihr gutgetan. Sie hat ein paar Kilo verloren und ihre Stimme klingt noch müde, aber ich habe keinen Zweifel, dass Marla bald wieder auf Verbrecherjagd gehen kann. Eine große Last fällt von mir ab, bin ich doch verantwortlich für ihr Leiden.

Vom Hintergrund zu schließen, ist die Befragung im Krankenhaus durchgeführt worden. Nachdem die Formalien wie Uhrzeit, Namen und Zweck der Befragung geklärt sind, hört man eine dunkle Stimme aus dem Off: »Frau Voigt. Bitte schildern Sie uns die Geschehnisse vom vergangenen Samstag aus Ihrer Sicht.«

»Es war gegen halb sechs Uhr am Morgen. Ich habe schlecht geschlafen und war früh wach. Da ich in einem aktuellen Fall noch etwas aufzuarbeiten hatte, war ich auf dem Weg in die Dienststelle, als mir in unserem Haus beim Hinablaufen der Treppe zwei Personen in einem Gang aufgefallen sind. Ich konnte ihre Gesichter nicht erkennen, aber irgendetwas an ihrem Verhalten machte mich misstrauisch, außerdem hatten sie kein Licht angemacht, denn als ich oben meine Wohnung verließ, war das Treppenhaus dunkel. Also näherte ich mich ihnen vorsichtig, um herauszufinden, was sie um diese Zeit im Haus taten.«

»Wo kam es zu der Begegnung?«

»Im Gang des zweiten Stocks.«

»Haben Sie sich als Polizistin zu erkennen gegeben?«

»Nein«, antwortet Marla. »Zu diesem Zeitpunkt konnte ich mir nicht sicher sein, ob es sich vielleicht um Freunde oder Bekannte eines Nachbarn handelte, daher hielt ich das für unangemessen. Ich sah jetzt, dass es zwei Männer waren, und wollte eine Frage stellen, doch bevor ich etwas sagen konnte, drehte sich der Hintere der beiden zu mir um und stach mit dem Messer zu.« Marlas Stimme ist erstaunlich ruhig. Ihr Gesicht zeigt keine Regung, als erzähle sie den Angriff aus der Perspektive einer unbeteiligten Beobachterin. »Ich konnte meinen linken Arm noch hochreißen, sodass das Messer nur eine Schnittwunde am Ellenbogen verursachte, aber der Mann setzte zu einem weiteren Angriff an, sodass mir nichts übrig blieb, als meine Dienstwaffe zu ziehen und mich zu verteidigen.« Ihre Hand geht zu ihrer linken Seite. »Das Messer traf mich im gleichen Moment, als ich den Schuss abgab. Von da an kann ich mich nur noch an wenig erinnern. Der nächste klare Moment war meine Fahrt im Krankenwagen.«

»Konnten Sie die Gesichter zu irgendeinem Zeitpunkt erkennen?«

»Nur das meines Angreifers«, sagt Marla. »Es war mir unbekannt. Niemand aus dem Haus. Den anderen habe ich nur von hinten gesehen.«

»Der verstorbene Mann wurde als Jürgen Graf identifiziert. Er ist schon mehrfach straffällig geworden, unter anderem wegen Körperverletzung und dem Handel mit Drogen. Sagt Ihnen der Name etwas?«

Marla schüttelt den Kopf.

»Vielen Dank, Frau Voigt«, sagt die Stimme aus dem Off. Dann endet die Aufzeichnung.

Ich lehne mich auf dem Stuhl zurück. Marlas Aussage ergänzt die Untersuchungen der Kripo nur noch in wenigen Punkten und bestätigt meine Vermutungen. Die Männer sind nicht auf schnelle Beute aus gewesen. Sie haben zu mir gewollt.

Jürgen Graf hat ein sehr teures Messer bei sich gehabt und weder Einbruchswerkzeug noch einen Rucksack mit sich geführt. Auf dem Weg zu mir sind die Männer an anderen Wohnungen vorbeigekommen, deren Türen mit schlechteren Schlössern ausgestattet sind als meines. Normale Einbrecher wären weggelaufen, nachdem sie Marla bemerkten, und hätten sich nicht auf einen Kampf eingelassen. All das lässt nur einen Schluss zu: Dobes will mich tot sehen, und er wird keine Ruhe geben, bis er mich hat.

Zhais Wohnung hat nichts Heimeliges. Es ist ein Unterschlupf, den man binnen eines Augenblicks verlassen kann, ohne es bedauern zu müssen. Einzig ein kleines Bild scheint der Trostlosigkeit widerstehen zu wollen. Es ist eine Zeichnung von einem Bauernhaus neben einem grünen Feld, umgeben von Bergen. Die Zeichnung hätte von einem talentierten Zwölfjährigen stammen können, sicher kein Kunstwerk. Sie ist etwas verblichen und das Papier wellt sich schon, also muss das Bild eine tiefere Bedeutung haben, etwas, das sich einem Betrachter nicht erschließt.

»Warum hast du diese Zeichnung aufgehängt?«, wende ich mich an Zhai.

»Sie erinnert mich an eine Geschichte, die mir meine Mutter zum Einschlafen erzählt hat.« Sie stellt sich neben mich und betrachtet das Bild wie eine ferne Erinnerung.

»In einer Zeit großer Unruhe drohte zwischen zwei Völkern ein Krieg auszubrechen. Sie mobilisierten ihre Soldaten, schmiedeten Waffen und zwangen jeden jungen Mann, der Armee beizutreten. Es waren gewaltige Heere und als sie aufmarschierten, reichten sie bis zum Horizont. Und so machten sie sich unter den Tränen der Frauen auf den Weg zur Grenze zwischen ihren Völkern, um des anderen Land zu erobern. An ihren Spitzen ritten die Feldherren. Einer von ihnen war Jun Liang, ein Mann des Krieges. Sein Gesicht war von Narben verunstaltet, er hatte die Finger der linken Hand verloren, und doch war er der gefürchtetste Mann im ganzen Reich, unbesiegt im Kampf, gnadenlos zu seinen Gegnern. Auf der anderen Seite führte Yulin Su die Soldaten an, ein junger Gelehrter mit der Weisheit der Alten. Seine Schönheit brachte die Mädchenherzen zum Schwärmen und sein taktisches Geschick verschaffte ihm den Respekt seiner Männer.

Sie marschierten während des Tages, und wenn sie in der Nacht rasteten, konnte man die Feuer ihrer Lager kilometerweit sehen. Mit jedem Sonnenaufgang näherten sie sich der Grenze, einem großen Gebirge mit hohen Felsen, auf dessen Gipfeln ewiges Eis lag. Die steilen Wände und unzugänglichen Pässe waren unüberwindbar. Kein Mann hatte sie je bezwungen und auch keine Armee konnte sie überschreiten. Aber es gab einen Weg hindurch, nur ein paar hundert Meter breit. Er war die einzige Verbindung.

Und so ließen die beiden Feldherren ihre Armeen das Lager aufschlagen und schickten ihre Späher los, den Weg durch das Gebirge zu erkunden. Die Männer schlichen zur Dämmerung los und kamen an ein Bauernhaus, nicht groß, aus Holz gebaut, das Dach mit Bambusblättern geschmückt und einem Kamin, von dem ein betörender Essensduft ausging. Mit knurrendem Magen gingen die Kundschafter näher, und egal, von welcher Seite sie in das Haus sahen, sie erblickten einen Mann, eine Frau und ein Kind an einem Tisch sitzend und ihr Mahl einnehmend. Die Drei ahnten nichts von den Armeen, die nicht weit von ihnen Stellung bezogen hatten, auf ihren Gesichtern war ein Lächeln. Sie erzählten von der Arbeit auf dem Feld, vom Kochen im Haus und dem Spielen im Garten. Als die Kundschafter dies hörten, wurde ihr Herz schwer, und sie sehnten sich zurück in ihr Dorf, zu ihren Liebsten. Und so hörten sie dem Bauern und seiner Familie noch eine Zeit zu, bis die drei sich zu Bett begaben. Und als das Licht gelöscht war, kehrten sie zurück zu ihren Feldherren.

›Was befindet sich vor uns?‹, fragten der kriegerische Liang und der listige Su ihre Männer.

›Eine Bauernfamilie‹, berichteten die Kundschafter übereinstimmend. ›Sie führen ein einfaches Leben, bestellen ihren Acker und ziehen ein Kind groß, aber so gewöhnlich ihr Leben auch sein mag, sie sind glücklich und sie lieben sich sehr.‹ Und so erzählten sie, was sie gesehen hatten, und sprachen von den Geschichten, die sie hören durften.

›Es sind die glücklichsten Menschen der Welt‹, schlossen die Kundschafter ihren Bericht. ›Wenn wir über das Feld marschieren, werden wir dieses Glück zerstören.‹

Als die Feldherren das hörten, waren sie beschämt. Beim ersten Tageslicht befahlen sie ihren Armeen umzukehren, und so konnte jeder Mann zu seiner Familie zurück, zur Freude aller.

Der Krieg fand nicht statt, und die Armeen zogen nie mehr aus, um den anderen zu erobern«, schließt Zhai die Erzählung.

Eine Zeit lang stehen wir schweigend nebeneinander und starren auf das Bild.

»Eine schöne Geschichte«, durchbreche ich das Schweigen. »Ist sie wahr? Ist es wirklich so geschehen?«

»Nein«, sagt sie bedauernd. »Es ist ein Märchen.«

Es ist schwierig, unauffällig zu bleiben, wenn man eine Leiter mit sich trägt. Einen Wagen will ich mir nicht extra dafür mieten, also kleide ich mich in eine alte Jeans, nehme einen leeren Farbeimer und mache mich in Richtung Ossendorf auf. Ich warte, bis der Feierabendverkehr vorbei ist, gehe zur U-Bahn und steige eine Station vor meinem Ziel aus. Die verwunderten Blicke der anderen Fahrgäste halten sich in Grenzen, sodass ich ohne Probleme mein Zwischenziel erreiche. Dank Google Maps habe ich eine kleine Grünanlage in der Nähe ausgemacht, in der ich meine Leiter in einem Gebüsch verberge, meinen Eimer entsorge und in schwarze Kleidung schlüpfe. Von dem wolkenverhangenen Himmel geschützt, warte ich bis 22.00 Uhr, bevor ich mich auf den Weg zu dem Mehrfamilienhaus mache. Ich umgehe das Gebäude weiträumig und treffe mich mit Zhai an dem Müllcontainer, von dem aus sie schon gestern alles beobachtet hat. Ich warte, bis die Lichter in den umliegenden Gebäuden erloschen sind, dann ziehe ich die Leiter aus und stabilisiere die Verbindung beider Elemente mit Industrieband. In einem unbeobachteten Moment gehe ich über die Straße und lege die Leiter an die Wand. Wie Zhai vermutet hat, kann man dank der Fensterbretter nicht zum Fuß des Hauses hinuntersehen. Von oben ist die Leiter unsichtbar. Ich gehe zurück und setze mich neben sie. Meine neue Partnerin ist ähnlich professionell veranlagt wie ich. Wir sprechen kein Wort. Nur ab und zu strecken wir unsere Glieder, damit unsere Füße nicht einschlafen. Während der ganzen Zeit ist unser Blick auf das Fenster im ersten Stock gerichtet. Ein Lichtschein aus einem dahinter liegenden Raum zeigt mir, dass der Bewohner noch wach ist.

Nach zwei Stunden Warten ist es endlich soweit. Der Raucher macht das Fenster auf. Ich kann sein Gesicht nicht gut erkennen. Seine Haare sind unordentlich. Er trägt ein Sweatshirt und scheint eine kräftige Figur zu haben. Seine Bewegungen sind träge und langsam, also haben wir es nicht mit einem durchtrainierten Kämpfer zu tun.

Zhai kommt aus ihrer Hocke hoch und bewegt ihre Finger. Ich begebe mich auf ein Knie, wie ein Sprinter am Start, und verschaffe mir einen Eindruck von der Umgebung. Die Straße ist frei. Keine Spaziergänger, keine Autos. Die anderen Fenster am Haus sind geschlossen, an der Hintertür ist niemand zu sehen. Alles ist bereit, nur der Raucher spielt nicht mit. Er lehnt gemächlich auf dem Fenstersims und starrt die gegenüberliegende Wand an, während der brennende Tabak als Rauchwolke nach oben steigt. Als ich schon nicht mehr daran glaube, legt er seine Zigarette auf den Rand des Aschenbechers, dreht sich um und geht nach drinnen.

Zhai klopft mir auf die Schulter. Ich renne über die Straße, greife nach der Leiter und drehe sie nach oben. Gleich im ersten Versuch kommt sie knapp unter dem Rand des Fenstersimses zu liegen. Das Üben hat sich gelohnt. Ich stelle mich unter die Leiter und stabilisiere sie mit an die Hauswand gepresstem Rücken und ausgestreckten Armen, als Zhai auf die erste Sprosse steigt.

Sie flitzt die Leiter mit der Behändigkeit einer Katze nach oben, besser und schneller, als ich es je könnte. Es dauert nur drei Sekunden, bis sie durch das Fenster verschwindet. Wie vereinbart, haste ich hinterher. Die leichte Alu-Leiter wackelt bei jedem meiner Schritte. Ich trete vorsichtig auf, meine Verbesserungen sorgen dafür, dass nichts verrutscht. Oben angekommen, rolle ich mich in das dunkle Zimmer hinein, nicht wissend, was mich dort erwartet.

Ich hatte Zhai versprechen müssen, dass ich mich nicht in den Kampf einmische, sondern mich nur um das Einziehen der Leiter kümmern würde. Ich gebe zu, dass es mir schwerfällt, ihr nicht hinterherzurennen, aber dann höre ich ein dumpfes Keuchen, gefolgt vom verräterischen Knattern des Tasers und einem unterdrückten Schrei, der nicht von Zhai stammt. Sie hat alles im Griff.

Eilig hole ich die Leiter ein und lege sie quer auf den Boden. Ein schneller Blick auf die Straße zeigt mir, dass niemand unseren Einbruch bemerkt zu haben scheint. Ich schließe das Fenster und ziehe den Vorhang zu. Ich will dem Licht zur Küche folgen, als Zhai mir bereits entgegenkommt und mit einem kurzen Nicken signalisiert, dass der Raucher versorgt ist.

Unser Plan hat funktioniert.

Ich schätze unseren neuen Gefangenen auf Anfang fünfzig. Mit seiner rötlichen Haut, der Alkoholiker-Nase und dem krausen Haar wirkt er allerdings älter. Sein Körpergeruch und die gelben Zahnstummel im Mund lassen darauf schließen, dass er weder großen Wert auf seine Gesundheit noch auf sein Aussehen legt. Nachdem er sich von dem Schock des Tasers erholt hat, wird er erstaunlich ruhig. Weder seine hilflose Lage, gefesselt auf einen Stuhl gebunden zu sein, noch Zhais Messer scheinen ihn zu beunruhigen. Tatsächlich ist das eine gute Nachricht, denn hier haben wir es nicht mit einem unschuldigen Bewohner zu tun. Der Mann kennt solche Situationen, daher kann er uns einiges über die Geschehnisse hier erzählen.

»Wem gehört das Haus?«, beginnt sie die Befragung. Der Mann lacht kurz und macht danach den Fehler, Zhai anzuspucken, was die Asiatin sehr persönlich nimmt. Als ich das zornige Funkeln in ihren Augen sehe, habe ich für einen Augenblick Angst, dass sie den Mann abstechen wird, aber dann wischt sie sich über das Gesicht und atmet tief aus. Unser Raucher genehmigt sich ein hämisches Grunzen, das eine Sekunde später von einem Schmerzensschrei abgelöst wird, weil Zhai ihm das Messer mit der Rechten in den Oberschenkel rammt, während sie ihm mit der Linken den Mund zuhält. Das ist der Moment, wo unser Gefangener realisiert, dass wir es ernst meinen. Seine arrogante Selbstsicherheit zerbricht binnen eines Augenblicks, abgelöst von den unsäglichen Schmerzen in seinem Bein und dem Wissen, es mit einer skrupellosen Wahnsinnigen zu tun haben. Als ich die Angst in seinen Augen sehe, weiß ich, dass wir bald alles erfahren werden.

Zufrieden suche ich sein schäbiges Bad auf, um mich zu erleichtern, hatte ich doch mein Bedürfnis die letzten Stunden zurückhalten müssen. Zwei Mal höre ich noch einen unterdrückten Schrei. Als ich wieder herauskomme, zittert der Mann am ganzen Körper. Blut läuft ihm von einem Schnitt auf der Stirn über das Gesicht. Seine Hände sind um die Lehne des Stuhls gekrampft.

Zhai hat ihr Messer wieder eingesteckt und lehnt neben ihm an einem brummenden Kühlschrank. »Wem gehört das Haus?«, fragt sie erneut. »Und was wird hier gespielt?«

»Das Haus gehört Owen Dobes«, beginnt der Raucher mit ängstlicher Stimme. »Er ist ein einflussreicher Mann in der Kölner Unterwelt mit einem großen Netzwerk an Schlägern, die nicht annähernd so gefährlich sind wie er selbst.« Er hebt den Kopf. »Ihr müsst völlig verrückt sein, wenn ihr euch mit ihm anlegt.«

Zhai schlägt ihm mit dem Handrücken ins Gesicht. »Wir haben nicht nach deinem Rat gefragt, du sollst uns nur alles über Dobes und dieses Haus sagen.«

»Dobes ist clever und misstrauisch«, fährt der Mann fort. »In seine Geschäfte bin ich nicht eingeweiht. Meine Aufgabe ist es, das Haus in der zweiten Schicht zu bewachen. Manchmal helfe ich beim Geldeintreiben, aber die meiste Zeit sitze ich unten an der Tür und beobachte, wer rein- und rausgeht.«

»Wo genau?«

»Hinter dem Eingang ist eine zweite Tür aus kugelsicherem Glas und mit einem teuren Schloss. Rechts daneben ist eine kleine Kabine mit einem Monitor, wo ich sitze. Die Schlüssel zur Tür haben nur die Bewohner, Dobes und ein paar seiner Männer. Ich kenne jeden persönlich und sorge dafür, dass niemand sonst hereinkommt. Nicht mal der Pizza-Lieferant.«

»Und falls das jemand versucht?«

»Dann habe ich einen Alarmknopf, der alle bewaffneten Männer nach unten ruft.«

»Was befindet sich in dem Haus?«

»Das Erdgeschoss ist ein großes Lager«, erklärt der Mann. »Dort stehen Kisten und Kartons.«

»Was ist da drin?«, hake ich nach.

»Ich weiß es nicht. Wirklich.« Er sieht ängstlich zu Zhai. »Einmal habe ich ein paar Waffen gesehen, ein anderes Mal große Bündel Gras in Folie verpackt. Meine Aufgabe ist nur die Bewachung. Dobes weiht mich in nichts ein.«

»Und was ist mit Menschen?«

»Menschen?«, fragt der Mann verwundert.

»Illegal nach Deutschland eingereiste Personen«, erklärt sie ungeduldig. »Dobes ist auch im Schleusergeschäft.«

»Keine Ahnung«, sagt er. »Ich arbeite schon seit drei Jahren in dem Haus, aber solche Leute habe ich hier noch nie gesehen.«

»Was ist in den anderen drei Stockwerken?«, frage ich.

»Das Dachgeschoss ist Tabuzone«, fährt er fort. »Dort haben nur Dobes und ein paar seiner Männer Zutritt. Wir dürfen nicht einmal in die Nähe. Ich war noch nie oben und habe auch keinen Schlüssel. Dort scheinen auch Zellen zu sein.«

»Zellen?«

»Hat mir einer der Jungs gesagt. Manchmal bringt Dobes jemanden zum Verhör mit. Den sperrt er in eine fensterlose Zelle mit Betonwänden und einem Stahlgitter. Ab und zu höre ich einen schreien, aber an solchen Tagen bleibe ich hier und strecke meine Nase nicht raus.«

»Und der Rest des Hauses?«

»Stock eins und zwei sind Wohneinheiten. Hier leben Leute wie ich, aber auch ein paar Nutten, die zum Teil zu dritt in einem Raum hausen. Mir geht es mit meinen zwei Zimmern und Küche richtig gut.«

»Die Frauen interessieren uns nicht«, sagt Zhai. »Wie viele Bewaffnete sind im Haus?«

»Von der Wachmannschaft müssen immer drei hier sein. Einer unten und der Rest auf Bereitschaft. Von Dobes engerem Kreis wohnen hier sechs Mann. Die kommen und gehen aber, wann sie wollen.« »Und Tim Aumann?«, frage ich.

Der Raucher dreht den Kopf zu mir. »Seid ihr von der Konkurrenz?«

Die Frage beschert ihm eine weitere Ohrfeige von Zhai. Sie zieht das Messer und geht auf ihn zu.

»Alles klar, alles klar«, ruft er hektisch und versucht, von ihr wegzurücken. »Tim wohnt einen Stock höher. Die zweite Wohnung auf der rechten Seite.«

Zhai steckt das Messer wieder weg. »Ist er zu Hause?«

»Tim hat schon seit Tagen die Wohnung nicht mehr verlassen. Er wurde angeschossen und Dobes hat verboten, ihn ins Krankenhaus zu bringen. Bis der geschmierte Arzt hier war, wäre Tim fast verblutet. Es geht ihm schon besser, aber er muss noch immer von einer der Nutten versorgt werden.«

»Hast du einen Schlüssel für Tims Wohnung?«

Der Mann schüttelt den Kopf. »Nur Dobes hat den Universalschlüssel.«

»Sind die Türen besonders gesichert?«, frage ich. »Wie teuer sind die Schlösser?«

»Ich kenne mich mit so etwas nicht aus. Tim hat eine ähnliche Tür wie ich. Im Vergleich zu denen im Erdgeschoss und im obersten Stock nur dünner.«

»Hast du dein Schlagschlüssel-Set dabei?«, wendet sich Zhai an mich.

»Ich gehe nicht ohne aus dem Haus. Keine große Sache«, bemerke ich mit Blick auf die billige Verarbeitung.

Zhai nickt. »Noch Fragen?«

»Nein.«

Sie geht zu dem Mann und legt ihm den Arm um den Hals.

»Bitte töten Sie mich nicht«, fleht er. »Ich sage niemandem, dass Sie hier waren.«

Zhai verstärkt den Druck auf die Halsschlagader. Der Mann versucht, sich aus dem Griff zu lösen, was mit gefesselten Händen unmöglich ist. Nach wenigen Sekunden erschlafft er. Der Kopf sinkt auf die Brust.

»Er wird noch eine Weile ohnmächtig sein, aber zur Sicherheit kneble ich ihn noch und verbinde ihm die Augen.«

»Ich schaue, was auf dem Gang los ist«, sage ich und ziehe eine kleine Plastikschachtel aus der Tasche. Ein dünnes Kabel führt zu einem winzigen Objektiv, kaum größer als eine Cent-Münze, schmal genug, um es unter einem Türschlitz hindurchzuschieben. Ein paar Sekunden später habe ich ein hochauflösendes Bild des Ganges auf dem kleinen Display in meiner Hand.

»Niemand zu sehen«, teile ich Zhai mit. Ich lege mein Ohr an die Tür. »Keine Stimmen und keine Schritte. Zumindest auf diesem Stockwerk sind wir sicher.«

Die Asiatin fixiert die Füße des Mannes mit Industrieband am Stuhl und erhebt sich. »Dann lass uns Tim einen Besuch abstatten«, sagt sie bestimmt. »In seinem Zustand wird er sich nicht wehren können.«

Ich nicke. »Zeit, eine Rechnung zu begleichen.«

Von dem kräftigen, selbstbewusst auftretenden Tim Aumann ist nichts mehr zu sehen. Sein Gesicht ist eingefallen, seine Augen sind rotgerändert und er atmet flach. In einem alten Jogging-Anzug wirkt er wie ein Siechender aus dem Pflegeheim. Neben seinem Bett steht ein kleiner Tisch mit erkaltetem Gulasch und angetrockneten, zusammengeklebten Nudeln. Es stinkt nach Schweiß und Exkrementen. Als wir eintreten, hebt er nur kurz den Kopf, dann nickt er wissend, als hätte er uns erwartet. Ich durchsuche das Bett und die Matratze nach Waffen und überlasse es Zhai, ihn zu befragen.

Es ist kein schöner Anblick. Trotz seines Gebrechens leistet Tim lange Widerstand. Immerhin finden wir heraus, wo sie die illegal nach Deutschland geschleusten Menschen verstecken. Dann erleidet er einen Schock und stirbt.

Es ist nicht schade um ihn. Mit Tims Schlüsselbund gelangen wir durch die unbewachte Hintertür hinaus. Ich habe außerdem sein Handy dabei, mit dem ich anonym bei der Kripo anrufe und sie auf das Drogenlager im Erdgeschoss hinweise. Zusammen mit dem Auffliegen der Prostituierten, von denen sicherlich keine angemeldet ist, würden wir Dobes damit einen ordentlichen Schlag versetzen.

Leider sind auf Tims Handy keine Nummern gespeichert und die Chronik der letzten Anrufe ist gelöscht, also kicke ich das Telefon in die Kanalisation und mache mich mit Zhai auf den Heimweg. Es ist drei Uhr durch. Auch wenn der Weg weit ist, entschließen wir uns zu laufen. Wir sprechen kein Wort. Jeder hängt seinen eigenen Gedanken nach.

Aber wir haben eine neue Spur.

Kapitel 18

Ich gebe zu, dass ich von der Kripo eine schnellere Reaktion erwartet hätte, aber als das SEK zwei Stunden nach meinem Anruf zuschlägt, ist es hart und effizient. Die Berichte vom Server sind unvollständig, aber trotzdem kann ich mir ein einigermaßen gutes Bild zusammenbasteln.

Offensichtlich steht Dobes' Lagerhaus schon länger in Verdacht, für kriminelle Machenschaften genutzt zu werden, auch wenn der Name des Rotschopfes nicht gefallen ist. Mein Anruf war nur der Stein, der alles ins Rollen gebracht hat. Nachdem der Einsatz genehmigt worden war, stürmte das SEK das Haus. Sie stießen auf keinen großen Widerstand. Anscheinend waren in der Zwischenzeit weder Tims Tod noch der Überfall auf den Raucher registriert worden, denn die Beamten stießen in den Lagerräumen auf einen prall gefüllten Gabentisch. Halbautomatische Pistolen, Blendgranaten, vierzig Kilo Marihuana und eine beeindruckende Anzahl an nicht registrierten Prostituierten sowie weitere Verstöße gegen das Waffengesetz. Wahrscheinlich die Freunde unseres Rauchers.

Alle im Haus befindlichen Personen wurden mit auf die Wache genommen und sollen in den nächsten Tagen getrennt voneinander befragt werden. Dobes mag vorsichtig gewesen sein, aber jeder von ihnen kennt sein Gesicht und weiß seinen Namen. Die Schlinge um ihn zieht sich zu.

Ich lehne mich zufrieden auf dem Stuhl zurück und balle meine Fäuste. »Das hat wehgetan«, murmele ich und denke an Dobes, der irgendwo in seiner Villa einen Tobsuchtsanfall bekommen dürfte. Und wenn wir sein Schleuserversteck auffliegen lassen, werden wir ihm einen weiteren Schlag versetzen. Das haben wir uns für heute Nacht vorgenommen.

In meinem euphorischen Rausch klicke ich mich noch durch ein paar Ordner, um zu kontrollieren, ob es in den anderen Fällen neue Entwicklungen gibt, aber es wurden kaum Fortschritte gemacht. Das ist die gute Nachricht. Als Letztes wende ich mich der Akte zu Marlas Überfall vor meiner Wohnung zu.

Dort erfahre ich, dass ich auf der Fahndungsliste der Polizei stehe.

»Nach dir wird gefahndet?«, fragt Zhai. »Seit wann?«

»Seit heute Morgen.«

»In welchem Zusammenhang?«

»Wegen illegalen Waffenbesitzes und Waffenschmuggels. In meiner Wohnung wurde eine Kiste mit vier AK-47 gefunden.«

»Du hast russische Maschinengewehre zu Hause?«

Ich schüttele den Kopf. »Gestern Abend erhielt die Kripo einen Tipp von einem Informanten, dass ich im Waffengeschäft sei und die Einbrecher mir die Waffen stehlen wollten. Ist natürlich Blödsinn, aber als die Polizei meine Wohnung durchsucht hat, haben sie die Kiste unter meinem Bett gefunden.« Ich drehe den Laptop zu ihr und zeige Zhai die Fotos, die bei der Razzia in meiner Wohnung aufgenommen wurden. Auf dem Bett liegen eine offene Kiste mit vier Kalaschnikows, daneben die Magazine und mehrere Schachteln Munition. »Bringt auf dem Schwarzmarkt ein paar Tausend.«

»Dobes«, sagt Zhai.

»Sehr, sehr clever«, muss ich eingestehen. »Er wusste, dass ich abgetaucht bin, also hat er einen seiner Männer in meine Wohnung geschickt, die Waffen unter mein Bett geschafft und einen Informanten bestochen, der zur Kripo gehen sollte.«

»Aber wenn dich die Polizei aufgreift, kommt er nicht mehr an dich heran.«

»Dobes wird Leute im Gefängnis haben. Wenn ich einfahre, komme ich nicht mehr lebend heraus, und wenn mich die Polizei nur vorläufig festnimmt und wieder freilässt, wird er vor der Tür auf mich warten. Er hat keine Ahnung, wo ich mich versteckt halte, also überträgt er die Suche nach mir der Polizei.«

»Das ändert alles«, sagt Zhai.

»Nein«, widerspreche ich. »Das macht es nur komplizierter.«

»Du kannst nicht mehr auf die Straße.«

»Ich kann mir keine Autos mehr leihen, meine Kreditkarte nicht mehr nutzen, nicht mehr unverkleidet mit der U-Bahn fahren und keine Beobachtungsmissionen mehr durchführen, aber ich werde heute Abend mit dir gehen. Eine Fahndung hält mich nicht auf.«

Zhai flucht. »Eigentlich sollten wir uns ein paar Tage verstecken, aber wir müssen heute Abend dorthin. Wenn sich Dobes erst von der Razzia seines Lagers erholt hat, verlegt er vielleicht auch das Schleuserversteck.«

»Mach dir wegen der Fahndung keine Sorgen«, beruhige ich sie. »Wir gehen getrennt voneinander los. Selbst wenn mich die Polizei ergreift, hält dich das nicht auf.«

Sie sieht zur Uhr neben dem Küchenfenster. »Es ist kurz nach zehn. Lass uns ein paar Stunden schlafen, dann schauen wir uns Satelliten-Aufnahmen der Gegend an und entscheiden, von welcher Richtung wir uns dem Versteck nähern.«

»Wenn Dobes weiß, dass Tim geplaudert hat, laufen wir in eine Falle.«

»Dann soll es so sein«, sagt Zhai. »Aber heute Abend geht es zu Ende. Auf die eine oder andere Art.«

Selbst in der völligen Einsamkeit, im dunkelsten Winkel der Welt, fern jeder Hoffnung sind wir nicht allein, denn wir haben die Erinnerung an das Vergangene, die schönen Stunden der besseren Tage in unserem Leben. Und wenn ich die Augen schließe, und ich das Hier und Jetzt vergesse, dann richtet sich mein Blick nach innen, auf mein Herz, wo ich eben diese Momente verwahrt habe, und ich kehre zurück an die Orte der Freude, des Glücks, eben jener ewig währenden Augenblicke, für die es keine Worte gibt. Nach Henriettas Geburtstag habe ich noch beim Aufräumen geholfen. Während Bianca ihrer Tochter eine Gutenachtgeschichte erzählte, habe ich die Reste der Tortenschlacht entfernt. Der mit rosa Glasur überzogene Marmorkuchen hatte seinen Weg an Wände, Möbel und den Boden gefunden, aber Biancas Putzschrank war für solche Eventualitäten gut eingerichtet. Ich hatte gerade den Tisch abgewischt, als sie aus dem Kinderzimmer kam. Ohne ein Wort zu sagen, stellte sie sich ans Fenster, den Blick auf den Rhein und die Lichter der Stadt gerichtet. Ihre langen Haare flossen den Rücken hinab wie ein glänzendes dunkles Meer. Ihr Anblick hätte eine Göttin neidisch gemacht, so wunderschön war sie. Ich trat hinter sie, umschlang sie mit meinen Armen, als wollte ich den Augenblick festhalten, ihn einladen, ewig zu verweilen und uns nie wieder zu verlassen. Sie ließ es geschehen, schmiegte sich an mich und legte ihre Hand auf die meine. Ich weiß nicht, wie lange wir so dastanden, denn es war ein Moment der Zeitlosigkeit, frei von allen Zwängen, ohne die Last des Vergangenen oder Furcht vor dem Kommenden.

Und wenn ich mich schlecht fühle, kehre ich zu diesem Moment zurück. Ich schließe meine Augen, dann stehe ich wieder am Fenster mit Blick auf den Rhein. Ich spüre die Wärme ihres Körpers, ich verliere mich im Duft ihrer Haare und was immer mich bedrückt hat, zerstiebt in der Schönheit der Erinnerung.

Die Fahrt nach Bickendorf verläuft ohne Zwischenfälle. Ich trage eine Strickmütze, habe mir einen dunklen Vollbart angeklebt und eine Brille mit leicht getönten Gläsern aufgesetzt. Ich nutze die vollen Abteile des Feierabendverkehrs, um mich zu verbergen, und halte meinen Kopf gesenkt, als ich den U-Bahnhof wieder verlasse. Ich versuche, mir meine Lockerheit zu bewahren, aber es fällt mir schwer, mich nicht ständig umzusehen und nicht hinter jeder Säule einen Polizisten zu vermuten, der meine Tarnung durchschaut. Mein Bart juckt, und es kostet mich meine ganze Disziplin, nicht ständig zu kratzen. Ich bin schon so weit gekommen. Mit jedem Tag nähere ich mich Dobes ein Stück mehr und somit dem Geheimnis seiner Zusammenarbeit mit Kranz. Auch wenn ich den Grund für diese teuflische Liaison immer noch nicht kenne, weiß ich, dass diese das letzte fehlende Mosaiksteinchen ist. Vielleicht werde ich am Ende verstehen, warum all diese Menschen sterben mussten. Dann kann ich es zu einem guten Ende bringen und meiner Seele Frieden verschaffen.

Mit jedem Schritt, den ich mich dem Industriegebiet nähere, dünnt sich die Menschenmenge aus, bis ich allein bin, auf einem schmutzigen Gehweg, begleitet vom Gestank nach Chlor aus einer nahen Chemiefabrik. Es ist kein schöner Ort, aber die vollgemüllten Grundstücke und ein verlassenes Industriegebäude machen es mir leicht, mich bis zum Treffen zu verstecken. Ich krieche in eine alte Garage, deren Wände mit Efeu überwachsen sind, der letzte Ruheort eines alten Schreibtischs, dessen schimmeliger Geruch mich an den feuchten Keller eines Champignonzüchters erinnert. Inmitten des Unrats versuche ich, zur Ruhe zu kommen. Ich setze mich hin, schließe die Augen und bemühe mich, alles um mich herum zu vergessen, wegzuschieben, die Rückschläge, die Fahndung und den Gestank an diesem trostlosen Ort.

Mit zunehmender Dunkelheit verstärkt sich die Stille. Die Arbeiter der umliegenden Firmen sind jetzt zu Hause und nur noch wenige Fahrzeuge unterwegs, der eine oder andere Pkw, ein Müllfahrzeug, aber keine Polizeistreife.

Als meine Uhr piepst, mache ich mich auf. Ich halte mich am Rand des Gehwegs, nur leicht berührt vom Licht der Straßenlaternen. Pünktlich um einundzwanzig Uhr treffe ich Zhai an der nordöstlichen Seite des Schrottplatzes. Der Ort ist gut gewählt, abseits von der Straße, unmöglich von dort einzusehen. Man muss sich durch hohes Gestrüpp kämpfen, um hierher zu gelangen. Die Stelle wird wenig bewacht sein. Kein Dieb würde von hier einsteigen, hätte er doch erhebliche Probleme, seine Beute über diesen Weg wegzuschaffen.

Der erste Eindruck erfüllt die Erwartungen an einen Schrottplatz. Ein hoher, rostiger Zaun mit Stacheldraht umgibt das Gebiet. In der Mitte sind ausgeschlachtete Autos gestapelt, daneben ein Berg von Metallschrott, der von einem Bagger in eine nahe Presse transportiert wird. Scheinbar willkürlich platzierte Lichtmasten erhellen Teile des Gebiets und der Zaunanlage. Das Tor ist geschlossen. Wachen kann ich keine erkennen. Fast völlig im Dunkeln liegt eine große Industriehalle, ebenso rostig wie der Schrott daneben. Nur der Eingang ist matt von einer Glühbirne am Dachfirst beleuchtet. Man könnte glauben, dass die Halle nicht mehr in Gebrauch ist, aber ein Blick auf das große, unbeschädigte Fenster an der Vorderfront und die neue Metalltür widerlegen diese Vermutung.

»Nicht unüberwindbar«, bemerkt Zhai mit Blick auf den Zaun. »Wir müssen uns nur außerhalb der Lichtkegel der Lampen bewegen.«

»Ich sehe keine Wachen auf dem Gelände«, ergänze ich. »Aber wenn Dobes die illegal nach Deutschland geschleusten Personen hier unterbringt, lässt er sie nicht alleine.«

»Sie sind wahrscheinlich in der Halle.«

»Irgendjemand ist hier«, sage ich und nicke in Richtung eines neuen BMWs, der neben einem Müllcontainer geparkt ist.

»Aumann hat die Wahrheit gesagt.«

»Man kommt nur von vorne hinein.« Ich deute auf den Eingang. »Das große Tor wird geschlossen sein, wahrscheinlich ist es sogar zugeschweißt. Bleibt nur die Tür. Die wird irgendwie gesichert sein. Selbst wenn keine Kamera davor ist, können wir es nicht riskieren, einzubrechen, weil wir nicht wissen, was uns dahinter erwartet.«

»Wir brauchen ein Ablenkungsmanöver.«

»Ein Ablenkungsmanöver?«, wundere ich mich. »So was wie ein Auto anzünden und warten, bis die Bösewichte rausgerannt kommen?«

»Hast du eine bessere Idee?«

Ich atme hörbar aus. Natürlich habe ich eine bessere Idee. Eine Kamera installieren und den Eingang ein paar Tage lang beobachten. Dann würde ich wissen, wer dort ein- und ausgeht und um wie viele Personen es sich handelt. Vielleicht würde sich sogar Dobes zeigen. Aber wir stehen unter Zeitdruck. »Nein«, gebe ich mich schließlich geschlagen. »In der kurzen Zeit habe ich nichts Brauchbares zu bieten.«

»Wir müssen die Männer herauslocken, ohne dass sie Verdacht schöpfen«, sagt Zhai. »Es muss wie ein Unglück aussehen.«

»Ich zünde den Tank des Baggers an. Solche Fahrzeuge haben ein Tankvolumen von siebenhundert Litern. Das gibt ein schönes Feuerchen.«

»Ist eine Explosion mit so viel Benzin nicht gefährlich?«

»Ein Benzintank explodiert nicht«, erkläre ich ihr. »Das ist ein Hollywood-Märchen.«

»Hoffen wir, dass die Feuerwehr nicht alarmiert wird.«

»Bis die auf das Gelände kommt, sind wir schon drin.«

»Vom Moment des Anzündens bis das Feuer bemerkt wird, hast du genug Zeit, um westlich an der Schrottpalette vorbei zur Lagerhalle zu rennen«, fährt Zhai fort. »Ich verstecke mich auf der anderen Seite, von der ich den Eingang beobachten kann. Wenn die Männer herauskommen, schleiche ich mich tiefer hinein und schalte jeden aus, der im Weg ist.«

»Was soll ich tun?«

»Du bleibst am Eingang. Wenn mir jemand entkommt, musst du ihn aufhalten.« Sie reicht mir einen Totschläger. »Ein mit voller Wucht ausgeführter Schlag bricht jeden Knochen, egal wo du hintriffst.«

»Und wenn der Mann von draußen wieder reinkommt?« Wenn es nur einer ist, füge ich in Gedanken hinzu.

»Entweder verpasst du ihm eine damit oder du verbarrikadierst die Tür. Er darf mir nicht in den Rücken fallen.«

»Ein Plan mit vielen Fragezeichen«, gebe ich zu bedenken. »Was, wenn du in der Halle zehn schwer bewaffneten Männern gegenüberstehst? Vielleicht sind deren Autos irgendwo geparkt, wo wir sie nicht sehen können.«

»Dann sterbe ich«, sagt sie ungerührt. »Wir haben nur diese Chance. Morgen ist es zu spät.«

Der Zaun ist kein Problem. Ich nehme mir eine alte Decke, die in der Nähe verrottet, lege sie an einer schwach beleuchteten Stelle auf den Stacheldraht und klettere darüber. Während ich zwanzig Sekunden brauche, um auf die andere Seite zu gelangen, stößt sich Zhai einmal am Boden ab, zieht sich mit den Händen hoch und landet auf der anderen Seite behände wie eine Bergziege. Ich lasse mir meinen Neid nicht anmerken, ziehe die Decke herunter und schleiche zu dem Bagger, während sich Zhai zur Halle aufmacht.

Der Tank scheint halb gefüllt zu sein. Ich schlage ein Loch hinein und furche mit einer Dachlatte eine Art Fließkanal in die

Erde zu einer nahen Palette, damit das Feuer auch eine Weile brennt. Ich tauche ein kleines Stück Holz in den Treibstoff, binde einen Stofffetzen darum und öffne die Motorhaube. Wenn Sie schon einmal eine Autobatterie ausgebaut haben, wissen Sie, dass beim Kabelabziehen ein Funken entsteht. Diesen nutze ich, um meine Fackel anzuzünden. Als das Holz in den Benzinkanal fällt, sprinte ich los. Ich habe noch nicht einmal die Hälfte der Strecke zur Halle geschafft, als der Bagger hell erleuchtet wird. Ich brauche mich nicht umzudrehen, denn die Woge der Wärme ist beeindruckend, in meiner Position nicht gefährlich, aber gut genug, dass es ein aufmerksamer Wächter bemerken wird. Ich renne zur Halle und verstecke mich neben Zhai.

Man muss Dobes' Mann zugutehalten, dass er nicht in Panik verfällt, als er das Feuer sieht. Der blonde Hüne ist kräftig gebaut und trägt eine schwarze Lederjacke über den Jeans, die weit genug geschnitten ist, um eine kugelsichere Weste zu verbergen. Er zieht seine Pistole aus einer Innentasche und sieht sich nach allen Seiten um, während er zum Bagger geht. Immer wieder dreht er sich in unsere Richtung, sodass Zhai keine Möglichkeit hat, in die Halle zu sprinten. Gerade als ich befürchte, dass unser Plan scheitern wird, steckt er die Pistole weg und läuft in einen nahen Geräteschuppen. Das ist der Moment, in dem Zhai losrennt.

Ich unterdrücke den Drang, ihr zu folgen, und lausche den Geräuschen in der Halle. Aber da ist nichts. Keine Schreie, keine Schüsse, nichts, was auf einen Kampf hindeutet. Nur das Geräusch der brennenden Holzpalette.

Dobes' Schläger kommt mit einem großen Feuerlöscher aus dem Verschlag und rennt damit zum Bagger. Anstatt die Holzpalette zu löschen, sprüht er die ganze Ladung Schaum auf den Tank und die Rinne, die zur Palette führt. Ich nicke anerkennend, als er den Löscher wieder abstellt und den Schutt um die Palette zur Seite kickt, sodass der Funkenflug nichts anderes anzünden kann.

Als das Feuer das Holz weitgehend aufgezehrt hat, betrachtet er noch kurz den Tank des Baggers, bevor er sich wieder auf den Weg in die Halle macht. Seine Waffe ist wieder in der Jacke verschwunden, und er achtet nicht darauf, was hinter ihm passiert.

In dem Moment schleiche ich mich an und ziehe ihm den Totschläger über den Kopf.

Die Halle besteht aus einem großen Raum. Sie ist schlecht beleuchtet, feucht und stinkt nach den Ausdünstungen vieler Menschen, die nicht oft zum Duschen kommen. Noch bevor ich irgendeinen Flüchtling sehe, weiß ich, dass wir das Versteck gefunden haben. Der Weg führt zwischen zwei hohen Containern in das Innere, zu einem Tisch mit zwei Stühlen, die an der Wand aufgebaut sind. Wer immer hier rein oder raus will, muss an dieser Nahtstelle vorbeikommen. Die Stühle sind leer. Der erste Mann liegt ohnmächtig vor der Halle, der zweite in einer Blutlache auf dem Boden. Ich mache mir nicht die Mühe, ihn genauer zu betrachten, aber ich schätze, dass Zhai ihm die Halsschlagader aufgeschlitzt hat.

Ich finde die Asiatin vor einer Art großem Zwinger. Stabile Gitter trennen die restliche Halle in vier Zellen, in denen sich mindestens dreißig Männer und Frauen zusammendrängen. Von ihrer Hautfarbe zu schließen stammen sie alle aus Afrika. Während die Asiatin mit gebrochenem Englisch versucht, die Gefangenen davon zu überzeugen, dass sie in Sicherheit sind, drängen sich diese ängstlich an die hintere Wand. Vielleicht können sie kein Englisch, wahrscheinlich aber, weil sie mit angesehen haben, wie Zhai den Wächter getötet hat.

Ich stelle mich an das Gitter. »Keine Angst. Wir wollen nur helfen«, sage ich auf Französisch. Es ist das erste Mal, dass mir die langweiligen Schulstunden mit Frau Gerich wirklich von Nutzen sind. Ein paar Köpfe drehen sich zu mir.

»Woher kommt ihr?«, frage ich, während Zhai endlich den richtigen Schlüssel gefunden hat. Ein Mann tritt vor das Gitter. Ich habe Mühe, mich nicht abzuwenden, denn er stinkt ekelerregend nach Schweiß. Seine Haare sind verklebt, seine Kleidung ist abgewetzt und sein Gesicht eingefallen. An seiner linken Augenbraue sehe ich eine Platzwunde, die nicht behandelt wurde.

»Senegal«, sagt er kaum hörbar.

»Mein Name ist Carl«, stelle ich mich vor und strecke ihm die Hand hin. Offensichtlich ist er diese Form der Behandlung nicht gewohnt, denn er zögert und betrachtet meine Finger, als suche er darauf etwas Gefährliches. Dann schlägt er ein, zaghaft, mit mädchenhaftem Druck, was nicht zu seiner kräftigen Statur passt.

»Mbaye.« Seine Stimme ist leise, fast ein Flüstern.

»Schön, dich kennenzulernen, Mbaye«, begrüße ich ihn mit einem Lächeln. Es ist eigenartig. Ich fühle mich diesem Mann seltsam vertraut. Uns trennen Welten, bis eben haben wir uns nicht gekannt, sprechen kaum die gleiche Sprache und doch sind wir Brüder, denn wir sind Opfer des gleichen Mannes. Auch wenn der erlebte Schmerz ein anderer ist, so verbindet uns das ertragene Leid.

Bei unserem Handschlag geben die anderen Flüchtlinge ihre Zurückhaltung auf. Sie kommen näher an das Gitter heran. Immer noch vorsichtig, manche fast schleichend, verlassen sie ihre Käfige und blicken sich in der Halle um, als würden sie diesen Ort das erste Mal sehen. Sie sind erstaunlich ruhig. Keiner jubelt und niemand von ihnen macht Anstalten, zu fliehen oder rauszurennen, als fürchteten sie sich davor, ihre sichere Gemeinschaft verlassen zu müssen. Vielleicht haben sie auch nur Angst vor der Welt, die sie außerhalb ihres Gefängnisses erwartet.

Es ist eine bemitleidenswerte Gruppe. Kraftlos, ängstlich und geschunden. Kaum jemand sieht mir in die Augen, die meisten halten den Blick gesenkt, als erwarteten sie den nächsten Schlag.

»Was ist mit dem blonden Mann?«, fragt mein neuer Freund mit Blick auf den toten Wächter.

»Um den habe ich mich gekümmert«, sage ich bestimmt. »Er wird uns nicht mehr stören.«

Mbaye nickt. Für einen Moment blitzt Zorn in seinen Augen auf. »Gut.«

Zhai hat alle Schlösser geöffnet. Sie geht zwischen den dunkelhäutigen Männern und Frauen umher, auf der Suche nach ihrem Bruder, doch nirgends ist ein Asiate zu sehen. Die Flüchtlinge kommen ausnahmslos aus Afrika.

»Sind hier noch mehr Käfige?«

Mbaye schüttelt den Kopf, als ich die Frage übersetze. »Der blonde Mann zwang die Kräftigsten von uns, auf dem Schrottplatz zu arbeiten«, erklärt er. »Ich habe jeden Winkel und jede Hütte dieses Orts gesehen. Es gibt nur uns.«

Zhai schlägt die Hände vor das Gesicht und unterdrückt ein Schluchzen. Ich habe sie noch nie so zerbrechlich gesehen, so fern jeder Hoffnung. Auch wenn die Männer und Frauen nicht wissen, warum die junge Asiatin so verzweifelt ist, erkenne ich Mitleid in ihren Gesichtern. Was immer Dobes' Männer mit den Flüchtlingen gemacht haben, ihre Menschlichkeit hat er ihnen nicht genommen.

Schließlich atmet Zhai hörbar aus, hebt den Kopf und drückt ihre Schultern durch. »Du musst jeden von ihnen befragen«, sagt sie. »Vielleicht haben sie etwas gesehen, was uns zu Dobes' Versteck bringt.«

»Und was machst du?«

»Ich kümmere mich um den Blonden.« Sie zieht ihr Messer. »Wenn du ihn nicht getötet hast, wird er mir alles sagen, was er weiß.«

KAPITEL 19

Ich gehöre zur Gruppe der Diola, einer kleinen Minderheit von Katholiken in einem von Muslimen geprägten Senegal. Auch wenn mich die meisten Andersgläubigen tolerieren, ist es doch kein einfaches Leben. Man fühlt sich überall zurückgesetzt, ein Niederer, nur weil mein Gott nicht Allah heißt.

Trotzdem liebe ich meine Heimat, und ich hätte mir nie vorstellen können, aus Bignona wegzugehen. Die Arbeit als Bauer war hart und ich wurde nicht reich und doch war ich zufrieden, bis der Sohn des Bürgermeisters Interesse an meiner Schwester Awa zeigte. Lamine war ein verzogener Junge, der den ganzen Tag in seinem großen Mercedes durch die Stadt fuhr, reich an Geld, aber arm an Charakter. Awa ist eine kluge Frau, also tat sie alles, um sich von Lamine fernzuhalten, aber dieser konnte die Zurückweisung nicht ertragen. Eines Tages lauerte er ihr auf, in der Absicht, sich zu holen, was seiner Meinung nach sein Recht war. Glücklicherweise hörte ich Awas Hilferufe. Er war dabei, meiner Schwester das Kleid vom Leib zu reißen, also tat ich, was jeder gute Bruder tun würde. Vor meiner Zeit als Bauer war ich vier Jahre beim Militär, und Lamine bekam nun die Prügel, die er verdient hatte. Sein Vater ließ daraufhin all seinen Einfluss spielen. Schläger verwüsteten unseren Gemüseladen und schüchterten die Kunden ein.

232

Man zertrümmerte mein Auto und brannte unser Hirsefeld nieder. Binnen weniger Tage war die Lebensgrundlage unserer Familie vernichtet, also ging ich zum Bürgermeister und beschwerte mich über diese Behandlung. Doch statt mich anzuhören, befahl er der Polizei, mich mitzunehmen und ins Gefängnis zu werfen. Ich landete in einem stinkenden Loch, das selbst den Ratten zu schmutzig war, und wurde Tag um Tag geschlagen. Kein Richter hatte mich verurteilt und kein Anwalt kam, um mich zu verteidigen. Ich bekam nichts zu essen und wenig zu trinken, sodass ich schließlich krank wurde. Im Fieberwahn konnte ich kaum Realität von Traum unterscheiden. Ich wusste nicht, ob die Männer, die mich quälten, wirklich waren, oder ob sie meinen Albträumen entstammten. Irgendwann holten sie mich aus meinem Loch und warfen mich auf die Straße, wo mich meine Schwester aufhob und nach Hause brachte. Es dauerte eine weitere Woche, bis ich wieder halbwegs auf die Beine kam und das Bett verlassen konnte. In dem Monat, den ich im Gefängnis verbracht hatte, war alles noch schlimmer geworden. Unser Geschäft war geschlossen. Selbst Freunde wagten nicht mehr, bei uns einzukaufen, aus Angst vor dem Bürgermeister und seinen Polizeifreunden. Ab und zu sah ich Lamine an unserem Haus vorbeifahren, höhnisch lächelnd, spöttisch winkend. Es blieb uns nichts anderes übrig, als Bignona zu verlassen. Meine Eltern zogen nach Ziguinchor zu Verwandten, aber Awa und ich hatten nichts mehr, was uns im Senegal hielt. Die Zukunft konnte woanders nicht schlechter sein, also nahmen wir unser letztes Geld und machten uns auf den Weg nach Europa. Glücklicherweise hatten wir alle unsere christlichen Symbole zu Hause gelassen. Ich hatte sogar einen Koran im Gepäck, was uns bei Kontrollen auf dem Weg zum Meer das Leben gerettet hat. Bei der Durchquerung der Wüste nach Aleg und Atar bis nach Mali wären wir beinahe verdurstet, hätte uns nicht ein Lkw-Fahrer gefunden. In Timbuktu musste ich in eine Bäckerei einbrechen, damit wir überhaupt etwas zu essen hatten. Es dauerte vier Tage, bis wir wieder kräftig genug waren, um weiterzumarschieren. Wir wurden wie Tiere behandelt. In Kidal bewarf man uns mit Steinen und in Arlit wären wir beinahe gelyncht worden. Man schoss auf uns, hetzte Hunde auf uns und bedrohte uns mit Messern, aber schließlich erreichten wir Libyen. Am Strand von Misrata bin ich auf die Knie gefallen und habe geweint. Ich hatte noch nie etwas Schöneres gesehen. Nach den Wochen in der Wüste war das Meer eine Erlösung. Viele fürchten sich vor der Überquerung, aber ich sehnte mich nach dem Tag, der mich nach Europa bringen sollte. Die Risiken waren mir egal. Zu ertrinken war ein besseres Schicksal, als elend in der Wüste zu verrecken.

Es dauerte nicht lange, bis ich einen Schleuser gefunden hatte. Ich hörte mich auf dem Markt um, geriet im Café in ein Gespräch und irgendwann traf ich mich mit einem Mann, der vom Leben in Europa schwärmte. Er hatte Bilder von glücklichen Menschen, wohlhabend, mit eigener Wohnung, einem großen Fernseher und einem schönen Auto.

Er hieß Ali, sicher nicht sein richtiger Name. Er trug eine Goldkette und hatte eine protzige Uhr am Handgelenk. Er roch nach schlechtem Parfüm, hatte seine Haare mit Fett zurückgekämmt und zwinkerte immer wieder meiner Schwester anzüglich zu. Ich hätte mich von ihm fernhalten sollen, aber er war unser Weg in ein besseres Leben, also gab ich ihm mein letztes Geld, und wir folgten ihm in eine heruntergekommene Hütte am Stadtrand, in der schon vierzig andere auf die Überfahrt warteten. Tag um Tag brachte Ali mehr. Junge Männer, Alte, Frauen und Kinder. Manche von ihnen gerade ein paar Tage alt. Wir hatten kaum zu essen, und das Wasser aus der Leitung schmeckte brackig, aber wir beschwerten uns nicht. Ohne Geld hatten wir uns völlig in Alis Hände begeben. In der Nacht, wenn die unerträgliche Hitze des Tages schwand, schloss ich meine Augen, faltete die Hände und betete um Gottes Beistand. Ich hoffte, dass er über uns wachte und uns bald aus diesem Elend befreien würde. Zwei weitere Wochen mussten wir ausharren. Es wurde so voll in der Hütte, dass wir nicht einmal genug Platz zum Niederlegen hatten. Ali verbot uns, unsere Unterkunft zu verlassen, also ertrugen wir auch diese Enge, aber die Geduld der Wartenden schwand. Eines Morgens kam es zu einem Streit zwischen zwei jungen Männern. Sie stritten sich auf Arabisch, sodass ich nicht verstehen konnte, was sie sagten, aber bevor ich dazwischengehen konnte, zog einer von ihnen ein Messer und stach wie besessen auf sein Gegenüber ein. Selbst als der Gegner schon tot am Boden lag, trieb er die Klinge immer wieder in dessen Fleisch. Seine Augen waren im Kampfrausch gerötet und er schrie, als wäre jeder seiner Stiche eine Befreiung. Immer mehr Blut bedeckte den Boden. Während ich mich vor meine Schwester stellte, floh der Rest aus der Hütte. Erst eine Stunde später kam Ali. Es dauerte lange, bis alle wieder beisammen waren. Die Leiche wurde von zwei Männern abgeholt, die den Körper in einen Transporter luden und zum Meer fuhren. Der Messerstecher wurde aus der Hütte vertrieben. Damit er nicht wiederkommen konnte, brachen ihm Alis Männer das Bein.

Von da an wich uns Ali nicht mehr von der Seite. Er telefonierte stundenlang, gestikulierte wild beim Reden, bis er wütend und schwitzend das Gespräch beendete. Dann erklärte er uns, dass wir in der nächsten Nacht losfahren würden. Auch wenn ich das Schicksal des toten Mannes bedauerte, so war es vielleicht sein Opfer, das uns aus dieser Hütte befreit hatte. Bei Anbruch der Dunkelheit kam der Transporter zurück. Ali lud Awa und mich mit acht anderen hinein und schloss die Tür. Es war stickig und heiß. Es stank nach dem Blut des Erstochenen, aber schließlich erreichten wir das Meer. Ali scheuchte uns auf ein kleines Schlauchboot, das uns zu einem größeren Schiff bringen sollte. Auch wenn ich mich freute, dass die Fahrt endlich begann, überkam mich die Angst vor der Gewalt des Meeres. Es war eine finstere, mondlose Nacht. Die Wolken verbannten das Sternenlicht, sodass wir kaum eine Armlänge weit sehen konnten. Die See war stürmisch. Die Wellen schlugen *hart gegen unser Boot und warfen uns immer wieder in die Höhe. Ich klammerte mich an meine Schwester, denn wäre einer von uns herausgefallen, hätte man uns in der Dunkelheit nicht mehr gefunden. Nach wenigen Minuten waren wir durchnässt, und der Wind blies uns die Wärme aus dem Körper. Ich weiß nicht, wie lange wir auf dem Schlauchboot waren. Es kam mir wie eine Ewigkeit vor, aber irgendwann wurde der Motor abgeschaltet, und wir legten an einem großen Fischkutter an. Mit letzter Kraft zogen wir uns die Reling hoch und schliefen noch auf dem Deck ein. Man musste kein Seemann sein, um zu verstehen, dass das Schiff zu voll war. Im Laderaum war kaum Platz zum Sitzen und auch das Deck war voller Menschen. Sollten wir in einen Sturm kommen, würde das Boot binnen eines Augenblicks sinken, doch das Wetter war nicht unser Problem. Schon nach wenigen Stunden auf dem Meer drang Wasser durch das Holz. Wir versuchten es herauszuschöpfen, so gut es ging, aber der Laderaum wurde stetig voller. Das Boot bekam immer mehr Tiefgang und die Menschen aus dem Laderaum flüchteten nach oben. Am nächsten Morgen konnten wir in der Ferne Land sehen, aber dann nahm der Wind wieder zu und ließ das Boot wie einen Korken im Wasser hüpfen. Eine hohe Welle traf uns von der Seite und warf uns um. Die Kälte des Wassers war wie ein Schock. Ich versuchte, zur Oberfläche zu gelangen, aber immer wieder stürzten Körper auf mich, strampelten in ihrer Hilflosigkeit und klammerten sich in Todesangst an mir fest. Ich kämpfte um mein Leben, während Kinder nach ihren Müttern schrien und Menschen in den Fluten ertranken, die Hände verzweifelt nach mir ausgestreckt, als könnte ich sie vor ihrem Schicksal bewahren. Bald wurde es ruhiger. Das Schiff war gesunken und die Nichtschwimmer hatten ihr nasses Grab gefunden. An diesem Tag rettete uns der kleine See neben unserer Schule das Leben. In diesem hatten Awa und ich schwimmen gelernt.*

Wir hielten uns eng beieinander, Spielbälle der Wellen, aber unsere Kraft reichte, bis uns ein Schiff der italienischen Küstenwa-

che aus dem Wasser zog. Dann kamen wir in ein Auffanglager auf einer Insel. Wir hatten kaum mehr Platz als auf dem Boot, schliefen mit zehn anderen in einem kleinen Raum, aber man gab uns zu essen, und das Wasser machte nicht krank. Wir waren in Europa, doch umgeben von Stacheldraht und Zäunen fühlte es sich nicht wie Freiheit an. Man kleidete uns neu ein, versorgte die Wunden, aber man wollte uns nicht gehen lassen. Nach Wochen des Wartens entschlossen wir uns zu fliehen, wieder auf uns alleine gestellt, in einem Land, dessen Kultur uns fremd war und dessen Sprache wir nicht verstanden. Mithilfe eines weiteren Schleusers kamen wir schließlich nach Deutschland. Doch die Entbehrungen bis dahin waren nichts im Vergleich zu der Hölle, die uns hier erwartete. Awa und ich wurden mit sechs anderen in einen Transporter ohne Fenster geladen. Wir wussten nicht, wohin wir fuhren, aber der Schleuser sagte, dass er uns nach Deutschland bringen werde. Da wir kein Geld hatten, mussten wir versprechen, unsere Schulden abzuarbeiten. Naiv, wie ich war, hörte es sich gerecht an. Als wir hier ankamen, wurden wir erst einmal verprügelt. Ohne Grund. Man trat mich und quälte mich mit einem Elektroschocker, bis ich ohnmächtig wurde, während meine Schwester zusehen musste. So machten sie es mit jedem Flüchtling. Damit wollten sie uns zeigen, dass wir nun ihr Eigentum waren, keinerlei Rechte mehr hatten. Manche von uns rebellierten noch immer, doch dann kam der Große mit den Feuerhaaren.

KAPITEL 20

Zhai kommt kurz herein und versichert uns, dass wir noch zwei Stunden Zeit haben, bis der Wachwechsel vollzogen wird. Ohne ein weiteres Wort nimmt sie sich eine Eisenstange von einem Schrotthaufen und geht mit grimmigem Gesichtsausdruck wieder nach draußen. Ich übersetze es. Er nickt und fährt mit seiner Erzählung fort. Ich spüre keine Müdigkeit, so sehr habe ich mich an unsere nächtliche Aktivität gewöhnt. Trotz der vielen Flüchtlinge ist es ruhig in der Fabrikhalle. Manche lauschen Mbayes Ausführungen. Andere legen sich auf den Boden und schlafen.

»Wir wussten nicht, wer der Mann war. Er kam herein, ging auf einen jungen Mann zu, der mit einem Wächter stritt, und schoss ihm eine Kugel in den Kopf.« Mbaye schließt kurz die Augen. »Ich habe so etwas noch nie gesehen. Das Blut spritzte auf zwei Frauen, die hinter ihm standen. Der Körper des Toten fiel zu Boden und sein Gehirn floss in die schmutzige Erde. Der Rothaarige drehte sich zu uns. Er sah jedem in die Augen, als wollte er sich vergewissern, dass wir verstanden hatten. Dann steckte er die Pistole wieder ein und verließ die Halle. Ohne ein Wort.

Von diesem Tag an gehorchten wir den Wächtern. Der Schuss hatte unseren letzten Widerstand gebrochen. Ich wurde auf eine Baustelle gebracht, musste die ganze Zeit Säcke schleppen und Gruben ausheben. Die Aufseher schikanierten uns, wir bekamen kaum zu essen und hatten keine Pause. Jeden Tag fragte ich mich, wie ich diese Schinderei überleben sollte, aber mein Schicksal war nichts im Vergleich zum Leid der Frauen.

Sie sprachen nicht oft darüber, aber an manchen Tagen hatten sie bis zu zwanzig Männern zu gefallen«, bestätigt Mbaye meine Befürchtungen. »Ich erinnere mich noch an Genet, ein junges Mädchen aus Eritrea, das auf der Überfahrt zusehen musste, wie ihre Eltern ertranken. Sie hatte ein ansteckendes Lächeln und träumte davon, in Deutschland auf die Schule gehen zu dürfen.« Seine Stimme wird wieder leiser. »Eines Nachts konnte ich vor Schmerzen nicht schlafen. Im schummrigen Licht sah ich, dass Genet sich an dem Gitter zu schaffen machte. Sie riss ein Stück rostiges Metall heraus. Ich dachte, sie wollte einen der Wärter damit angreifen, aber stattdessen setzte sie sich mit dem Rücken zur Wand und schnitt sich die Pulsadern auf. Sie sprach kein Wort, aber in ihrem Blick lag ein Flehen, das mich davon abhielt, ihr zu helfen oder die anderen zu wecken. Ich verstand ihren Wunsch. Ich ging an das Gitter, streckte meine Finger durch die Stäbe und legte die Hand auf ihre Schulter, während das Leben aus ihr herausfloss. Sie sah noch einmal zu mir und lächelte, dankbar, nicht alleine sterben zu müssen, in der Hoffnung auf eine bessere Welt, die kommen würde.«

Er schweigt lange. Ich habe das Gefühl, etwas sagen zu müssen, etwas Tröstendes, etwas Hoffnung Spendendes.

»Und so wurden wir von Tag zu Tag weniger. Manche starben bei Unfällen, andere verschwanden einfach. Wir fügten uns in unser Schicksal, ohne Hoffnung auf ein besseres Leben. Bis ihr beide gekommen seid.« Er nickt mir zu. »Wir stehen in eurer Schuld.«

Ich sage nicht, dass wir nicht zu ihrer Rettung gekommen sind, aber vielleicht hat uns das Schicksal eine unerwartete

Trumpfkarte zugespielt. »Wir helfen euch, aus dieser Hölle zu entkommen, aber wir sind auf der Suche nach dem Rothaarigen. Weißt du, wo er wohnt?«

Mbaye schüttelt den Kopf. »Ich habe ihn seit der Erschießung nicht mehr gesehen.«

Ich fluche leise. Hoffentlich hat Zhai etwas herausfinden können.

»Ich weiß es«, vernehme ich eine Stimme hinter mir. Awa hat ihre Lethargie abgelegt und sich erhoben. »Ich war zwei Mal bei ihm zu Hause, wo er mich wie eine Hure seinen Freunden überlassen hat.«

»Sie kennen sein Versteck?«

Awa nickt. »Ich habe mir den Weg eingeprägt, weil ich mir geschworen habe, ihn eigenhändig in Streifen zu schneiden.«

Mir gefällt ihre Einstellung. »Wir können noch heute Nacht los«, sage ich lächelnd.

Zhai kommt fünf Minuten später wieder zurück. An ihren Händen ist Blut, wahrscheinlich von dem blonden Wächter, den ich bewusstlos geschlagen habe. »Ich habe mir alle Mühe gegeben, aber leider habe ich noch immer keine Adresse von Dobes.«

»Da können uns unsere neuen Freunde helfen.« Ich deute auf Awa. »Eine von den Frauen führt uns direkt in sein Versteck.«

»Worauf warten wir noch?«, fragt sie ungeduldig.

»Wir können die Menschen hier nicht ihrem Schicksal überlassen«, erkläre ich. Einen Moment verzieht Zhai das Gesicht voller Unmut, als wolle sie widersprechen, aber dann nickt sie kurz.

»Was immer du vorhast, es muss schnell gehen.«

»Wie weit ist es bis zu Dobes' Versteck?«, wende ich mich auf Französisch an Awa.

»Vierzig Minuten mit dem Auto.«

»Awa ist bereit, uns zu Dobes zu bringen«, sage ich zu Zhai. »Wir nehmen den BMW vor der Tür und verschwinden. Auf der Autobahn informieren wir die Polizei über die Flüchtlinge und werfen das Handy aus dem Fenster. Wir erreichen das Haus, bevor die Wachablösung kommt, damit Dobes nicht gewarnt werden kann, und bereiten unserem Freund die Überraschung seines Lebens.«

Ich bin von meinen Worten selbst überrascht, da der Plan weder wohlüberlegt noch gut vorbereitet ist.

Zhai hat keine Einwände. Sie sagt nur: »Gehen wir.«

Neben dem Eingang liegt die Leiche des blonden Wächters, zusammengekrümmt, als wären die letzten Sekunden seines Lebens voller Schmerz gewesen. Ihm fehlen zwei Finger an der rechten Hand, sein rechtes Bein scheint gebrochen und ein Schnitt zieht sich von der Wange bis zum Kinn hinunter. Blut hat sein Hemd rotbraun gefärbt.

Zhai geht achtlos an dem Mann vorbei. Mbaye und Awa haben ihre Augen starr nach vorne gerichtet, als interessiere sie das Schicksal des Wächters nicht. Der Senegalese will seine Schwester nicht alleine mit uns gehen lassen und uns bei unserer Rache an Owen Dobes helfen. Da er in seiner Heimat zwei Jahre beim Militär war, kann er uns tatsächlich von Nutzen sein, kennt er sich doch mit dem Gebrauch von Waffen besser aus als ich.

Wir steigen in den BMW und verlassen das Gelände. Wenige Minuten später sind wir auf der Autobahn. Während Zhai die Polizei über das Gefängnis der Flüchtlinge informiert, lasse ich mir von Awa den Weg zu Dobes beschreiben. Trotz der Dunkelheit weiß sie genau, wohin wir zu fahren haben. Ich bitte sie, mir jedes Detail zu Dobes' Wohnung zu nennen, und übersetze ihre Worte für Zhai.

Östlich von Bergisch Gladbach hat Dobes ein altes Landhaus zu einer Luxusvilla umgebaut, samt Gartenteich und

Swimmingpool. Das Domizil liegt abseits, sodass sich niemand zufällig dorthin verirren kann. Das Autolicht würde man von Weitem sehen können, also schalte ich die Scheinwerfer aus, sobald wir von der Landstraße herunter sind, und fahre den letzten Kilometer im Dunkeln. Trotz wolkenfreien Himmels keine leichte Sache, weil wir einerseits unter Zeitdruck stehen, ich es andererseits aber nicht riskieren will, das Auto in den Graben zu setzen. Vor der letzten Kurve zum Anwesen fahre ich den BMW ein Stück in einen Feldweg hinein und steige aus.

Wenn ich Awa Glauben schenken darf, gibt es am Haupteingang eine große Kamera. Vor dem Gelände und innerhalb des mit einer drei Meter hohen Mauer umgebenen Anwesens patrouilliert je eine Wache. Ein Mann wie Owen Dobes hat wahrscheinlich auch schusssicheres Glas und moderne Schlösser, sodass uns nichts anderes übrig bleiben wird, als eine Wache zu töten und zu hoffen, dass diese einen Schlüssel bei sich hat.

Wir besprechen uns kurz und entscheiden, dass wir seitlich über die Mauer steigen. Zhai wird die Wache mit ihrem Messer töten und die Schlüssel an sich nehmen. Mbaye und Awa ergehen sich noch in einer kurzen Diskussion über die Gefährlichkeit des Einbruchs. Schließlich willigt die Frau ein, zurück zum Auto zu gehen und dort auf uns zu warten. Als wir Awa in der Dunkelheit nicht mehr sehen können, schleichen wir los. Ich habe ein Messer dabei, Zhai zusätzlich noch eine Pistole, ebenso wie Mbaye, der die Glock des Wächters an sich genommen hat.

An der Mauer lasse ich mich von ihm so weit hochheben, dass ich gerade über die Kante sehen kann. Zhai sichert nach hinten ab, sollte ein Wächter bei seiner Runde hier vorbeikommen. Das lang gezogene, rechteckige Haus hat zwei Stockwerke mit schätzungsweise zwanzig Zimmern. Die meisten von ihnen liegen im Dunkeln, nur bei zweien im Erdgeschoss kann ich Licht sehen. Direkt vor einem Fenster sitzt ein kräftig gebauter

Mann im Anzug und raucht eine Zigarette. Der Weg zu ihm führt über ein langes Stück Rasen. Von dort aus hat er den Eingang, das Tor und Teile des Gartens im Blick. Ein strategisch guter Punkt. Man kann sich ihm nicht ungesehen nähern.

Ich sehe auf die Uhr. Es ist nach fünf. Die Polizei dürfte den Schrottplatz schon erreicht haben. In weniger als einer Stunde dürfte die Ablösung ankommen und schon von Weitem die Blaulichter sehen. Einen Augenblick später wird sie Dobes informieren. Wahrscheinlich würde er seine Zelte in Deutschland abbrechen und irgendwo untertauchen. Zweifelsohne hat er für einen solchen Fall vorgesorgt. Dann würden wir ihn nie wiedersehen.

»Wir müssen den Mann außerhalb des Grundstückes erwischen«, erkläre ich, nachdem mich Mbaye wieder heruntergelassen hat. »Die Wache vor dem Haus kriegen wir nicht.«

»Versteckt euch solange im Wald.« Zhai deutet auf die Bäume, die zwanzig Meter von der Mauer entfernt stehen. »Ich kümmere mich darum«, sagt sie und zieht ihr Messer.

Während Mbaye und ich zum Wald gehen, kommen mir wieder die Zweifel des perfekten Planers, der alles Unvorhergesehene im Vorhinein eliminieren will. Was würde passieren, wenn sich der Sicherheitsmann regelmäßig über Funk melden muss oder wenn er Zhai bemerken würde? Außerdem wissen wir nicht, ob Dobes zu Hause ist. Vielleicht ist er auf Geschäftsreise und unser Einbruch ist umsonst. Während mir alle diese Gedanken durch den Kopf rasen, sehe ich einen Schemen auf dem Weg entlangkommen. Mit dem Mond im Rücken ist er leicht auszumachen. Im ersten Moment denke ich an Zhai, aber dann erkenne ich die kräftige Statur, die so typisch für Dobes' Männer ist. Meine Augen suchen hektisch die Umgebung ab, aber Zhai ist verschwunden. Ich hoffe, dass sie den Wächter auch bemerkt und sich noch rechtzeitig in Sicherheit gebracht hat.

Mbaye zieht sich weiter ins Dickicht zurück, ruhig, ohne ein Geräusch zu machen. Offensichtlich hat er in den Monaten seiner Flucht öfters eine solche Situation erlebt. Ich ducke mich tiefer und lege meine Hand auf mein Messer, bereit aufzuspringen, sollte ich ein Anzeichen entdecken, dass der Mann uns gesehen hat. Ich halte die Luft an, verfolge jeden seiner Schritte, aber er setzt seinen Weg unverändert fort, im gleichen ruhigen Tempo, in dem er um die Ecke gekommen ist.

Zhai ist noch immer verschwunden, daher nehme ich an, dass sie sich in der Nähe versteckt hält. Als der Wächter an uns vorbei ist, atme ich aus. Er ist fast wieder um die Ecke verschwunden, als neben uns eine Gestalt aus dem Wald huscht. Sie geht geduckt und nähert sich ihm schnell. Sie macht keinen Laut, als sie sich hinter dem Wächter aufrichtet, ihm die Hand auf den Mund legt und ihm gleichzeitig ein Messer in die Seite rammt. Der Mann krümmt sich kurz im Schmerz, aber die Klinge fährt immer und immer wieder auf ihn nieder, bis er zu Boden geht. Blut spritzt. Der Wächter versucht, nach Zhai zu greifen, aber selbst am Boden hält sie ihre Hand auf seinen Mund gepresst und sticht auf ihn ein, bis er sich nicht mehr bewegt. Dann greift die Asiatin an seinen Gürtel und hebt einen Schlüsselbund in die Höhe, dessen Metall im Licht des Mondes glitzert.

Wir haben unseren Weg in die Villa gefunden. Bleibt nur noch zu hoffen, dass der Hausherr anwesend ist.

KAPITEL 21

An der Ecke des Grundstücks wachsen zwei ausladende Buchen, in deren Schatten wir ungesehen über die Mauer steigen können. Mbaye zieht einen großen Ast aus dem Wald und legt ihn an die Mauer, sodass wir ohne Mühe die andere Seite erreichen. Der Einbruch erinnert mich an meinen Besuch in Siegfried Kranz' Haus. Damals hatte ich alles gründlich ausgespäht und war trotzdem in eine Falle gelaufen. Ich habe gelernt, dass eine sichtbar angebrachte Kamera am Eingang noch lange nicht garantiert, dass es nicht auch noch andere, verborgene geben kann. Selbst wenn Awa nur zwei Wächter gesehen hat, patrouilliert eventuell noch ein dritter über das Gelände. Vielleicht gibt es noch Bewegungsmelder oder Dobes hält einen Hund auf dem Grundstück. Tausend Gedanken über ein mögliches Scheitern gehen mir durch den Kopf, aber all die Zweifel werden von meinem Wunsch, Dobes in die Finger zu bekommen, überlagert. Hier ist er, der finale Shoot-out, die letzte Schlacht. Seltsamerweise schreckt mich die Aussicht auf meinen Tod nicht so sehr wie Dobes' mögliche Flucht, das Wissen, dass er irgendwo dort draußen ist, mit dem Geheimnis um den Einsturz in der Birkenstraße, und ich ihn nicht erreichen kann.

Wir halten uns nahe der Mauer. Trotz Schlüssel wäre es dumm, von vorne in das Haus einzudringen, daher schleichen wir zur Rückseite, in der Hoffnung auf einen Hintereingang. Das Gras dämpft unsere Schritte.

Das Schicksal meint es gut mit uns. Es gibt eine Tür ins Haus. Daneben stehen große Mülleimer, leere Bierkästen, und es sind Gartengeräte an die Wand gelehnt. Der klassische Dienstboteneingang. Keine Kamera über der Tür und kein Angestellter bei einer Raucherpause.

Zhai probiert die Schlüssel durch und hat beim dritten Glück. Sie öffnet leise die Tür, wir schlüpfen rasch hinein und kommen in eine große Küche. Die Möbel sind von einfacher Machart, was nicht zu dem Stil des Hauses passt, aber wahrscheinlich hält sich Dobes nie hier auf, sodass er auf eine teure Einrichtung verzichtet hat. Dafür hat er aber zwei Herde, zwei Backöfen und eine große Spülmaschine. Das Licht über einem Herd ist angeschaltet. Eine Pfanne steht auf der Platte. Wir gehen weiter hinein, als sich eine Metalltür öffnet, die in ein kleines Kühlhaus führt. Von unserer Position haben wir diese nicht sehen können. Wir drehen uns um. Zhai und Mbaye heben ihre Pistolen. Ich ziehe mein Messer.

In dem Moment verlässt uns unser Glück.

Der Mann ist ebenso überrascht wie wir. Er trägt ein weißes Hemd über einer dunklen Anzughose. Seine braunen Haare sind kurz geschoren und verdecken ein Schlangen-Tattoo an seiner Schläfe nur teilweise. Er hat einen Pistolengurt mit einer Glock 19 über dem Hemd. Für einen Moment stehen wir uns starr gegenüber. Niemand spricht ein Wort.

Dann macht der Mann den Fehler, nach seiner Pistole zu greifen. Zhai und Mbaye haben ihre Waffen schon in der Hand und drücken sofort ab. Die Schüsse knallen ohrenbetäubend durch die Küche. Die Kugeln durchschlagen die Brust des Mannes und lassen ihn zurück in den Kühlraum fliegen. Lichter gehen an, Männer schreien. Ich höre Schritte auf einer Treppe. Während ich überlege, was ich tun soll, gewinnt Zhais militärische Ausbildung die Oberhand.

»Neben die Tür«, weist sie mich an. »Uns darf niemand in den Rücken fallen.«

Ich nicke und stelle mich mit Blick zum Hintereingang. Zhai winkt Mbaye zu sich. Zusammen gehen sie den Gang entlang in ein Wohnzimmer. Ich erkenne Teppiche am Boden und einen Gobelin an der Wand. In der Mitte ein großer Eichentisch. Als sie nach rechts weiterlaufen, verliere ich sie aus den Augen. Dann ertönen wieder dröhnende Schüsse. Ein dumpfer Knall überlagert selbst diese. Noch lauter und tiefer als die anderen. Ein Mann schreit. Ich hoffe, dass es nicht Mbaye ist, kann von meiner Position aus aber nichts sehen.

Mein Puls rast. Ich ducke mich instinktiv, auch wenn kein Schuss seinen Weg in die Küche findet. Alles in mir schreit danach, in Deckung zu springen oder in den Wald zu rennen, aber ich halte meine Position an der Tür. Ich drücke beide Hände auf den Messer-Schaft, um meine zitternden Finger zu beruhigen.

Mein Mut wird belohnt. Ein Mann kommt in den Gang gesprungen. Wahrscheinlich will er durch die Küche, um Zhai und Mbaye in den Rücken zu fallen, aber er hat nicht mit mir gerechnet.

Als er mich bemerkt, ist es zu spät. Ich ramme ihm das Messer in den Arm, in dem er die Pistole hält, ziehe es schnell wieder heraus, um es sofort wieder ins Bein zu stechen. Seine Waffe fällt aus der Hand. Der Mann geht schreiend zu Boden und versucht, von mir wegzukriechen. Dabei nimmt er das Messer mit, das noch in seinem Oberschenkel steckt. Meiner Waffe beraubt, hebe ich seine Pistole auf, lege auf ihn an und drücke ab. Es ist das erste Mal, dass ich auf jemanden feuere. Es ist erschreckend einfach, auch wenn mir der Rückstoß schmerzhaft in die Hände schlägt. Der Mann sinkt stöhnend zusammen.

Die Angst, die ich noch vor Kurzem verspürt habe, ist verflogen. Ich bin in einem Blutrausch. Mit der Pistole in meinen Fingern renne ich los. Ich habe keine zwei Schritte zurückgelegt, als ich Zhai schreien höre.

»Carl!«

Ich renne in das Wohnzimmer, springe über eine Leiche, deren Schädeldecke zur Hälfte abgerissen ist. Unter anderen Umständen hätte ich mich vor Ekel abgewendet, aber ich bin voller Adrenalin, sodass mir der Tote nicht mal ein Achselzucken wert ist.

Zhai verbirgt sich hinter einer umgeworfenen Statue, die mich an die Venus von Milo erinnert. Daneben liegt Mbaye, die Augen starr nach oben gerichtet. Sein Brustkorb ist zerfetzt. Die Rippen liegen offen, wie bei einer Obduktion. Sein Blut ist bis auf die gegenüberliegende Wand gespritzt.

Auf einer Empore steht ein Mann in einer kugelsicheren Weste und feuert auf Zhai. Steinsplitter spritzen durch den Raum, als die Kugeln in der Statue einschlagen. Nicht mehr lange und die Asiatin hat keine Deckung mehr. Ich lege auf den Mann an, als sich eine zweite Gestalt neben ihn stellt. Sie trägt einen Morgenmantel und hat auffällig rote Haare.

»Dobes«, schreie ich und feuere los. Der Rückschlag der Waffe reißt mir die Hand nach rechts, sodass ich nur das Geländer treffe. Dobes lässt sich fallen, greift nach der Pistole eines am Boden liegenden Manns und erwidert das Feuer. Ich hechte zur Seite, während die Kugeln im Türrahmen zum Wohnzimmer einschlagen. Holzsplitter zischen durch den Raum, während Dobes weiterschießt. Zhai hat noch immer keine Möglichkeit, sich in Sicherheit zu bringen. In meiner Position kann ich ihr nicht helfen. Ich spiele mit dem Gedanken, blind um die Ecke zu schießen, in die Richtung, in der ich Dobes vermute, als ein markerschütternder Schrei am Eingang erklingt.

Awa steht an der Tür, den Blick auf ihren toten Bruder gerichtet. Ich weiß nicht, warum sie das Auto verlassen hat und wie sie hierhergekommen ist, aber sie rennt zu Mbayes Leiche, hebt seine Pistole auf und schießt auf die Männer auf der Empore. Eine Kugel durchschlägt ihre linke Schulter, als diese das Feuer erwidern, aber sie hält weiter auf Dobes und seinen Leibwächter. Der dritte Schuss trifft Dobes in die Seite. Er bricht mit einem Schrei zusammen und kriecht aus der Schusslinie. Eine Kugel durchdringt Awas Unterschenkel und eine weitere schlägt in ihren Hals. Sie röchelt. Blut läuft ihr die Kehle hinunter. Mit letzter Kraft wendet sie sich von Dobes ab und leert das Magazin auf den Leibwächter, der sie angeschossen hat. Sie taumelt, ihre Kraft versiegt, aber mit dem letzten Schuss trifft sie seinen Kopf.

Dann sinkt sie tot neben ihrem Bruder zu Boden.

Zhai kommt aus ihrer Deckung. Sie atmet schwer. Die umherfliegenden Steinsplitter der Statue haben ihr eine kleine Wunde an der Stirn beschert, aber ansonsten scheint sie unversehrt zu sein. Nach der Schießerei ist es geradezu unheimlich ruhig. Ich höre weder Schritte noch Rufe. Entweder haben wir alle Wächter getötet oder sie stellen uns eine Falle und warten geduldig auf einen Fehler von uns.

»Hast du Dobes gesehen?«, frage ich Zhai.

»Er ist in ein Zimmer gekrochen. Dort wird er sich verschanzt haben.«

»Wir dürfen ihn nicht entkommen lassen«, sage ich eindringlich.

»Hatte ich auch nicht vor.« Zhai hastet zurück in den Eingangsbereich. Wir haben unsere Pistolen nach oben ausgerichtet, bereit, auf jeden zu schießen, aber während wir die Treppe hochgehen, stellt sich uns niemand in den Weg. Ich unterdrücke den Drang zu rennen und setze langsam einen Fuß vor den anderen.

Neben dem erschossenen Leibwächter entdecke ich eine kleine Blutspur, die in ein Zimmer führt. Die Tür ist geschlossen. Zhai stellt sich daneben, drückt die Klinke nach unten und stößt die Tür auf. Ohne hineinzusehen, presst sie sich an die Wand, raus aus einer möglichen Schusslinie.

Ich zähle bis fünf, dann sehe ich hinein. Es ist ein Schlafzimmer, aufwendig eingerichtet, mit einem großen Doppelbett, einem Boden aus glänzendem dunklen Marmor und einem riesigen Kristallspiegel an der Wand. Am Fenster sind schwere, weiße Vorhänge, aber nirgends eine Spur von Dobes. Mit den Pistolen im Anschlag laufen wir hinein. Die Tür eines Schranks ist offen. Anzüge und Hemden liegen auf dem Boden, als hätte Dobes hektisch Kleidung herausgerissen. Zhai sieht unter dem Bett nach, während ich die anderen Schränke öffne, aber der Hausherr ist nirgends zu sehen. Es gibt keine weiteren Türen, keine Möglichkeit woanders hinzulaufen. Er muss hier sein.

Als ich mich fragend zu Zhai drehe, bemerke ich den feinen Luftzug an meiner Wange. Ich gehe zu den Vorhängen und sehe die angelehnte Balkontür. Von hier hat man einen schönen Blick über den Wald, aber man gelangt auch leicht auf das Dach der Garage. Als ich das Blut am Geländer sehe, weiß ich, welchen Weg Dobes genommen hat.

Als ich Zhai zu mir rufe, fährt ein dunkelblauer Porsche aus der Garage und rast mit hoher Geschwindigkeit über den Weg zur Landstraße. Ich schicke ihm einen lauten Fluch hinterher.

Wir rennen so schnell, dass unsere Lungen brennen, als wir den geparkten BMW erreichen. Ich springe in das Auto, starte den Motor und rase durch den Wald, das Gaspedal durchgedrückt. Vielleicht ist Dobes zu schnell unterwegs gewesen und hat sein Auto an einen Baum gefahren, mache ich mir Hoffnung, aber als wir die Landstraße erreichen, wird uns klar, dass wir ihn verloren haben.

»Er hat nur die Kleider am Leib«, versuche ich, uns Mut zu machen, aber selbst mir kommen diese Worte hohl vor. Wir haben ihn zerstört, sein Waffenlager ist aufgeflogen, ebenso wie sein Flüchtlingsversteck. Wir haben sein Haus verwüstet und in einen Friedhof verwandelt, aber Dobes wird irgendwo unterkommen, an einem Ort, der ihm genug Zeit verschafft, seine Wunden heilen zu lassen.

»Wenn die Polizei das Blutbad sieht, lassen sie nach dem Porsche fahnden. Jeder Beamte in Deutschland wird das Auto auf dem Radar haben. Damit kommt Dobes nicht weit.« Noch immer keine Reaktion von Zhai. »Ich habe Zugang zum Kripo-Server«, fahre ich fort. »Wenn sie das Auto finden, weiß ich es augenblicklich.«

Ich meine, Tränen in ihren Augen zu sehen. Ich starre auf das Lenkrad und spüre die Müdigkeit in meinen Knochen. Wie gerne hätte ich mich irgendwo hingelegt und geschlafen. Einen Tag, ein Jahr, vielleicht auch bis in alle Ewigkeit. Es spielt keine Rolle mehr. Ich glaube selbst nicht mehr daran, Dobes je wiederzusehen.

Wir haben verloren.

Wir sitzen wortlos im Auto. Eine Minute, vielleicht zwei, aber in dieser Zeit rasen mir unendlich viele Gedanken durch den Kopf. Ich möchte weinen und schreien zugleich. Ich möchte aussteigen und das Auto zerschlagen, ebenso wie ich meinen Kopf an Zhais Schulter lehnen und meinen Tränen freien Lauf lassen will. Irgendwann bekomme ich meine Emotionen wieder in den Griff. In all dieser Hoffnungslosigkeit meldet sich der alte Carl wieder, derjenige, der nie aufgibt, der eine Niederlage nicht akzeptieren kann.

Ich wende und fahre zurück und stelle das Auto in die Einfahrt. Ich ziehe meine Handschuhe über, renne durch das Haus und suche nach allem, was mich weiterbringen könnte. Computer, Festplatten, Aktenordner oder achtlos hingekritzelte Notizen. Ich steige über Leichen und Blutlachen. Ich ignoriere die Gesichter der Toten, ihre starren Augen und ihre im Schmerz verkrampften Körper. Meine Ohren dröhnen noch vom peitschenden Lärm der Schüsse, aber die jetzige Ruhe ist fast idyllisch. Ich vermeine sogar, einen Vogel vor dem Haus singen zu hören. Ich rechne jeden Augenblick mit der Ankunft der Polizei, aber als ich zwei Minuten später den verschlossenen Raum finde, herrscht immer noch Stille. Die Metalltür ist schwer zu knacken. Sie hat ein dreifaches Verriegelungssystem, ein Sicherheits-Profilzylinder mit Aufbohrschutz und Stahlbändern mit Bandbolzen-Sicherung. Meine Schlagschlüssel sind nutzlos und selbst mit einem Brecheisen würde ich nicht weiterkommen.

Jetzt hat die Schießerei doch etwas Gutes. Ich gehe zum nächsten Toten, nehme seine Pistole und leere das Magazin aus sicherer Entfernung auf das Türschloss. Das wiederhole ich zwei Mal, bis nichts mehr davon übrig geblieben ist, außer einem zerfetzten Loch.

Ich lasse die Pistole zu Boden gleiten, als Zhai hereingerannt kommt. Ihre Lethargie ist abgefallen. Sie geht an der Eingangstür mit gezogener Waffe in Deckung.

»Was ist hier los?«, ruft sie.

»Alles gut«, beruhige ich und winke sie herein. »Ich habe einen gesicherten Raum gefunden. Vielleicht ist es nur ein Waffenlager, möglicherweise enthält es auch Informationen, die uns weiterbringen.« Ich mache die Tür auf und betätige einen Lichtschalter. Die Luft ist abgestanden. Irgendwo läuft ein Gebläse. An den Wänden stehen helle Regale, die Hälfte davon leer. In anderen liegen Päckchen mit weißem Pulver, Pistolen und kleine Kartons mit Munition. Leider sehe ich nirgends einen Computer, aber ein Regal ist voller Ordner. Daneben steht ein Metallbehälter, an dem ein Kabel festgeklebt ist. Ein weiterer am Boden, ein anderer über dem Fach mit den Drogen.

»Nicht bewegen«, sagt Zhai. Die Anspannung in ihrer Stimme lässt mich erstarren. Sie geht zu einem der Metallkästen, zieht vorsichtig das Klebeband ein Stück ab und betrachtet, was darunter ist. Mit ihrem Messer schneidet sie das Stück Plastik durch. Das Gleiche macht sie bei den anderen Behältern. Als das dritte Kabel durchtrennt ist, atmet sie hörbar aus.

»Was ist los?«, frage ich.

»Brandbomben«, erklärt sie. »Riechst du das Benzin?«

Jetzt, wo sie mich darauf hinweist, nehme ich es auch wahr. Nicht so stark wie an einer Tankstelle, eher ein sanfter Duft in der Luft dieses fensterlosen Raums.

»Die Kabel führen zu einer Zündkapsel, die stark genug ist, ein Loch in die Behälter zu sprengen und das Benzin zu entzünden.« Sie deutet auf die Regale. »Alles aus Holz und auf dem Boden sind Dielen verlegt. Die sechs Liter Benzin verwandeln den Raum in ein brennendes Inferno. Durch die Lüftung ersticken die Flammen nicht.« Zhai geht aus dem Raum und deutet auf einen Schalter einen Meter links neben der Tür. Er ist von einer kleinen Plastikabdeckung geschützt, damit niemand versehentlich drankommen konnte. »Da laufen die Kabel zusammen.«

»Warum hat Dobes die Brandbomben nicht ausgelöst?«, frage ich.

»Er ist oben unter Beschuss gewesen. Er konnte unmöglich herunterkommen. Außerdem wird er nicht damit gerechnet haben, dass jemand sein Versteck stürmt, sonst hätte er oben auch einen Auslöser gehabt.« Zhai deutet auf die Metallbehälter. »Die Brandbomben sind festgeschraubt. Ich kann sie nicht entfernen, also sei bei deiner Suche vorsichtig, falls es einen versteckten Auslöser gibt.«

Ich nicke ihr zu und ziehe den ersten Ordner aus dem Regal. Ich überprüfe ihn auf Kabel, finde aber nichts. Die Unterlagen sind offizielle Dokumente, Grundstückseinträge, Kaufverträge von Gebäuden und Lagerhallen. Ein Traum für jeden Ermittler, aber nichts, was mit dem Baupfusch in der Birkenstraße zu tun hat. Ich werfe alles vor die Tür in den Flur, damit es nicht in Flammen aufgeht, sollte ich doch noch die Brandbomben auslösen. Wenn diese Unterlagen zur Kripo gelangen, ist Dobes wirklich am Ende.

Es fällt mir schwer, mich in Geduld zu üben, aber ich überprüfe jeden Ordner auf eine versteckte Falle.

»Wir müssen los«, drängt Zhai. »Dobes wird seine Männer über den Angriff informiert haben oder vielleicht gibt es doch einen Nachbarn, der die Schießerei bei der Polizei gemeldet hat.«

»Zwei Minuten«, sage ich. Ordner für Ordner fliegt vor die Tür. Die meisten von ihnen enthalten nur Zahlen, wahrscheinlich irgendein Code, den ich nicht verstehe.

»Carl.«

Ich gebe meine Vorsicht auf und reiße die restlichen Ordner aus dem Regal, während ich Dobes' Nachlässigkeit bei den Beschriftungen verfluche. Beim dritten werde ich fündig. Ich erkenne den Grundriss des Wohnhauses in der Birkenstraße sofort. Zhai packt mich am Arm. Ich lasse mich aus dem Raum ziehen und laufe mit ihr zum Auto. Ich gehe zu einem toten Leibwächter, nehme sein Handy, wische das Blut ab und steige in den BMW. Den Ordner werfe ich auf den Rücksitz, während ich den Motor starte. Zurück an der Landstraße, rufe ich bei der Polizei an und berichte von einer Schießerei auf Dobes' Anwesen, von einem Porsche, der mit hoher Geschwindigkeit von dort weggefahren ist, und gebe das Autokennzeichen an, das ich mir gemerkt habe.

Dann werfe ich das Handy in den Graben und wir fahren zurück zu Zhais Unterschlupf. Ich stelle das Auto auf einem unbewachten öffentlichen Parkplatz an einer viel befahrenen Straße ab. Ich glaube nicht, Dobes je wiederzusehen, aber der Ordner gibt mir etwas Hoffnung zurück.

KAPITEL 22

Noch in der Nacht arbeite ich mich durch die Papiere. Zhai beobachtet mich bei der Arbeit, aber mit jeder Seite wird mir klar, dass die Unterlagen nichts wirklich Neues enthalten. Sie sind eine Kopie derjenigen von Miersch. Gegen fünf Uhr früh verliere ich auch den letzten Funken von Konzentration. Ich stelle den Ordner zur Seite und lege mich auf meine Matratze. Eigentlich habe ich nur zwei Stunden schlafen wollen, aber der Wahnsinn der letzten Tage fordert seinen Tribut. Es ist 14.22 Uhr, als ich hochschrecke. Zhai ist wach, wenn sie überhaupt geschlafen hat. Sie sitzt auf der kleinen Matte in der Küche, hat eine Tasse Tee in der Hand und starrt ins Leere. Verschwunden ist ihre Agilität, das Glitzern in ihren Augen, wenn wir eine neue Spur gefunden haben. Ihre Schultern sind nach vorne gesackt, die schwarzen Haare ungekämmt, als hätte sie sich mit der Tatsache abgefunden, dass sie ihren Bruder nie mehr sehen wird, dass er tot ist, ertrunken im Meer oder irgendwo verscharrt in der Erde.

Ich stehe auf und starte den Computer, mehr getrieben von Gewohnheit als von der Hoffnung, doch noch etwas erreichen zu können. Die Untersuchung der Schießerei ist im vollen Gange. Der Server quillt über vor Bildern und Beschreibungen des Tatorts. Die Toten sind identifiziert worden, man hat alle

Kugeln aus den Leichen geholt und Profile der verwendeten Waffen erstellt. Da das Haus offiziell einer englischen Immobilien-Firma mit Sitz in Liverpool gehört, fällt nirgendwo der Name Owen Dobes. Alle Räume sind durchsucht, aber für die Villa einer Unterwelt-Größe ist nur wenig Illegales gefunden worden. Das Koks, das kleine Waffenlager, und irgendwo in dem Raum waren noch zwanzigtausend Euro Bargeld gelegen. Die Ordner sind aufgelistet, werden aber zur weiteren Untersuchung an IT-Experten übergeben. Die Identität des Anrufers konnte nicht festgestellt werden, und der Porsche wurde zur Fahndung ausgeschrieben. Schließlich verbucht die Kripo die Schießerei unter der Rubrik »Bandenkrieg«.

So weit, so gut, aber nichts davon hilft uns weiter. Ich erzähle Zhai vom Stand der Ermittlungen, aber sie scheint nicht wirklich interessiert zu sein, auch wenn sie ab und zu mit dem Kopf nickt. Irgendwann habe ich ein Einsehen und schweige. Als ich wieder an meinem Computer sitze, werden die Einträge aktualisiert.

Der Porsche ist an der Widdersdorfer Straße abgestellt worden. Natürlich fehlt vom Fahrer jede Spur. Die Region ist ein Industriegebiet mit Autoniederlassungen, Hotels, Technologiepark, TÜV und einer Abendschule, menschenleer in der Nacht. Es gibt einen Anschluss an eine Buslinie und nicht weit davon liegt eine S-Bahn-Station. Im Morgenmantel wäre Dobes sicher jemandem aufgefallen, aber höchstwahrscheinlich hat er sich mit den Kleidern aus seinem Schrank umgezogen.

Auf dem Fahrersitz wurde Blut gefunden, aber der Erste-Hilfe-Kasten fehlt, daher war die Schusswunde wohl nicht so schwer gewesen, dass Dobes sich nicht selbst hätte versorgen können. Und wenn er noch ein Handy bei sich gehabt hat, konnte er sich womöglich von einem seiner Leute abholen und zu einem geschmierten Arzt fahren lassen. Im Grunde spielt es keine Rolle, ob er tot ist oder nur untergetaucht, das fehlende Puzzlestück wird er uns nicht geben.

Ich bleibe vor meinem Laptop sitzen und starre auf den Bildschirm, aber bis zum Abend sind keine neuen Erkenntnisse auf dem Kripo-Server zu erwarten, sodass ich mir wieder den Ordner vornehme. Ich breite alles von Miersch vor mir aus und vergleiche sämtliche Infos von Dobes damit. Alles stimmt überein, nur liegt bei Dobes ein großer Schwerpunkt auf der Anzeige wegen Ruhestörung, weil spät in der Nacht noch gearbeitet worden war. Eigentlich sind im Baufortschrittsbericht Nachtarbeiten vermerkt, aber nichts deutet auf die Umsetzung einer solchen Maßnahme hin, warum also hat sich einer der Nachbarn beschwert?

Wenn ich davon ausgehe, dass es kein Verrückter war, muss an diesem Tag jemand auf der Baustelle gewesen sein, entweder jemand von Kranz Bau oder jemand anderes, der dort nichts zu suchen hatte.

Die Anzeige wurde nicht weiter verfolgt, aber Dobes hat sehr viel Mühe in diesen Vorfall investiert, mehr als in die Klagen zu Baubeginn, die wesentlich schwerwiegender gewesen waren. Seine Männer haben ein ausführliches Profil von der Person erstellt, die sich gestört gefühlt hatte, inklusive einiger Schnappschüsse und sogar der Geburtsurkunde. Direkt dahinter folgt der Polizeibericht, von dem ich nicht weiß, wie Dobes ihn sich beschafft hat. Schließlich hatten Dobes' Männer noch die Umgebung der Birkenstraße kontrolliert, ob irgendwo eine Kamera eine Aufnahme gemacht haben konnte.

Ich schüttele den Kopf. Wie kann eine Anzeige wegen Ruhestörung einen Mann wie Dobes nervös machen?

Es sei denn, irgendetwas Großes ist an diesem Abend gelaufen, einen Tag, bevor das Fundament gegossen wurde. Ich durchsuche den Ordner nach weiteren Hinweisen, finde aber nichts Erhellendes mehr. Ich lege die Unterlagen zur Seite und schließe die Augen. Es gibt nur einen Weg, herauszufinden, was der Grund für die Ruhestörung war.

Der Anblick der Trümmer schmerzt mich noch immer. Der Gedanke, dorthin zu gehen, ist für mich unerträglich, aber die Aussicht, am Laptop auf einen Durchbruch der Polizei zu warten, ist kaum verlockender.

Es ist schon dunkel, die meisten Geschäfte haben geschlossen, und es nieselt leicht, was viele Nachtschwärmer davon abhalten wird, nach draußen zu gehen.

»Zhai.« Ich drehe mich zu ihr um. »Ich muss etwas überprüfen, und ich könnte dabei deine Hilfe gebrauchen.«

Die Asiatin hebt den Kopf und sieht mich aus trüben, leeren Augen an. Eine Zeit bleibt sie regungslos, als müsse sie meine Worte abwägen. Dann nickt sie.

Als wir aus der U-Bahn aussteigen, beschleunigt sich mein Puls. Ich will nicht hier sein. Selbst das Innere einer Gefängniszelle ist verlockender, als das eingestürzte Gebäude sehen zu müssen. In den letzten Monaten hat sich nicht viel verändert. Offiziell hat der Schuldige Selbstmord begangen und der Prozess, der klären soll, wer für die Entsorgung der Trümmer zuständig ist, ist noch nicht beendet. Die städtische Baubehörde hat den Schutt von Gehweg und Straße entfernt, Teile des Gebäudes abgestützt und einen großen Zaun darum gezogen. Glücklicherweise wird das Areal nicht bewacht, sodass wir schnell hineingelangen.

Die Mitte des Gebäudes ist eingestürzt, geschwärzt von einer Gasexplosion, welche auch die Nachbargebäude beschädigt hat. Die linke und die rechte Seite des Hauses haben es einigermaßen gut überstanden. Die Mauern wirken stabil, und manche Fenster sind noch intakt. Davor stehen ein großer Bagger und ein Container mit Bauschutt. Der Regen hat den Boden matschig werden lassen.

Ich versuche, all die Erinnerungen zu verdrängen, aber es fällt mir schwer, einen klaren Gedanken zu fassen.

»Warum sind wir hier?«, reißt mich Zhai aus den Grübeleien.

»Ich frage mich, warum es in der Nacht, bevor das Fundament gegossen wurde, Beschwerden über Baulärm gegeben hat.«

»Wir sind in Deutschland«, sagt Zhai. »Da beschwert sich immer irgendein Nachbar über irgendetwas.«

»Laut Akteneintrag war es aber ein mehrere Stunden andauernder Lärm nach Einbruch der Dunkelheit.«

»Was hat die Polizei vorgefunden?«

»Nichts«, antworte ich. »An dem Tag hatte der FC das Abendspiel. Da steht ein Einsatz wegen Lärmbelästigung ganz weit hinten. Als die Polizei vor Ort war, war niemand mehr hier.« Ich kaue nachdenklich auf meiner Unterlippe. »Wenn ich auf der Baustelle etwas Krummes machen müsste, dann würde ich das genau an einem solchen Tag durchführen. Im Dunkeln ist man unsichtbar, die Polizei ist beschäftigt und in den Baubericht wird es nicht aufgenommen.« Ich wende mich an Zhai. »Da das schlechte Fundament ein Grund für den Einsturz war, würde mich interessieren, was einen Tag vor dem Guss gelaufen ist. Vielleicht sollten wir uns das ansehen.«

»Und was erhoffst du dir davon?«

»Ich weiß es nicht«, antworte ich wahrheitsgemäß. »Einerseits ist es die einzige Unregelmäßigkeit, die mir bei diesem Bau aufgefallen ist. Andererseits macht es mich wahnsinnig, vor dem Laptop zu sitzen und auf einen Fahndungserfolg der Polizei zu warten. Dann spaziere ich lieber im Matsch herum.«

Zhai zuckt die Achseln. Es scheint ihr egal zu sein, was wir hier machen. Ich hätte sie auch zu einem Drink oder einem Besuch im Spa einladen können. Sie glaubt nicht mehr an einen Erfolg.

Ich ziehe eine Taschenlampe hervor und gehe in den eingestürzten Teil des Gebäudes hinein. Er ist einigermaßen zugänglich, da man die schweren Betonplatten anheben und stabilisieren musste, um die Leichen zu bergen. Sieben Tote. Es ist, wie in eine Gruft auf dem Friedhof einzubrechen. Es fühlt sich nicht richtig an, aber ich verdränge dieses Gefühl und steige durch die Reste des Treppenhauses nach unten. Die Stufen sind schief, zersprungen und manche fehlen, aber dank der nachträglich eingefügten Stützen komme ich gut voran. Im Keller ist es staubig. Wasser sammelt sich am Boden und sickert durch Spalten in das Erdreich. Ich sehe mir die Betonplatte genauer an. Sie ist dick, von Stahlbewehrungen durchzogen und wirkt, als könne sie ein Haus tragen. Nach ein paar Metern versperren mir Trümmer den Weg. Hier hat es ein Stück der Bodenplatte hochgedrückt. Sie reicht fast bis zur Decke. Man hätte oben durchschlüpfen können, aber die Stahlbewehrungen verschließen den halben Meter wie ein Gitter. Ich ziehe mich hoch und leuchte an dem Beton vorbei. Dahinter ist ein weiterer Raum mit weggebrochenem Fundament. Ich kann die kiesige, feuchte Erde sehen.

Ich besorge mir ein altes Rohr aus den Trümmern und biege Stahlbewehrungen zur Seite, bis ich durchschlüpfen kann. Es ist eng, ich zerreiße mir meine Jacke, aber während ich nach vorne robbe, schiebt mich Zhai von hinten an. Schließlich gelange ich auf die andere Seite.

Es ist ein unheimliches Gefühl. Über mir liegen Tonnen von Gestein, die jederzeit auf mich herabstürzen können. Der Ausgang ist ein enges Schlupfloch. Sollte sich die Decke absenken, würde ich nicht mehr herauskommen.

Ich lasse mich auf die Knie herab und beleuchte den feuchten Boden. Es stinkt wie in einer Kläranlage, als hätte man das Dreckwasser des nahen Rheins hier eingeleitet und vor sich hin sickern lassen. Ich schütze meine Nase mit meinem Ärmel und durchwühle den Boden. Er ist erstaunlich weich. Kein Wunder, dass das Fundament nicht standgehalten hat. Ich grabe weiter, bis ich auf einen braunen Stofffetzen stoße. Vielleicht hat einer der Bauarbeiter vor dem Gießen seine Mütze verloren. Ich ziehe und nehme die zweite Hand zu Hilfe, aber die Kopfbedeckung scheint an irgendetwas festzuhängen. Ich grabe meine Finger hinein und reiße mit aller Kraft daran, bis ich die Mütze endlich abgezogen habe. Irgendetwas liegt darunter, aber es ist zu dunkel, um mehr zu erkennen.

Ich nehme meine Taschenlampe, leuchte in das Loch und sehe in die trüben Augen einer Leiche.

Wir graben eine Stunde lang, mit unseren Händen, alten Brettern und abgebrochenen Rohren, mit denen wir die Erde auflockern. Am Ende haben wir zwei tote Männer freigelegt. Beides sind Asiaten.

»Ist dein Bruder dabei?«, frage ich nassgeschwitzt.

Sie schüttelt den Kopf. »Aber wir haben nur einen kleinen Teil des Grundstücks umgegraben. Unter dem Fundament werden noch mehr Leichen liegen.«

»Was ist mit ihnen passiert?«, frage ich. In dem Haus haben nur Deutsche und zwei Italiener gewohnt. Alle sind geborgen worden. »Sind sie Opfer von Dobes' Schießwut geworden?«

»Sie scheinen unversehrt. Wahrscheinlich sind sie erstickt.«

Ich sinke müde zu Boden. »Die Flüchtlinge sind auf dem Transport ums Leben gekommen. Dobes hatte einen Container voller Leichen, also hat er sich in das nächste Bauprojekt von Kranz eingekauft und in der Nacht vor der Fundamentlegung die Opfer in der Erde vergraben. Wäre das Haus nicht eingestürzt, hätte man die Toten in den nächsten hundert Jahren nicht gefunden.«

»Was machen wir jetzt?«

»Wir geben der Polizei einen anonymen Tipp«, schlage ich vor. »Dann kommt es zu einer Untersuchung, die Trümmer werden beseitigt und die Toten geborgen. Gleichzeitig schicken wir ein Foto an die Presse, das den Druck auf die Polizei erhöhen wird. Der Fall wird weit über die Grenzen von Köln hinaus Schlagzeilen machen. Dank meiner Verbindung zum Kripo-Server bleibe ich auf dem Laufenden. So finden wir heraus, ob dein Bruder unter den Toten ist.«

261

Zhai schließt die Augen und atmet hörbar aus. Eine Last scheint von ihren Schultern gefallen zu sein. Sie legt die Hand auf die Erde und spricht etwas auf Chinesisch. Es klingt wie ein Gebet, ruhig, monoton, mit einer gewissen Traurigkeit, die alle Andachten dieser Welt gemein haben. Dann geht sie zu der Lücke im Beton und schlängelt sich durch die schmale Öffnung. Ich steige ihr wesentlich uneleganter hinterher und zerreiße dabei die andere Seite meiner Jacke. Draußen angekommen hebe ich meinen Kopf und nehme einen tiefen Zug frischer Luft. Es fühlt sich wie eine Befreiung an. Zhai geht zwei Schritte vor mir, als ein lauter Schuss ertönt. Die Kugel dringt in ihren Oberkörper und Blut spritzt in mein Gesicht. In ihren Augen spiegelt sich der Schmerz der Wunde. Dann fällt sie mit einem Stöhnen zu Boden.

Mein Fluchtreflex rettet mir das Leben. Anstatt mich um Zhai zu kümmern oder von ihrer Wunde geschockt zu sein, rolle ich mich nach links zu einem Haufen Bauschutt. Eine Kugel zischt über meinen Kopf. Ich robbe weiter. Um mich zu erwischen, muss sich der Schütze entweder auf den kleinen Haufen stellen oder diesen umgehen. So oder so ist er dann in meiner Reichweite. Glücklicherweise habe ich für unseren Einbruch dunkle Kleidung angezogen. Der Nieselregen und die Nacht machen mich fast unsichtbar. Der Nachteil dieses Verstecks ist, dass auch ich den Gegner nicht sehen kann. Er weiß, wo ich mich verborgen habe, daher muss ich hier weg.

Eng an den Boden gedrückt, krieche ich zurück. Der Kies knirscht und reibt an meiner Hose, aber zehn Meter hinter mir ist der Bagger, dessen Räder einen guten Schutz bieten.

Ich habe keine Ahnung, wer auf uns geschossen hat. Ein Wachmann hätte nicht seine Waffe gezogen und ohne Warnung abgedrückt. Wenn Dobes einen seiner Leute abgestellt hat, hätte der uns schon vorher bemerkt und nicht erst, als wir das Haus verlassen haben. Unser Angreifer muss uns gefolgt sein.

Ich richte mich hinter dem Bagger wieder auf, als eine Gestalt neben dem Schutthügel aufspringt und zwei Mal auf die Stelle schießt, an der ich gerade noch gelegen habe. Sie ist ebenso dunkel gekleidet wie ich, aber ihre roten Haare leuchten selbst in der Nacht.

Dobes sieht sich um. Es gibt nicht viele Verstecke in der Nähe und ohne eine Pistole in der Hand habe ich keine Chance gegen ihn, also hebe ich einen faustgroßen Stein vom Boden auf und warte auf den perfekten Zeitpunkt. Mir fällt auf, dass Dobes seinen Schwerpunkt leicht nach rechts verlagert, als entlaste er die andere Seite. Sicherlich ist er vollgepumpt mit Schmerzmittel und Koks, aber die Schusswunde wird ihm trotzdem zu schaffen machen. Ein kleiner, aber nicht unwichtiger Vorteil.

Dobes' Kopf ruckt ständig hin und her, während er sich um die eigene Achse dreht. Er wird sich nicht voreilig dem Bagger nähern, daher kann ich ihn nicht von hinten überraschen. Mir bleibt nur eine Chance.

Als sein Gesicht von mir abgewandt ist, komme ich einen Schritt aus meiner Deckung und werfe den Stein mit aller Kraft. Natürlich wäre ein Kopftreffer wirkungsvoller, aber das Ziel ist zu klein. Ich konzentriere mich auf seine linke Seite, wo ihn Awas Kugel getroffen hat.

Er muss etwas in den Augenwinkeln gesehen haben, denn er dreht sich um und legt auf mich an. Trotzdem bin ich die entscheidende Sekunde schneller. Der Stein trifft seine Wunde. Dobes schreit. Er krümmt sich zusammen und sinkt auf ein Knie. Die Pistole entgleitet seinen Händen.

Wie lange habe ich auf diese Gelegenheit gewartet. Ich gebe alle meine Vorsicht auf, renne los, senke den Kopf und ramme ihm meine Schulter in den Bauch. Der Schwung lässt ihn zwei Meter durch die Luft fliegen. Ich rolle mich hinter ihn, schlinge ihm meinen Arm um den Hals und drücke zu. Dobes bäumt sich auf, aber ich lege alle meine Kraft in den Würgegriff. Ich werde erst wieder loslassen, wenn ich das letzte bisschen Luft aus ihm herausgepresst habe. Ich spanne mich weiter an, verlagere mein Gewicht nach vorne, um ihn unten zu halten. Er schlägt nach mir, versucht sich am Boden abzudrücken, aber mein Zorn gibt mir Kraft. Ich schließe die Augen und konzentriere mich nur auf das Würgen. Meine Muskeln sind zum Zerreißen gespannt, aber wegen meiner geschlossenen Augen sehe ich nicht, wie er ein Messer aus seiner Tasche zieht. Als die Klinge das erste Mal in meinen Arm fährt, schreie ich mehr vor Schreck als vor Schmerz. Doch mit dem zweiten Stich kann ich den Würgegriff nicht mehr aufrechterhalten. Ich lasse ihn los und rolle mich aus der Reichweite des Messers.

Die Stiche sind tief. Blut läuft meinen Arm entlang und tropft auf den Boden, aber ich habe so viel Adrenalin in mir, dass ich den Schmerz verdrängen kann. Dobes erhebt sich langsam, das Messer in der Hand, keuchend wie ein Asthmatiker. Er kann kaum noch stehen, aber er denkt nicht daran, aufzugeben.

Der Boden ist nass und rutschig, eine mit Kieselsteinen gespickte Erde, aber nirgends ein großer Stein, ein Rohr oder etwas anderes, mit dem ich mich verteidigen kann. Mit meinem nutzlosen Arm werde ich nicht lange gegen Dobes' Messer überleben können.

Als hätte er denselben Gedanken, lächelt er und geht langsam auf mich zu. Er richtet sich auf, als könne er den Schmerz der Schusswunde für diesen Augenblick verdrängen. Er hebt die Klinge und macht einen weiteren Schritt, als sein Kopf in einer Blutfontäne explodiert. Aus dem Dunkeln kommt Zhai, mit der Pistole in der Hand. Ihre Jacke ist voller Blut. Sie wankt und atmet schwer, ihr Gesicht in Hass verzerrt. Dieser Hass ist es gewesen, der sie noch am Leben erhalten hat. Einen Moment kann sie sich noch auf den Beinen halten.

Dann entgleitet ihr die Pistole und sie fällt zu Boden.

Kapitel 23

Es ist eklig, eine fast kopflose Leiche nach einem Schlüssel zu durchsuchen, aber in diesem Moment denke ich nur an Zhai. Ihre Wunde blutet schlimm. Mit nur einem Arm ist es schwer, aber es gelingt mir, sie auf meine Schulter zu heben und in Dobes' Auto zu schaffen, das er direkt vor der Baustelle geparkt hat.

Ich überlege, sie in ein Krankenhaus zu fahren, aber als illegaler Flüchtling in Deutschland mit einer Schusswunde würde sofort die Polizei gerufen werden. Außerdem wird nach mir noch gefahndet. Die Kugel in ihrem Körper wird mit der in Owen Dobes übereinstimmen und dann wird die Kripo sie nicht mehr vom Haken lassen.

Also fahre ich zu einer Adresse, die sie mir für den Notfall genannt hat, einem kleinen Reihenhaus am Rande der Stadt. Als ich sie heraushebe, ist der Sitz von ihrem Blut getränkt. Ich kann kaum noch ihren Puls spüren. Mein rechter Arm ist inzwischen taub, aber ich hebe sie wieder auf meine Schulter, kicke das Gartentor auf, taumele zum Eingang und trete mit dem Fuß an die Klingel. Licht geht an. Eine schlaftrunkene Asiatin öffnet im Morgenmantel, aber ein Blick auf Zhai genügt, um sie sofort wach werden zu lassen. Sie rennt zur

Garage, stößt eine Tür auf und winkt mich schnell hinein, während ihre Augen die Gegend absuchen, ob unsere Ankunft von den Nachbarn bemerkt worden ist. Ich gehe an zwei vollgeräumten Regalen vorbei in den hinteren Teil der Garage, wo sich ein mit Plastikplanen abgeschirmter Raum befindet, kaum größer als mein Bad, aber in der Mitte steht ein Krankenhausbett, auf dem ich Zhai dankbar ablege. Die Frau nimmt ein Telefon von der Wand, legt dieses neben sich und wählt eine Nummer. Während sie Zhai die Kleidung vom Leib schneidet und die Schusswunde untersucht, spricht sie auf Chinesisch mit einem Mann. Er scheint ihr Anweisungen zu geben, denn sie nickt immer wieder, während sie die Wunde versorgt. Dann sticht sie Zhai eine Nadel in den Arm, befestigt einen Schlauch daran, den sie mit einem Beutel mit durchsichtiger Flüssigkeit verbindet. Sie zieht einen großen Erste-Hilfe-Koffer unter dem Tisch hervor und beginnt die Kugel aus der Wunde zu holen. Trotz ihrer Ohnmacht zuckt Zhai, als spüre sie den Schmerz. Es dauert eine Minute, dann ist das Stück Metall entfernt und die Frau macht sich daran, die Wunde zu versorgen und mit einer Naht zu schließen.

Ich versuche, so gut es geht, nicht im Weg zu stehen, und ziehe mich auf einen Hocker in die Ecke zurück. Ich weiß nicht, ob es die Erschöpfung der letzten Tage ist oder der Blutverlust, aber schließlich sinkt mein Kopf auf meine Brust und ich schlafe ein.

Die Erinnerung beginnt immer an der gleichen Stelle. Es ist ein regnerischer Aprilabend. Der Frühling hatte am Tag zuvor erstmals seine Fühler ausgestreckt, um kurz darauf vom nasskalten Wetter wieder vertrieben zu werden. Ich sitze auf meiner Schlafcouch und blättere in der Zeitung. Der Duft von Ingwer-Tee erfüllt den Raum. Die Brandenburgischen Konzerte haben mich schläfrig werden lassen, als mich ein Donnern aufschreckt.

Anfänglich glaube ich noch an ein Gewitter, aber das Rumpeln hört nicht auf und wächst zu einem ohrenbetäubenden Lärm an. Ich springe auf, laufe aus der Wohnung und stelle mich an das Fenster im Gang. Von dort hat man einen guten Blick auf die Straße. Der Verkehr ist zum Erliegen gekommen. Die Fahrer stehen neben ihren Autos und sehen sich verwundert um. Jeder hat den Lärm vernommen, aber niemand kann die Ursache erkennen. Etwas ist nicht in Ordnung.

Eine Tür geht auf und Gabriella stellt sich zu mir. Ihre langen Haare sind nachlässig aufgesteckt. Das dezent aufgetragene Make-up und ihre rote Kochschürze lassen sie wie eine gealterte Jennifer Lopez aussehen, die sich für den Besuch ihrer Großfamilie hinter den Herd gestellt hat. Der Duft von scharfen Gewürzen hängt ihr an.

»Hast du das gehört?«, fragt sie mit spanischem Akzent.

Ich will gerade antworten, als ein Knall die Scheiben vibrieren lässt. Gabriella duckt sich und weicht erschrocken zurück.

Die Explosion ist irgendwo am Rhein-Ufer. Ich drehe mich um und renne die Treppe hinunter. Die Angst presst den Schweiß aus den Poren und lässt meine Hände zittern.

Auf der Straße herrscht völliges Chaos. Einige Pendler haben ihr Auto stehen lassen und rennen um ihr Leben. Andere sind wieder eingestiegen und rasen an den Hindernissen vorbei. Jeder versucht, vom Explosionsherd wegzukommen, nur ich laufe darauf zu.

Es ist nicht ihr Haus, rede ich mir bei jedem Schritt ein. Es ist nur ein Gas-Transporter, der in eine Ampelanlage gerast ist.

Vor mir fährt ein Auto in einen Lkw. Ein Radfahrer versucht auszuweichen, prallt gegen die hohe Bordsteinkante und überschlägt sich. Der junge Mann knallt mit dem Kopf auf den Boden. Blut mischt sich in die blonden Haare, aber er schert sich nicht um die Wunde. Als wäre nichts passiert, steht er auf, lässt das Rad liegen und taumelt weiter.

Ich renne, so schnell ich kann. Die Schmerzen in meiner Brust werden mit jedem Schritt stärker. Der Atem kommt keuchend zwischen meinen zusammengepressten Lippen hervor.

Eine Alarmanlage erklingt und übertönt das ängstliche Geschrei der Leute. Das schrille Heulen zehrt an meinen Nerven. Ich halte die Arme wie ein Boxer vor mein Gesicht und versuche, der Panik auszuweichen, aber Menschen in Todesangst sind wie eine Herde durchgehender Pferde. Bei jedem Schritt werde ich angerempelt, gestoßen oder getreten.

Ich habe die Hälfte der Strecke geschafft, als mich ein dicker Mann umrennt. Ich schlage auf den Bordstein und verdrehe mir mein Knie. Eine Frau stolpert über mich und rammt mir ihre Absätze ins Genick. Ich stoße sie zur Seite und krieche zu einer Parkbank. Ich ziehe mich daran hoch und belaste mein Knie. Der Schmerz treibt mir die Tränen in die Augen, aber ich kann auftreten. Meter um Meter humpele ich weiter. Der Menschenstrom wird weniger, als ich mich dem Haus nähere. Wasser sammelt sich auf den Straßen. Die Gullys sind längst übergelaufen und das Abwasser vermischt sich mit dem Rhein, der über die Ufer getreten ist.

Die Mitte des dreistöckigen Hauses ist zusammengesackt, als wäre ein riesiger Hammer auf das Gebäude niedergefahren. Es stinkt nach verbranntem Plastik. Die Eingangstür liegt zerborsten auf dem Gehsteig. Die Laternen sind ausgefallen. Glasscherben auf dem Pflaster spiegeln die Flammen und tauchen den Straßenzug in ein diffuses Licht. Sirenen durchbrechen das Knistern des Feuers. Das Hochwasser scheint das Fundament unterspült zu haben. Das Gebäude ist eingestürzt und dabei ist die Gasleitung beschädigt worden. Das war der Grund für den Feuerball.

Ich bin kein gläubiger Mensch, aber in diesem Moment flehe ich Gott um Gnade an. Ich hätte ihm alles gegeben, meine

Seele, mein Leben, meine Gesundheit, nur für einen letzten Blick auf die unversehrten Bianca und Henrietta.

Ich kämpfe mich durch die Trümmer zum Haus, aber der Eingang ist eingestürzt und blockiert den Weg in den Hausgang. Wasser reicht mir über die Knöchel. Ich klettere auf das Dach eines geparkten Autos und versuche, etwas im Rauch zu erkennen. Ihre Wohnung ist im ersten Stock und liegt mehr auf der linken Seite. Der Bereich ist nur leicht abgekippt. Mit ein wenig Glück ist ihnen nichts passiert. Die Sirenen werden lauter und ich sehe das Blaulicht der Feuerwehr.

»Bianca«, schreie ich. »Henrietta.«

Am Fenster ihrer Wohnung erscheint Biancas Gesicht. Die Scheibe ist zersplittert. Die obere Hälfte ist herausgebrochen. Nur ein kleines Glasdreieck ist im Rahmen verblieben. Biancas Pullover ist zerrissen und Blut läuft ihr über die Wange. Sie hat Mühe, auf den Beinen zu bleiben. Sie ist verzweifelt und stützt sich mit einer Hand an die Wand. In ihren Armen hält sie Henrietta, eingepackt in eine Decke, und presst das Mädchen eng an sich. Als sie mich entdeckt, lächelt sie. Einen Augenblick lang verschwinden Verwirrung und Angst. Alles ist wieder gut.

Dann zerbirst das Stockwerk in einer Explosion, die mich vom Auto fegt. Hitze peitscht mir ins Gesicht. Ich pralle mit dem Kopf auf den Bordstein und verliere das Bewusstsein. Wenigstens diese Gnade schenkt mir Gott. Ich muss nicht mit ansehen, wie sie verbrennen.

Epilog

Die nächsten Tage komme ich kaum noch vom Computer los, so sehr hat sich die Kölner Polizei in die Arbeit gestürzt. Sie sind nah an der Wahrheit und ziehen die richtigen Schlüsse. Owen Dobes wird als Drahtzieher von allem ausgemacht. Dank der Aussagen einer Prostituierten wird er als Besitzer der Häuser in Köln und der Villa identifiziert. Nachdem ich Mierschs Unterlagen anonym an die Kripo gesandt habe, wurde den Ermittlern der Zusammenhang zur Kranz Bau GmbH klar. Der Brand in Kranz' Villa wird neu aufgerollt, und eine Exhumierung der Toten ist beantragt.

Glücklicherweise werden auf den Waffen in meiner Wohnung Fingerabdrücke gefunden, die einem der Toten in der Villa zugeordnet werden können. Auch wenn weiter nach mir gefahndet wird, habe ich die Hoffnung, gut aus der Sache herauszukommen. Vielleicht bleibt mir eine Haftstrafe erspart.

Die Unglücksstelle in der Birkenstraße schafft es bundesweit in die Nachrichten. Bisher sind vierzehn Leichen geborgen worden, aber die Hälfte des Fundaments ist noch nicht abgetragen. Zhais Vermutung hat sich bestätigt. Ihr Bruder ist unter den Toten. Auch wenn es schrecklich ist, so hat sie endlich Gewissheit. Ihre Suche hat ein Ende. Vielleicht findet sie jetzt ihren Frieden. Zhai selbst ist auf dem Weg der Besserung, auch wenn sie das Bett bei ihrer Freundin noch nicht verlassen darf. Es ist vorbei.

Mich beschleicht ein seltsames Gefühl, als ich die kleine Wohnung verlasse, die mir so lange als Unterschlupf gedient hat. Sie wirkt immer noch kalt und wenig heimelig und doch werde ich sie vermissen, ebenso wie die kleine Asiatin. Vielleicht bringt uns das Schicksal noch einmal zusammen, aber die Ermittler haben ihr Blut gefunden und ihre DNA ins System gespielt. Momentan ist es besser, wenn wir nicht zusammen gesehen werden.

Ich lege den Ersatzschlüssel auf den Tisch und betrachte ein letztes Mal die Zeichnung des Bauernhauses, Zhais Traum von einem ruhigen Leben mit einer Familie, unbehelligt von den Autoritäten dieser Welt. Dann gehe ich nach draußen und schließe die Tür.

Auf dem Weg zu meiner Wohnung besuche ich den Friedhof. Ich war lange nicht mehr an ihrem Grab, habe ich mir doch geschworen, erst wieder zurückzukehren, wenn ich die Schuldigen bestraft habe.

Der weiße Marmorstein glänzt noch wie am ersten Tag. Kein Unkraut ist zu sehen und die alles bedeckenden Veilchen leuchten in einem dunklen Blau.

Ich lächele. Irgendwo gibt es noch andere Menschen, die Henrietta und Bianca vermissen, die ihre Liebe zu diesen Blumen kennen und die wie ich beide niemals vergessen werden.

Es ist ein schöner Morgen, mit klarem Himmel und wenigen Wolken. Kein Verkehrslärm dringt an die Stelle unter der großen Eiche, nicht weit von einer noch grünen Wiese. Die Sonne streichelt mein Gesicht, als ich mich neben das Grab setze, etwas Unkraut aus dem Beet zupfe und meine Geschichte erzähle. Wo immer sie auch sind, sie werden mir zuhören.

Und irgendwann werde ich wieder bei ihnen sein.

DANKSAGUNG

»Ich werde nicht ruhen« ist mein bisher schwierigstes Buch gewesen, habe ich mich doch von einigen vertrauten Pfaden wegbewegen und schriftstellerische Experimente wagen müssen, von denen ich nicht sicher war, ob sie gelingen.

Aus diesem Grund möchte ich dieses Mal nicht irgendjemand herausheben, sondern mich bei all den Menschen bedanken, die meinen bisherigen Erfolg möglich gemacht haben und deren Zuspruch mir sehr bei der Fertigstellung geholfen hat, seien es Freunde, Verwandte, Verlagsmitarbeiter, Kollegen und vor allem Leser.

Vielen Dank euch allen …

Zeitfracht Medien GmbH
Ferdinand-Jühlke-Straße 7
99095 Erfurt, Deutschland
produktsicherheit@kolibri360.de

Druck:
CPI Druckdienstleistungen GmbH
im Auftrag der
Zeitfracht Medien GmbH
Ein Unternehmen der Zeitfracht - Gruppe
Ferdinand-Jühlke-Str. 7
99095 Erfurt